BRUNO PAULOT

EINE GROTESKE LIAISON

Ein Pfalz-Krimi

G. BRAUN BUCHVERLAG

Der Autor dankt Dieter Glib
für manchen nützlichen Hinweis.

eins

Wahrscheinlich Maria, dachte er, tunkte das Croissant in den schwarzen Kaffee und las seelenruhig die Zeitung zuende, getreu seiner Maxime: Unbarmherzig die erste Morgenstunde verteidigen! Erst dann griff er nach dem Handy. Als er KDD las, wusste er, dass er seine Wanderschuhe wieder ausziehen konnte. Denn eine Nachricht vom Kriminaldauerdienst konnte nichts Gutes bedeuten.

Er verzichtete darauf, die SMS zu öffnen und rief gleich zurück.

Der Kollege teilte ihm mit, dass zwischen Freynheim und Daixheim die Leiche eines Mannes gefunden wurde, der allem Anschein nach in der vergangenen Nacht ermordet worden ist.

»Und da habt Ihr ausgerechnet an mich gedacht? Weißt du eigentlich, dass das mein erster dienstfreier Sonntag seit vier Wochen ist?«, fuhr er den Kollegen an. »Weißt du das?«

»Tut mir leid, Pierre. Das hat der Alte angeordnet und nicht ich. Er hat gemeint …«

»Was hat er gemeint, der Alte?«, unterbrach er den Kollegen gereizt.

»Er hat gemeint, es käme dir sicher zupass, dass der Tatort vor deiner Haustür liegt.«

»Ich bin immer wieder beeindruckt, was dem Alten so alles einfällt!«

»Jetzt komm runter, Pierre.«

»Darf man sich denn nicht mal mehr aufregen, oder was?«

»Doch, natürlich, aber ...«

»Dann klär' mich jetzt endlich auf!« Das war schon das dritte Mal, dass er die Tour auf die Rietburg abblasen musste. Immer kam was dazwischen. Hoffentlich ist Jacques nicht schon auf dem Weg nach Rhodt.

Nachdem der Kollege ihn informiert hatte, rief er Jacques an, der gerade das Auto aus der Garage fuhr. Jacques nahm's mit Humor: »Wie gut, dass es Handys gibt.«

Kein einziges Auto begegnete ihm, nur ein paar Radfahrer waren unterwegs. Als Tante Monique ihm vor acht Jahren das *Château* vermachte, wie das Wochenendhäuschen in der Familie genannt wurde, waren an Werktagen bis zu fünfzehntausend Autos durch Freynheim gefahren, samstags und sonntags nicht weniger als sechs-, siebentausend, zumindest im Sommer und in der Zeit der Weinlese, wenn sie aus dem Norden und dem Rhein-Main-Gebiet in die Pfalz strömten. Vor vier Jahren, endlich, war eine Umgehungsstraße gebaut worden. Seitdem verbrachte er mit Maria jeden freien Tag im Château.

Gerade schaltete er in den dritten Gang, als er den Streifenwagen, nur ein paar hundert Meter entfernt, am Straßenrand stehen sah. Er parkte direkt dahinter, überquerte die Landstraße und ging zügig den Feldweg hinab auf die

Linde zu, unter der sich Beamte des Erkennungsdienstes in weißen Overalls und blauen Füßlingen an einem Cabrio zu schaffen machten. Dem Uniformierten, der ein ganzes Stück davor postiert war und sich anschickte, ihm den Durchgang zu verwehren, hielt er wortlos seine Dienstmarke hin und ging, ohne seinen Schritt zu verlangsamen, weiter.

Das Opfer lag bäuchlings auf dem Boden, parallel zur geschlossenen Wagentür, wie von einer ordnenden Hand ausgerichtet. Das Blut, das aus seinem Rücken geflossen war, hatte sich in Höhe der rechten Hüfte mit dem Regenwasser zu einer rötlichen Lache vermischt. Blauschimmernde Schmeißfliegen kreisten über der blutgetränkten Jacke, als wüssten sie sich nicht zu entscheiden, wo sie ihre Eier ablegen sollten.

Alle Eindrücke, wie sie kamen, alles, was ihm auffiel, war er gewohnt, ungeordnet in seinem Gedächtnis abzulegen. Nur ein paar Skizzen trug er in sein blaues Büchlein ein. Erst in einer späteren Phase, wenn die Ergebnisse der Spurensicherung und der Obduktion vorlägen, würde er seine Eindrücke und Beobachtungen behutsam ordnen und mit den Fakten kombinieren. »Nur ja keine voreiligen Schlüsse ziehen«, hatte ihn sein Bärenführer, ein erfahrener Hauptkommissar, gewarnt, damals, als er frisch von der Polizeischule gekommen war. »Es gehört zum Programm des intelligenten Täters, die Spuren so zu legen, dass wir ihnen folgen sollen, ohne zu merken, wie er uns damit auf den Holzweg führt. Deshalb sollte uns alles, was auf den ersten Blick plausibel erscheint, misstrauisch machen.« Damals hatte er das für eine Binsenweisheit gehalten. Erst als er selbstständig zu arbeiten begann, merkte er, wie leicht der erste Eindruck dazu verführte, eine vorschnelle Hypothese zu entwickeln. Und ist erst mal eine da, kostet es einiges an Überwindung, sie wieder loszuwerden, selbst wenn die Fakten dagegen sprechen.

»Hallo, Pierre.«

»Grüß dich. Und?«

»Sechs Einschüsse, vielleicht auch sieben.«

»Bitte?« Er sah die Kollegin ungläubig an. »Wann?«

Sie zuckte mit den Schultern.

»Schätzungsweise?«

»Vermutlich vor zwei. Kurz nach zwei hat's angefangen zu regnen. Der hätte bestimmt das Verdeck ...«

»Identifiziert?«

Sie griff nach einem Karton, dem sie ein Papier entnahm. »Heribert Oster, 1956 geboren in Neustadt an der Weinstraße, wohnhaft in Daixheim. Von Beruf ist er Weinkommissionär.«

»Gewesen!«, brummte er, als wenn die Kollegin schuld daran wäre, dass seine Wanderung mit Jacques ins Wasser gefallen ist.

Während sie ihn über den aktuellen Erkenntnisstand informierte, rief ihn die Inspektion an, um ihm mitzuteilen, dass Heinz Dressler als zusätzlicher Ermittler bereits unterwegs sei. Mit Dressler hatte er schon so manchen Fall gelöst, auch den spektakulären Mordfall Alexander vor vier Jahren.

Etwas abseits stand tief gebeugt Dr. Teichmüller. Er richtete sich langsam auf, verschränkte die Hände am Hinterkopf und zog die Ellbogen weit zurück, um sich nach ein paar Sekunden wieder zu entspannen. »Wie lange meine Bandscheiben das noch mitmachen?«, stöhnte er vor sich hin.

»Tun Sie uns das nicht an, Doktor.«

»Ach, der Herr Hauptkommissar Burgstaller. Na, endlich mal ein aufregender Fall, was? Kommt ja nicht allzu häufig vor, hier in der Provinz. Kannten Sie das Opfer?«

»Nein.«

»Ich schon. Aber man soll ja über Tote nichts Schlechtes sagen«, sprach er und zog seinen Overall aus.

Burgstaller kannte den Doktor schon fast zwanzig Jahre. Nie hatte er ihn schlecht gelaunt erlebt. Das Einzige, was seine Stimmung trüben konnte, waren die Bandscheiben, mit denen er sich seit langem herumquälte.

Als Burgstaller in Richtung Landstraße blickte, sah er Dressler mit energischen Schritten näherkommen. Zielstrebig steuerte Dressler auf ihn zu, als hätte er eine Botschaft von äußerster Wichtigkeit zu überbringen.

»Sag mal, Pierre ...«

»Guten Morgen, Kollege«, unterbrach er ihn im Tonfall völliger Ahnungslosigkeit.

»Warst du das, der mich angefordert hat?« fuhr Dressler gereizt fort. »An sich habe ich heute nämlich dienstfrei!«

»Ja, meinst du denn, ich bin zu meinem Vergnügen hier?«

»Gerda ist natürlich sauer.«

Burgstaller kannte keine andere Frau, die ihren Mann derart im Griff hatte wie Gerda ihren Heinz. Dabei war sie, wie ein Kollege es einmal nicht unzutreffend ausgedrückt hatte, begehrenswert wie ein Regenschirm bei schönem Wetter.

»Sag ihr, dass auch Marias Sonntag am Arsch ist. Vielleicht tröstet sie das.«

»Bist wirklich ein verständnisvoller Kollege«, erwiderte Dressler kopfschüttelnd.

Burgstallers Telefon summte.

»Jacques steuert auf die deutsche Grenze zu und du schnürst dir die Stiefel, stimmt's?«, sprudelte Maria gutgelaunt.

»Jacques sitzt zuhause in Obernai und ich steh' vor ner Leiche.«

»Jesses, Maria!«

»Joseph!«

Maria war nach den vielen Ehejahren mit seinem Beruf vertraut genug, um zu wissen, dass in den nächsten Tagen nicht er, sondern der Täter die Agenda bestimmen würde. So sehr er sich gefreut hatte, dass sie nach Freynheim hatte kommen wollen, so erleichtert war er nun über ihren Vorschlag, die nächsten zwei, drei Tage zu Hause in Landau zu bleiben.

Da der Tatort auf halber Strecke zwischen Freynheim und Daixheim lag, bot es sich an, von Daixheim aus, wo es einen Polizeiposten gab, zu ermitteln.

Polizeihauptmeister Poschmann, Leiter des Postens, stellte den beiden Ermittlern einen Büroraum zur Verfügung. Für Burgstaller gab's obendrein einen ausrangierten, aber immerhin noch funktionstüchtigen Rechner, der in einer Besenkammer herumstand.

»Dann woll'n wir mal«, sprach Dressler und rieb sich die Hände, wie Klavierträger es tun, bevor sie loslegen. Er packte seinen Laptop aus und begann die Fotos, die er für den Tatortbefundbericht aufgenommen hatte, zu übertragen. Anschließend trug er die übrigen Daten ein: Temperatur, Entfernung des Fahrzeugs von der Hauptstraße, Zustand des Feldwegs und der angrenzenden Wingerte ...

»Bin heilfroh, dass du den Bericht schreibst, Heinz.«

»Wirklich?«, erwiderte Dressler, der den Kollegen Burgstaller lange genug kannte, um zu wissen, dass er Arbeiten dieser Art liebte, wie der Teufel das Weihwasser. Dabei blickte er grinsend über sein bis an die Nasenspitze geschobenes schwarzes Kassengestell, das ihm ein buchhalterisches Aussehen verlieh, was ihn aber nicht zu stören schien, schließlich trug er dieses Ding schon seit vielen Jahren. Ansonsten war er eine durchaus angenehme Erscheinung, schlank, großgewachsen und von freundlicher Wesensart. So sicher wie der Tag auf die Nacht folgt, erschien Dressler an jedem Monatsanfang mit einem unsäglich vergrotzten Haarschnitt, den ihm seine Gerda beigebracht hatte. Dass er sich dagegen nicht wehrte und mal einen gelernten Friseur ran ließ, war umso verwunderlicher, als er nichts mehr hasste als Ungereimtheiten. Alles musste seine Ordnung haben. »Die Probleme bleiben auf der Dienststelle, die nehm ich nicht mit nach Hause«, pflegte er zu sagen. Da er selbst im Sommer immer etwas verfroren aussah, konnte das nichts mit seinem niedrigen

Blutdruck zu tun haben. Es musste an seiner vom Schöpfer so gewollten Physiognomie liegen, die den Eindruck erweckte, die tägliche Arbeit sei ihm eher Last als Lust. Doch jeder Kollege, der mit ihm zu tun hatte, spürte schon am ersten Tag, dass Dressler ein Mann war, der seinen Job mit Leidenschaft machte und ihn gegen keinen anderen auf der Welt eintauschen würde. Sein Beharrungsvermögen, wenn es darum ging, in Archiven zu wühlen und nicht enden wollende Recherchen anzustellen, war grenzenlos. Selbst dann, wenn der Fall nach professionellem Ermessen nicht die geringste Chance hatte, gelöst zu werden, gab er nicht auf. Durch die vielen gemeinsamen Ermittlungen war er zu Burgstallers alter ego geworden.

»Herr Hauptkommissar, draußen wartet die Person, die mich heute morgen telefonisch von der Tat in Kenntnis gesetzt hat«, informierte ihn Poschmann.

Jetzt fehlt nur noch, dass du die Hacken zusammenschlägst. »Dann holen Sie die Person mal rein. Übrigens, mein Name ist Burgstaller.«

»Ich weiß«, gab der Beamte verblüfft zur Antwort.

Ein rotbäckiger Anfangsfünfziger mit schütterem, keksfarbenem Haar kam mit zögerlichen Schritten ins Büro, als überlegte er, ob es nicht doch besser sei, wieder umzukehren. Sichtlich verlegen stellte er sich vor: »Lauffer ... Alfred Lauffer.«

Lange macht dein Anzug das nicht mehr mit, dann platzt er, dachte der Kommissar und wies mit einer knappen Handbewegung auf den freien Stuhl vor seinem Schreibtisch.

»Sie also haben das Opfer entdeckt? Und warum haben Sie sich nicht namentlich zu erkennen gegeben?«

»Ich glaube, ich stand unter Schock«, druckste er.

»Herr Lauffer«, der Kommissar sah ihn eindringlich an, »ich vernehme Sie jetzt als Zeugen und das heißt: Sie sind verpflichtet, die Wahrheit zu sagen, nichts als die Wahrheit. Sie dürfen auch nichts verschweigen. Andernfalls machen Sie sich strafbar. Sie müssen sich allerdings nicht selbst belasten. Bei entsprechenden Fragen dürfen Sie die Aussage verweigern. Verstanden?«

»Um Gottes willen, Herr Kommissar, ich hab doch nichts zu verbergen.«

Der Kommissar nickte ihm aufmunternd zu, nachdem Dressler signalisiert hatte, dass er zum Protokollieren bereit war.

Lauffer atmete tief durch.

»Ich war auf dem Weg nach Bad Dürkheim, als ich im Vorbeifahr'n das Auto im Feldweg hab stehen sehn. Ich bin sofort auf die Bremse gestiegen.«

»Was ist daran ungewöhnlich, wenn ein Auto im Feldweg steht?«

»Dem Oster sein Benz sonntags in aller Früh?«, erwiderte Lauffer erstaunt.

»Moment mal«, Burgstaller runzelte die Stirn, »im Vorbeifahren erkannten Sie, dass das dem Oster sein Benz war?«

»Einen roten SL 350? Den gibt's hier kein zweites Mal, Herr Kommissar.«

»Mal weiter.«

»Schon aus fünfzehn, zwanzig Meter Entfernung hab ich gesehn, dass da einer liegt. Der ganze Rücken voller Blut. Grauselig! Ich bin keinen Schritt weitergegangen und hab sofort …«

»Sie erkannten nicht, wer das Opfer war?«

»Der lag doch auf'm Gesicht! Trotzdem war mir klar, dass das nur der Oster sein konnte.«

»Wieso das?«

»Ja, weil's sein Auto war.«

»Könnte doch ein anderer gefahren haben?«

Lauffer lachte auf.

»Der hätte nie einen andern ans Steuer gelassen. Nie im Leben! Die Leute haben immer gesagt, der lässt eher einen an seine Frau, als an seinen Benz. Entschuldigung, Herr Kommissar, aber die Leute reden halt so.«

Burgstaller lächelte nachsichtig.

»Sie kennen doch die Menschen hier in der Region. Hatte der denn Feinde?«

»Wie der die Winzer beschissen hat?«

»Aber Sie würden schon ausschließen, dass einer dieser Winzer …« Burgstaller knetete mit den Händen in einem imaginären Teig herum, als suchte er darin nach den rechten Worten, und beobachtete dabei Lauffers Reaktion.

»Nein, das glaube ich nicht, nein, da bin ich mir sicher. Ziemlich sicher. Das tut keiner von hier.« Nach einer kurzen Pause meinte er, begleitet von einem listigen Grinsen: »Man kann natürlich keinem in den Kopf gucken.«

»Das kann man nicht«, bestätigte Burgstaller die Erkenntnis, dass man keinem in den Kopf gucken kann. Bei den vielen Vernehmungen in seiner bald dreißigjährigen Dienstzeit hatte er die Erfahrung gemacht, dass derartige Plattitüden nicht selten als eine Art Paravent auftraten, hinter dem sich Verdächtigungen verbargen, die der Zeuge sich nicht auszusprechen getraute.

»Jetzt erzählen Sie doch mal, was man so von dem Herrn Oster weiß.« Burgstaller wählte bewusst das »man«, damit Lauffer so tun konnte, als würden alle seine Äußerungen nicht seine, sondern die Meinung der Leute wiedergeben.

»Da gibt's einiges zu erzählen.« Lauffer kam jetzt in Schwung. »Also!«

Aus Sorge, die Zeit könnte ihm davonlaufen, unterbrach ihn Burgstaller und fasste zusammen, was er durch die Inspektion bereits wusste: »Oster hat demnach Wein von hiesigen Winzern gekauft, um ihn an zwei Sektkellereien weiterzuverkaufen. Anstatt aber die Kaufsumme abzüglich seiner Provision an die Winzer zu überweisen ...«

»... hat er alles eingesteckt!«, fiel ihm Lauffer erregt ins Wort. »Das heißt, die Winzer bekamen keine müde Mark! Mit dem Effekt, dass fünf von ihnen machulle waren, und einer, der vorm Aus stand, sich erschossen hat. Nicht zu vergessen die Winzergenossenschaft, die hat er auch beschissen, um hunderttausend Euro.«

Neun Monate Gefängnis habe er dafür bekommen. Das in der Region als zu mild empfundene Urteil sei mit »großer Empörung« aufgenommen worden.

»Um wie viel ging's denn?«

»Um sehr viel Bimbes! Sieben-, achthunderttausend! Aber die Winzer haben gehofft, dass sie wenigstens nen

Teil zurückbekämen. Zwei Immobilienmakler hatten nämlich sein Baajes auf dreihundert- bis vierhunderttausend geschätzt. Jetzt stellte sich aber raus, dass er das längst seiner Frau überschrieben hatte.« Lauffer redete sich jetzt richtig in Rage: »Die war wohl seine Angestellte, hat aber mit seinen Machenschaften nix zu tun gehabt. Hat zumindest das Gericht festgetellt.« Grinsend fügte er an: »Wer's glaubt, wird selig, wer's nicht glaubt, kommt auch in den Himmel.«

»Ist denn bekannt, was er mit dem Geld gemacht hat? Ne dreiviertel Million gibt sich ja nicht von selber aus.«

»Mit Geldausgeben hat der keine Mühe gehabt, der Brulljesmacher. Aber 'n bisschen was ist bestimmt hängengeblieben, und nicht zu wenig, heißt es.«

Der Kommissar war mit dem bisherigen Verlauf der Vernehmung nicht unzufrieden, auch wenn Lauffer im Wesentlichen nur das bestätigte, was ihm der Kollege von der Inspektion bereits mitgeteilt hatte. Er hoffte aber, noch einiges zu erfahren, was nicht in den Akten stand.

»Da gibt es doch den Herrn Breuer.«

Lauffer schien nur auf das Stichwort Breuer gewartet zu haben: »Kaum war der Oster im Bolles, und schon war der Breuer da. Die Leute sagen, dass sie 'n Liebespaar sind, die Oster und der Breuer. Man darf ja nicht alles glauben, aber zwei Frauen hier aus dem Dorf haben gehört ... wie soll ich sagen? Sie sind ja 'n Mann, Herr Kommissar. Also, das Fenster war offen, und die haben gesagt, dass es danach geklungen hat. Ich war nicht dabei«, wehrte er mit beiden Händen ab.

Das stand zum Beispiel nicht in den Akten.

»Und was weiß man über die Frau Oster?«

»Die hat, kaum dass ihr Mann im Knast war, ne Vinothek und 'n Bistro eröffnet.«

»Interessant!«, warf der Kommissar ein, um Lauffers Redefluss neuen Schwung zu geben.

»Das war aber erst der Anfang. Jetzt kam der Glaspalast dran. So was haben Sie noch nicht gesehen«, schwärmte er. »Da wurde an nichts gespart. Ob da dreihunderttausend ausreichen, wage ich zu bezweifeln ... und nicht nur ich«, fügte er schnell an.

»Was heißt Glaspalast?«

»Das müssen Sie sich angucken, Herr Kommissar. Das ist unbeschreiblich.«

Um Lauffer kund zu tun, wie ernst er seine Äußerungen nahm, presste er ein erstauntes »Ach!« heraus, auch wenn er sich sicher war, dass es sich um eine der üblichen provinziellen Übertreibungen handelte.

»Unbeschreiblich«, wiederholte Lauffer. »Das gibt's kein zweites Mal in der Pfalz.«

»Geschäftlich muss ja Frau Oster sehr tüchtig sein?«

»Ohne den Breuer wär ihr das nie gelungen, das dürfen Sie mir glauben. Als Kaufmann weiß ich, von was ich rede. Ihr Mann, der den Breuer von Weißderteufelwoher kannte, hat ihn, als er in den Knast ging ... wie soll ich sagen? ... beauftragt, seiner Frau unter die Arme zu greifen. Dass er ihr nicht nur unter die Arme«, er stockte und räusperte sich, als stecke ihm ein Frosch im Hals.

»Und dann ist er bei Frau Oster eingezogen?«

»Richtig!« Lauffer schien erleichtert, dass ihm der Kommissar aus der Klemme geholfen hatte. »Die Leute haben natürlich gedacht, dass er verschwinden würde, wenn der Oster wieder auf freiem Fuß ist. Aber denkste!«

»Und welche Funktion hatte Herr Oster?«

»Der Herr Oster?« Lauffer lachte auf. »Der hat bei den Gästen die Honneurs gemacht und ansonsten seinen Benz bewegt. Klar, dass der auf seine Frau zugelassen war. Selber hätte der sich nicht mal 'n Tretroller leisten können.«

Dressler druckte das Vernehmungsprotokoll aus.

Lauffer las es durch und unterschrieb.

Als Lauffer gegangen war, stellten die beiden Ermittler fest, dass sie einen rechtschaffenen Hunger hatten. Sie suchten die Straußwirtschaft Mosbacher auf und setzten sich an den Katzentisch, um ungestört miteinander reden zu können.

Einen Schoppen zu trinken, in Anbetracht dessen, was heute noch zu tun war, verbot sich, wenn auch nicht ganz.

»Zu einem Piffchen sollten wir uns schon hinreißen lassen«, schlug Burgstaller vor.

Beim Studium der Speisekarte musste er wieder einmal bedauernd feststellen, dass es in Pfälzer Straußwirtschaften kaum ein warmes Gericht gab, das man leicht hätte nennen können, wie er es von seinem Italiener her kannte.

Während er die Speisekarte rauf- und runterlas und immer wieder an Saumagen mit Sauerkraut und Bratkartoffeln hängen blieb, kam ihm die Idee, wie er aus diesem opulenten Mahl ein Antipasto machen könnte: Saumagen mit Sauerkraut, unter Verzicht auf Bratkartoffeln. Dressler entschied sich für Gequellte mit Pfälzer Leberwurst.

»Hab ich Sie richtig verstanden, Herr Burgstaller: Mit ohne Gebreedelde?«, fragte ihn der Winzer.

»Richtig. Mit ohne.«

»Sag mal, Pierre, glaubst du, dass die ihre Liaison fortgesetzt haben, nachdem er wieder auf freiem Fuß war?«

»Warum nicht? Vielleicht musste er ja einverstanden sein? Schließlich ist sie, rein rechtlich gesehen, Inhaberin und Besitzerin von dem ganzen Baajes. Das heißt, sie hätte ihn vor die Alternative stellen können, den Zustand zu akzeptieren oder sich zum Teufel zu scheren.«

zwei

Gegen neun Uhr verließ er das Château und machte sich auf den Weg nach Ludwigshafen ins Präsidium. Da wenig Verkehr war, brauchte er gerade mal eine halbe Stunde.

Im Kommissariat empfing ihn Frau Enslein mit betrübter Miene.

»Schlimm, Chef, drei zu eins. Mein Mann hat gesagt: alle pfeifen sie gegen uns.«

Lautern hatte mal wieder verloren. Das hieß, auf den Seelenzustand des Kommissars Rücksicht zu nehmen. Niemand wusste das besser als seine langjährige Sachbearbeiterin.

Der Kommissar nickte zustimmend, denn Frau Ensleins Mann wusste, was er redete, immerhin spielte er in seiner aktiven Zeit in der Reserve des FCK, dreimal sogar in der 1. Mannschaft.

»Wie recht Ihr Mann hat, Frau Enslein. Eine Schande!«

»Hat auch mein Mann gesagt. Übrigens, der Herr Präsident hat angerufen, Sie sollten sich gleich bei ihm melden.«

»Und das sagen Sie mir erst jetzt?!«

Der Präsident war am Telefonieren, als seine Vorzimmerdame die Tür zum Büro öffnete. Aufgeregt tanzte er hinter seinem Schreibtisch hin und her und schimpfte, was das Zeug hielt. Als er Burgstaller sah, winkte er ihn herbei, ohne seine Philippika zu unterbrechen.

»Unfassbar! Wirklich unfassbar! Schlimmer geht's nimmer!«

Burgstaller sah den Alten vor sich, wie er, beim letzten Polizeifest, mit seiner Gattin in den festlich geschmückten Saal kam. Sie, ansonsten immer leicht gebeugt, um die nicht unbeträchtliche Größendifferenz zu ihm etwas auszugleichen, schritt dieses Mal mit durchgedrücktem Kreuz neben ihm her. Das war allen aufgefallen, nicht nur Maria, die meinte: »Der hat doch bestimmt was ausgefressen, und jetzt rächt sie sich.« Was Frauen so alles einfällt ... nie im Leben wäre er auf so eine Idee gekommen. »Das einzige, was dem hilft, sind High Heels. Und warum trägt er die nicht? Weil Männer erzreaktionäre Modemuffel sind.« Im Prinzip hatte sie ja recht. Aber ein Polizeipräsident auf High Heels? Wie sähe das denn aus?!

»Ein Segen, dass der Fritz das nicht mehr erleben muss«, stöhnte der Präsident und legte das Telefon ab. »Ich grüße sie, Herr Burgstaller.« Er streckte ihm die Hand über den Schreibtisch entgegen. »Ist doch unfassbar, drei zu eins gegen Hansa Rostock! Der ruhmreiche 1. FC Kaiserslautern. Ich nenne diese Mannschaft die Diva aus der Pfalz. Launisch, unberechenbar wie ... wie ...«

»Wie die Callas«, ergänzte der Kommissar, der wusste, dass die Olbrichs große Opernfreunde waren und jedes Jahr mindestens eine Aufführung in Bayreuth »miterleben dürfen«, wie sich Frau Gemahlin einmal auszudrücken geruhte.

»Wie die Callas«, bestätigte er.

»Herr Präsident, Sie wollen sicher den Ermittlungsstand in Sachen Oster wissen?«

»Genau. Gibt es denn schon einen Tatverdächtigen?«

»Sogar mehrere.« In groben Zügen informierte er ihn.

»Und was gedenken Sie zu tun?«

»Es bietet sich an«, fuhr der Kommissar fort, »bei den betroffenen Winzern einen DNA-Test ...«

»Vergessen Sie das!«, fiel ihm der Präsident ins Wort. »Das bringt eine Unruhe in die Region, an der keiner interessiert sein kann. Keiner! Und zu guter Letzt: Stellen Sie sich vor, es kommt nichts dabei raus? Was dann? Dann stehen wir mit einem verdammt kurzen Hemd da.«

»Ich weiß, ich weiß, Herr Präsident«, wiegelte Burgstaller ab. Natürlich war ihm schon im Vorhinein klar gewesen, wie der Präsident reagieren würde, aber er wollte sich nicht irgendwann dem Vorwurf ausgesetzt sehen, er hätte es versäumt, einen DNA-Test vorzuschlagen.

»Ich will das ja nicht ausschließen, damit Sie mich richtig verstehen«, lenkte der Präsident ein, der auch kein Amateur war, »aber, bitteschön ... als Ultima Ratio! Verstehen Sie? Erst wenn nichts anderes mehr Aussicht auf Erfolg hat, dann! Zuerst aber müssen wir unsere Ermittlungsarbeit konservativ vorantreiben. Und die ist ja, lieber Kollege«, sein Gesicht hellte sich auf, »bei Ihnen in allerbesten Händen.«

Seit Burgstaller vor vier Jahren den Giftmord an der Frau des Juweliers Alexander aufgeklärt hatte, der wochenlang die erste Seite der Gazetten beherrschte, hatte er einen faustdicken Stein im Brett des Präsidenten, der sich in der Gunst des Ministers und der Öffentlichkeit hatte sonnen dürfen wie nie zuvor. Noch heute, wenn eine polizeiliche Obrigkeit für eine Talkshow gesucht wird, fällt den Redakteuren kein anderer ein als der Polizeipräsident Hans P. Olbrich. Also Burgstaller machte sich da nichts vor, von wegen lieber Kollege.

»Ansonsten aber können Sie, wenn Sie Unterstützung brauchen, immer mit mir rechnen. Die Inspektionsleitung habe ich diesbezüglich angewiesen. Nur bitte halten Sie mich auf dem Laufenden. Sie wissen ja, die Presse will gefüttert werden.«

Dabei machte er eine leichenbittere Miene, als sei ihm allein schon der Gedanke, vor die Presse treten zu müssen, eine Pein. In Wahrheit war er noch nie einer Kamera oder einem Mikrophon aus dem Weg gegangen. Du würdest dir doch den Sack wiegen lassen, wenn das Fernsehen es überträgt, dachte der Kommissar und nickte scheinheilig mit zur Seite geneigtem Kopf, in der Absicht, einen möglichst bedeutungsvollen Eindruck zu hinterlassen, bevor er sagte: »Gewiss doch, Herr Präsident.«

Er hatte erreicht, was er wollte – freie Hand! Nicht, dass er das Gefühl gehabt hätte, einen besonders komplizierten Fall vor sich zu haben. Aber wer weiß?!

Er war bereits im Gehen, als dem Präsidenten noch etwas einfiel: »Wir haben mal wieder einen Praktikanten, Sie wissen schon, einen von der Polizeischule. Macht einen recht intelligenten Eindruck.«

Als Burgstaller ins Kommissariat zurückkam, deutete Frau Enslein auf einen jungen Mann, der in der Ecke auf einem Hocker saß, ein schlanker, lässig gekleideter Typ mit hochgekrempelten Hemdsärmeln und einer grauen Fischerweste mit tausend Taschen.

»Chef, das ist der Herr Sander von der ...«

»Ich weiß«, unterbrach er sie. Mehrfach schon hatte er sie gebeten, sie möge ihn mit seinem Namen und nicht mit Chef ansprechen. Vergebens. Sie wollte es sich nicht abgewöhnen.

Er begrüßte den Praktikanten und trug ihm auf, sich nach Daixheim zu begeben, um sich dort ein Stimmungsbild zu verschaffen. Ein paar ortskundige Leute sollte er abklappern und fragen, was sie über das Opfer wüssten, und ob sie in der Mordnacht etwas Auffälliges gesehen oder gehört hätten. Dann fuhr auch er nach Daixheim.

Das am Hang gelegene Anwesen war eingebettet in ein Meer von Rebstöcken. Der Wirtschaftsweg, der von der Hauptstraße abzweigte, führte in sanften Windungen hinauf.

Wenn er bis eben noch Lauffers Schilderungen für provinzielle Übertreibungen gehalten hatte, kamen ihm jetzt, als er auf den Parkplatz zusteuerte, der in seiner Größe eher einem öffentlichen als einem privaten glich, leise Zweifel.

Er stieg aus und folgte einem Trampelpfad, der an einer Natursteinmauer entlang führte. Nach zehn, fünfzehn Meter bog der Pfad rechts ab, und er stand vor der Rückseite eines stattlichen Glashauses mit einem giebelförmig geneigten Dach. Er musste Lauffer Abbitte leisten, denn es war wirklich ein Glaspalast; aber nicht einer von der protzigen Sorte, sondern eine architektonisch gelungene Konstruktion, die den optischen Eindruck vermittelte, Garten und Innenraum gingen nahtlos ineinander über. Nahezu ein Dutzend Tische standen luftig verteilt darin, jeweils bestückt mit zwei oder vier eleganten Rattanstühlen.

Im Garten gaben Rabatten ein farbenprächtiges Bild ab, jede für sich ein Idyll, in denen unterschiedliche Staudenpflanzen wild durcheinander wuchsen, überwölbt von zwei mächtigen Kastanien. Im hinteren Teil war ein kleiner von Farn und Blumen umwachsener Teich angelegt.

Das aus rotem Sandstein gebaute Haupthaus bildete mit dem Glaspalast einen rechten Winkel. Über dem Eingang leuchtete in grüner Neonschrift Vinothek und darunter in Rot Bistro. Der private Eingang war an der Schmalseite des Hauses.

Nachdem er geklingelt hatte, dauerte es eine ganze Weile, bis der Summer betätigt wurde. Er drückte gegen die Tür und ging die Treppe hinauf. Gerade als er die letzte Stufe nahm, öffnete sich linkerhand eine Tür und eine Frau von Mitte bis Ende dreißig trat heraus. Keine lupenreine Schönheit, aber genau der Typ, der Männer in Wallungen versetzt und Frauen zu besonderer Wachsamkeit anhält, dachte er, während sich ihre phänotypischen Merkmale wie von selbst in sein geistiges Vernehmungsprotokoll eintrugen – großgewachsen, blondes, brünett durchwirktes Haar, hellblaue Augen und wohlgerundete, kräftige Schenkel, die sich unter ihrem engen bis knapp oberhalb der Knie reichenden Rock abzeichneten.

Sie führte ihn in ein Zimmer neben demjenigen, aus dem sie gekommen war.

Trotz des warmen, cremefarbenen Teppichbodens wirkte der Raum kühl und unpersönlich wie die Musterzimmer in besseren Möbelhäusern. Dominierend war eine mächtige, dunkle Regalwand, in der großformatige Bände exakt aneinandergereiht standen. Der Lounge Chair von Charles Eames und der Couchtisch von Le Corbusier sahen so unbenutzt aus, als seien sie gestern erst ausgepackt worden. Wahrscheinlich hat sich ihr eigener Beitrag darauf beschränkt, die Rechnung zu begleichen, vermutete er, den Rest erledigte ein Innenausstatter, wie sich diese Spezies nennt, die den Leuten die immergleichen Referenzstücke des gehobenen bürgerlichen Geschmacks in die Wohnung stellt, vorausgesetzt, sie verfügen über ein gutgepolstertes Konto. Nur ein verwaister Nagel, an dem, wie die Spuren zeigten, lange Zeit ein Rahmen gehangen haben musste, störte das makellose Gesamtbild. Ansonsten war alles etepetete.

»Bitte nehmen Sie mein tiefempfundenes Beileid entgegen, Frau Oster.«

Sie nickte stumm und sah den Kommissar fragend an.

»Ich möchte mich in Anbetracht des erschütternden Ereignisses auf ein paar wenige, aber leider notwendige Fragen beschränken.«

Er zwang sich zu diesem salbungsvollen Ton einer Grabrede, die es vermied, die Dinge beim Namen zu nennen; Tod, Mord, Verbrechen, all diesen unverblümten Wörtern fehlte der tröstliche Unterton, den die Hinterbliebenen brauchen, um einen Schicksalsschlag dieser Schwere ertragen zu können.

»Ich hoffe, ich kann Ihnen helfen«, antwortete sie.

Ihn überraschte ihre Gefasstheit, die, wie er es empfand, beinahe die Grenze zur Gleichgültigkeit überschritt. Er fragte sich, ob sie seine Molltonart vielleicht hatte missverstehen können, sie eventuell sogar bestärkte, sie wäre hier die Herrin des Geschehens, um deren Mithilfe er sich bemühte. Allerdings wollte er nicht ausschließen, dass sich ihr kühles Auftreten ihrer norddeutschen Mentalität verdankte. Nicht einmal die Andeutung einer Dialektfärbung ließ erkennen, dass sie schon viele Jahre in der Pfalz lebte. Manche werden halt ihren Migrationshintergrund nie los.

»Gibt es jemanden, Frau Oster«, er hielt einen Augenblick inne, bevor er fortfuhr, »den Sie vielleicht verdächtigen, dass er ...?« Anstatt den Satz zu Ende zu sprechen, räusperte er ihn zu Ende.

»Einige, Herr Kommissar«, erwiderte sie ohne zu zögern, als hätte sie die Frage erwartet. »Sie wissen, dass mein Mann in ein Gerichtsverfahren verwickelt war.«

»Er wurde verurteilt«, warf er ein.

»Das ist richtig: Er wurde verurteilt, aber ...«

Er wollte sich um Himmels willen nicht mit ihr auf eine Diskussion einlassen und schnitt ihr deshalb freundlich, aber unmissverständlich, das Wort ab: »Frau Oster, lassen Sie uns bitte zur Sache kommen. Die Zeit arbeitet für den Täter und nicht für uns! Sie sagten eben, Sie könnten einige Personen nennen, die Ihren Mann ...«

Er blickte sie fragend an, mit einem Ausdruck, der ihr zu verstehen gab, dass es jetzt darum ging, Tacheles zu reden. Schließlich war er nicht hier, um mit ihr über Sinn und Unsinn der neuen Hektarertragsregelung zu diskutieren.

»Etwas Genaues weiß ich natürlich nicht.«

»An wen haben Sie denn konkret gedacht?«, insistierte er ungerührt, während er sein blaues Büchlein aufklappte und den Kugelschreiber in die Hand nahm.

Allem Anschein nach hatte sie jetzt verstanden.

Nach kurzem Zögern nannte sie ihm drei Namen, allesamt Winzer, die, wie er mit einem Blick in sein Büchlein feststellte, zum Kreis derer gehörten, die ihr Mann über den Tisch gezogen hatte. Na also, atmete er innerlich auf und kennzeichnete die Namen, die sie genannt hatte.

»Ich werde Sie in den nächsten Tagen zu einer Vernehmung bitten müssen«, sprach er und erhob sich.

Während sie ihn hinausführte und er sich einen außerdienstlichen Blick auf die Ränder ihres Slips gestattete, die sich unter dem engen Rock abdrückten, fiel ihm ein, wie Maria vor kurzem auf einen älteren Herrn hingewiesen hatte, der sich vom Anblick einer jungen Frau nicht lösen konnte: »Da siehst du's mal wieder, die ewige Sehnsucht des alternden Mannes nach dem jungen Weib.« Der Mann war allerdings ein ganzes Stück älter als er.

Kurz vor vier Uhr fuhr er zum Rechtsmedizinischen Institut. Unterwegs erinnerte er sich an die erste Obduktion, an der er hatte teilnehmen müssen, damals, als junger Kommissar. Er hatte das Bild noch genau vor Augen, wie er in den Vorraum kam, wo zwei Sektionsgehilfen seelenruhig ihre Vesper zu sich nahmen, als säßen sie zuhause in Mutters Küche, während er durch die geöffnete Tür die entkleidete Leiche im Sektionssaal auf einem Metallgestell liegen sah. Als er sich dem Corpus näherte, dessen Kopf, Brust und Bauchhöhle geöffnet waren, war ihm der Schweiß ausgebrochen und sein Kreislauf auf den Nullpunkt gesackt. Beeilen musste er sich, um ins Freie zu gelangen, wo er sich übergab. »Sie sind nicht der erste, dem das den Magen wendet, junger Mann«, hatte ihn der obduzierende Rechtsmediziner getröstet, als er in den Sektionssaal zurückkam. Dennoch – trotz der vielen Obduktionen, die er im Lauf der Jahre über sich hatte ergehen lassen müssen, das Gefühl der Routine wollte sich bis auf den heutigen Tag nicht einstellen. Aber mehr noch als der Anblick einer Leiche bewegte ihn die Vorstellung, wie das Opfer seinen letzten Atemzug erlebt hatte; wie es in die Augen seines Mörders blickte und mit unabänderlicher Gewissheit erkannte, dass gleich alles vorbei sein würde, und wie sein ganzes Leben noch einmal in Sekunden an seinem geistigen Auge vorüber zog. Das allerdings, korrigierte er sich, war Oster erspart geblieben, der, wie es aussah, aus dem Hinterhalt erschossen worden war.

Die Sektionsgehilfen waren gerade dabei, die Leiche aus der Kühlkammer zu schieben, als Burgstaller eintrat.

Dr. Teichmüller und seine Kollegin Dr. Mir-Ali, die an einem kleinen Tisch standen, sprachen in leisem Tonfall miteinander. Als sie Burgstaller sahen, grüßten sie mit einem kurzen Wink und führten ihr Gespräch fort.

Burgstaller stellte sich die Frage, die er sich bei jeder Obduktion stellte, weshalb er hier eigentlich dabei sein musste? Nichts, aber auch nichts konnte er beitragen, und die Ergebnisse bekam er sowieso noch einmal schriftlich mitgeteilt. Immerhin ist es seit einiger Zeit nicht mehr zwingend, dass der Staatsanwalt bei der Obduktion zugegen sein muss. Was dem guten Förtner aber auch nichts nutzt, weil sein Chef, der Leitende Oberstaatsanwalt, per Dienstanweisung Anwesenheit angeordnet hat.

Mittlerweile war Förtner eingetroffen.

»Dann sind wir ja vollzählig«, stellte Teichmüller fest.

Für Burgstaller war es das Signal, abzuschalten. Erst als Dr. Mir-Ali auf die Tatsituation zu sprechen kam, kehrte er aus seinem geistigen Verlies zurück. Die Rechtsmedizinerin bemühte sich, was er ihr hoch anrechnete, um eine für den medizinischen Laien verständliche Sprache.

»Ein Schuss durchschlug die Aorta, ein zweiter Schuss prallte direkt daneben an der Wirbelsäule ab. Fünf weitere Geschosse drangen an unterschiedlichen Stellen rückseitig in den Körper ein. Aus unserer Sicht hat der Schuss in die Aorta, der aus einer Distanz von gut einem Meter abgegeben wurde, den Tod herbeigeführt. Die abgeflachten Einschusswinkel der weiteren fünf Geschosse lassen darauf schließen, dass der Täter sie in das liegende Opfer verfeuert hat.«

»Die vermutliche Tatzeit war in der Nacht von Samstag auf Sonntag zwischen null und zwei Uhr«, ergänzte Dr. Teichmüller.

Vielleicht war es ja eine Untugend, dass ihm immer dann, wenn die Mediziner ihren kalten Bericht abgeliefert haben, die Phantasie durchging. Auch jetzt wieder drängten sich ihm Bilder auf, die den Tathergang in aller Eindringlichkeit schilderten – wie der Täter die Pistole mit beiden Händen umklammert hielt und zwei gezielte Schüsse abfeuerte, und wie das Opfer lautlos zu Boden stürzte, und wie er seelenruhig die Waffe ein paar Grad senkte und eins, zwei, drei, vier, fünf Schüsse in den leblosen Körper jagte, und wie er die Waffe ins Holster steckte und ins Auto stieg, wendete und davonfuhr. Nur – worin liegt der Sinn, noch fünf Schuss in einen Körper zu feuern, der kein Lebenszeichen mehr von sich gibt? Sieben mit Hass geladene Geschosse! Jetzt werd' nicht noch poetisch, rief er sich zur Ordnung.

drei

Es war zehn Uhr, als er im Präsidium ankam. Über eine Stunde hatte er heute gebraucht, die Autobahn war von Lastwagen verstopft. Es hätte ihm auch nicht geholfen, über die Dörfer zu fahren, denn da sah es nicht anders aus, wie sie im Radio gemeldet hatten.

Frau Enslein hatte den Vermerk, den Burgstaller nach der Befragung von Eva Oster in den Computer geschrieben und ins Kommissariat geschickt hatte, in das Dokument *Oster-Mord* eingearbeitet und ihm zur Korrektur ausgedruckt.

»Ein Segen, dass es Sie gibt«, lobte er sie.

»Naja, wenn ich's nicht wär, wär's ne andere«, erwiderte sie geschmeichelt.

»Widersprechen Sie mir nicht immer, Frau Enslein!«

»Jawoll, Chef!«

Das war das Spiel, das sie miteinander spielten, und das sie sehr genoss. Burgstaller ging in sein Büro und blätterte in den Ausdrucken der Akte Oster.

Da die Zwischentür immer offen stand, hörte er, wie jemand in Frau Ensleins Zimmer kam. Er sah kurz auf und erkannte, dass es der Praktikant war, der in respektvollem Abstand darauf wartete, von ihm wahrgenommen und hereingebeten zu werden.

»Augenblick, bitte.« Burgstaller deutete auf den Stuhl, der vor seinem Schreibtisch stand. Er las die Seite zu Ende und machte zwischendrin einige Anmerkungen.

»Was haben Sie denn in Erfahrung gebracht?«

Der Praktikant stand noch ganz unter dem Eindruck seiner Recherchen: »Die Leute sind fassungslos. Mit so was hätten sie nie gerechnet.«

»Die Leute rechnen nie damit, dass so was bei ihnen passiert. Die Leute rechnen immer damit, dass so was woanders passiert«, erwiderte Burgstaller ungerührt. »Was sonst noch?«

Der Praktikant war irritiert, er wusste nicht einzuschätzen, ob ihm eben eine kollegiale Belehrung zuteil wurde oder eine Rüge.

»Keiner, mit dem ich gesprochen habe«, antwortete er stockend, »keiner hat etwas Positives über Oster gesagt. Die Verkäuferin aus dem Minimarkt meinte, dass es nicht einen einzigen gäbe, der für den Oster etwas übrig hatte. Dass er so endete, hat ihm natürlich niemand gewünscht. Andererseits dürfe man nicht vergessen, dass sich ein Winzer wegen ihm umgebracht hat, hat der Gemeindesekretär gesagt. Ich habe insgesamt mit acht, neun Personen gesprochen.«

»Acht oder neun?«

»Ja, also ... mit der Verkäuferin, dem Gemeindesekretär, der Metzgersfrau, dem Inhaber der Straußwirtschaft und seiner Frau, dem Lehrer und dem Hausmeister der Bürgermeisterei.«

»Mit sieben also. Und, wie ist das Stimmungsbild?«

»Wenn Sie mich fragen, ob ich da ein Mitleid gespürt habe ...«

»Ich frage Sie.«

»Nein, überhaupt nicht. Kein Funken Mitleid.«

»Danke, Herr Sandner.« Er nickte ihm zu und setzte seine Korrekturen fort.

»Ist der Chef immer so schlecht drauf?«, beschwerte sich der Praktikant im Hinausgehen bei Frau Enslein.

»So isser halt«, gab sie seelenruhig von sich, ohne ihre Arbeit am Computer zu unterbrechen.

»Sehr freundlich«, erwiderte er beleidigt und verließ kopfschüttelnd das Büro.

Burgstaller trank noch eine Tasse Kaffee mit Frau Enslein, dann fuhr er nach Daixheim, um Breuer aufzusuchen.

Unter OSTER stand TORE BREUER.

Burgstaller klingelte.

Schon einen kurzen Augenblick später summte es.

Er ging die Treppe hinauf in den ersten Stock.

Rechterhand öffnete sich die zweite Tür und ein schlanker, etwa einsfünfundachtzig großer Mann mit einem sympathischen Schwiegersohngesicht trat heraus, ein Typ, wie er sich mittlerweile in allen Fernsehkanälen breitgemacht hat. Auf Mitte vierzig taxierte er ihn. Sein zwischen blond und braun schimmerndes Haar legte nahe, dass die Hand eines Coiffeurs coloristisch eingegriffen haben könnte. Die Uhr, die er am Arm trug, hatte vier, fünf Steine, wahrscheinlich Brillis, die ab und zu, je nach Bewegung des

Armes, funkelten. Bei aller Harmlosigkeit hatte er etwas Geschmeidiges an sich, was Tante Monique zu dem warnenden Hinweis veranlasst hätte: »Der hat schon alles getrieben, nur nicht die Schnecken nach Metz!« Merkwürdig, dachte er, wie sich die Spruchweisheiten, die man als Kind gehört hatte, im Gedächtnis eingenistet haben und sich bei passender Gelegenheit zu Wort melden.

Dem Anschein nach war Breuer auf Burgstallers Besuch vorbereitet. Die kleine Küche, in die er Burgstaller führte, machte den Eindruck, als wäre hier noch nie eine Scheibe Brot geschnitten worden, was wahrscheinlich auch so war, schließlich konnte er bequem seine Mahlzeiten ein Stockwerk tiefer im Bistro einnehmen.

Er bot Kaffee an, was dem Kommissar sehr gelegen kam, denn die Nachmittagsmüdigkeit begann sich schleichend in ihm breitzumachen.

Breuer schloss die Tür zu dem angrenzenden Zimmer, die einen Spaltbreit offengestanden hatte, bevor er zwei Tassen aus dem Schrank nahm und aus einer Thermoskanne eingoss.

»Seit wann kannten Sie Herrn Oster?«

»Seit über zwanzig Jahren.«

»Beruflich?«

»– ja.«

Seine zögerliche Antwort machte Burgstaller stutzig, aber er verzichtete darauf nachzufragen. Es galt jetzt Vertrauen aufzubauen.

»Was war Herr Oster für ein Mensch?«

Breuer atmete tief durch. »Ja, was war Heribert für ein

Mensch?« Es bereitete ihm sichtlich Mühe, auf Burgstallers Frage eine Antwort zu finden. »Unser Verhältnis war von gegenseitigem Vertrauen bestimmt. Er hatte mich ja auch, wie Sie sicherlich wissen, damit betraut, seine Frau geschäftlich zu unterstützen, als er seine Gefängnisstrafe ...«

»Sie sind dann hierhergezogen?«

»Mit der Zeit weitete sich das Tätigkeitsfeld derart aus, dass ich nicht umhin kam, meinen Wohnsitz von Frankfurt hierher zu verlagern.« Mit einem Lächeln ergänzte er: »Die schöne Pfalz hat mir diese Entscheidung nicht gerade erschwert.«

Wie kann man denn von seinem Freund sprechen, der vor ein paar Stunden ermordet wurde, und im gleichen Atemzug ein Loblied auf die Pfalz singen?, wunderte sich der Kommissar. Wahrscheinlich haben sie ihm das in Rhetorikkursen beigebracht, wo die Selbstverleugnung so lange geübt wird, bis der Teilnehmer nicht mehr weiß, wer er ist, vorausgesetzt, dass er es je gewusst hat.

»Sie waren also, wenn ich Sie richtig verstanden habe, mit Herrn Oster beruflich ...«

Breuer nahm die als Feststellung verkleidete Rumpffrage mit einem stummen Nicken auf. Die einladende Handbewegung des Kommissars, die ihn ermuntern sollte, darauf einzugehen, blieb ohne Folgen. Das Thema schien Breuer nicht sonderlich angenehm. Der Kommissar schob deshalb ein knappes »Oder?« nach.

»Heribert hat mich in geschäftlichen Belangen hin und wieder konsultiert.« Als wäre ihm noch etwas Wichtiges eingefallen, schob er schnell nach: »In seinen Entscheidungen ließ er sich allerdings nie beeinflussen. Da war er sehr eigensinnig.«

Sein anerkennendes Lächeln, das Freund Heriberts Eigensinn galt, weckte beim Kommissar den Verdacht, möglicherweise in ein Wespennest gestochen zu haben.

Breuer konnte seine Überraschung nicht ganz verbergen, als Burgstaller aufstand und sich mit einem freundlichen Lächeln verabschiedete: »Das genügt fürs Erste. Ich werde Sie in den nächsten Tagen zu einer Vernehmung bitten müssen.«

Vielleicht denkt er jetzt, wie leicht es doch ist, einen Bullen loszuwerden, dachte der Kommissar. Soll er mal.

Als Burgstaller ins Büro kam, sah er den Praktikanten und Poschmann in angeregtem Gespräch über das nächste Spiel von Lautern gegen Rot Weiss Ahlen.

Der Praktikant brach das Gespräch ab und folgte ihm ins Büro.

»Darf ich Sie was fragen?«

»Dazu bin ich ja da.«

»Ich bin mir nicht so ganz im Klaren, was ein Weinkommissionär ist.«

»Sie wollen sagen«, unterbrach er den Praktikanten, »dass Sie nicht mal einen blassen Schimmer haben?«

»Ja«, erwiderte der Praktikant kleinlaut.

»Dann sagen Sie das auch! Ist ja nichts Unkeusches. Der Kommissionär ist der Mittler zwischen Weinerzeuger und Käufer. Nehmen wir an, dass es sich beim Käufer um eine Kellerei handelt, die Wein zu Sekt verarbeitet. Die

Kellerei beauftragt nun unseren Kommissionär, einen Winzer zu finden, der einen Wein liefern kann, der qualitativ und preislich ihrer Vorstellung entspricht. Das Procedere ist nun wie folgt: Nach Erhalt des Weins überweist die Kellerei die Kaufsumme – gehen wir von 10 000 Euro aus – plus zwei Prozent Provision, also 10 200 Euro, auf das Konto unseres Kommissionärs, der noch drei Prozent Provision von der Kaufsumme abzieht, bevor er die ...«

»9700«, warf der Praktikant ein, um zu zeigen, wie aufmerksam er den Worten des Kommissars gefolgt war.

»... an den Winzer weiterleitet. Insgesamt kassiert er also 500 Euro Provision. Im Fall Oster handelte es sich aber um sehr viel mehr – um circa 40 000 Euro Provision. Das reichte dem aber nicht. Er hat alles eingesteckt. Zu seiner Entschuldigung wollte er den Winzern weismachen, er hätte von der Kellerei kein Geld bekommen, weil sie bankrott war.«

»Dann wäre er aber doch nicht zu neun Monat Knast verurteilt worden?«

Poschmann kam mit dem Telefon herein. »Für Sie.«

»Mich haben Sie nicht erwartet, was?«, lachte Altbürgermeister Rebholz.

»Ehrlich gesagt, nein.«

»Ich weiß nicht, wie weit Ihre Ermittlungen gediehen sind, aber vielleicht kann ich Ihnen ja den einen oder anderen Hinweis geben?«

Burgstaller schnappte sofort zu, denn er wusste, dass der Altbürgermeister die Verhältnisse in Daixheim und Umgebung wie kein anderer kannte: »Gleich?«

»Einverstanden.«

Burgstaller machte sich sofort auf den Weg zum alten Schulhaus, in dem Rebholz jetzt wohnte. Als die Grundschule vor fünf Jahren ihren Betrieb hatte einstellen müssen, und die paar wenigen Kinder, die es noch im Ort gab, morgens mit dem Bus in die Schule nach Neustadt verfrachtet wurden, hatte das Gebäude leer gestanden. Rebholz kaufte es dem Land ab und richtete es sich als Wohnhaus her. Noch während er am Renovieren war, zerbrach seine langjährige Liaison mit einer Apothekerin aus Bad Dürkheim. Wie es der Zufall wollte, lernte er schon kurze Zeit später bei einem Hoffest, wo er in seiner Funktion als Bürgermeister ein paar launige Worte zum Besten gab, eine attraktive Tierärztin kennen. Sie war gerade aus Niederbayern hergezogen, um mit einem Pfälzer Kollegen eine Gemeinschaftspraxis in Neustadt zu eröffnen. Anscheinend war es Liebe auf den ersten Blick, denn noch bevor der Putz getrocknet war, standen sie vor seinem alten Kumpel, dem Standesbeamten Henrici, um sich trauen zu lassen, und zwei Stunden danach, weil seine Traudl Wert darauf legte, vorm Altar, Auge in Auge mit Pfarrer Nau, der es sichtlich genoss, wie im Dorf erzählt wurde, dem notorischen Gottesdienstschwänzer ein paar subtile Ermahnungen mit auf den Weg zu geben. Natürlich hatten sich die Leute wieder mal das Maul zerrissen: »So 'n alter Sack! Der is doch mindeschdens zwanzig Johr älter. Die is sicher in annere Umständ, deswege hot der's so eilig.« Stimmte aber nicht! Er ist nur achtzehn Jahre älter, und in »annere Umständ« war sie auch nicht. Eins allerdings stimmte: Er hatte es eilig. Rebholz, der seine Apothekerin verlor, weil er sich immer wieder hartnäckig geweigert hatte in den Stand der Ehe zu treten, wollte diesmal Nägel mit Köpp machen. Das war seine Version. Marias Version war eine andere. Ihrer Meinung nach war das Verhältnis auf Grund seiner Orientierungsprobleme in die Brüche gegangen. »Der hat sich zu oft in fremde Schlafzimmer verirrt. Das ist die Wahrheit! Alles andere ist dummes Gebabbel. Den hätt ich schon viel früher zum Deiwel gejagt.«

»Sie sind schon da? Kommen Sie, wir geh'n ins Klassenzimmer.«

Der riesige dunkle Eichentisch, der in der Mitte des großen Raums stand, war vollgeladen mit Weinzeitschriften wie Vinum, Weinwelt, Selection, Weingourmet und dickleibigen Fotobänden. Seit dem Ende seiner Amtszeit arbeitete Rebholz, nicht ohne Erfolg, im Weinhandel, um, wie er sagte, »mitzuwirken, dem Pfälzer Wein seinen Spitzenplatz in der Champions League zu sichern«. In seinen angestammten Beruf als Mathematiklehrer wollte er nicht mehr zurück. »Ich kann doch nicht zehn Jahre eine Gemeinde führen und mir dann von einem hergelaufenen Schulleiter zeigen lassen, wo der Barthel den Most holt«, hatte er Burgstaller mal erklärt.

»Nehmen Sie Platz.« Er wies mit der Hand in Richtung Fenster, wo zwei Stühle und ein kleiner, runder Holztisch standen, holte Gläser aus dem Vertiko und öffnete einen der beiden Weinkühlschränke.

»Trinken wir doch mal einen gepflegten Spätburgunder«, sprach er genüsslich und nahm eine Flasche heraus, um sie zu entkorken.

»Exzellent«, schwärmte Burgstaller nach dem ersten Schluck. »Könnte ich drin baden.«

»Allerdings.«

Rebholzens Ton wurde jetzt amtlich: »Sie können sich vorstellen, was der Oster mit dem Bimbes gemacht hat?«

»Ausgegeben?«

Rebholz lachte.

»Achthunderttausend ausgegeben? In so kurzer Zeit? Das hätte selbst der Oster nicht geschafft, auch wenn er überall den Dicken gemacht hat.«

»Sie meinen ...«

»Genau das meine ich: Gebunkert hat er die Kohle! Haben Sie dem sein Anwesen mal gesehen?«

»Hab ich.«

»Wie heißt es doch in dem Lied von den Prinzen? Das ist alles nur geklaut.«

Rebholz berichtete, dass Eva Oster schon lange zuvor den Ehrgeiz hatte, aus dem Baajes etwas zu machen, was es in der Pfalz kein zweites Mal gibt.

»Was ihr fehlte, war Geld.«

»Das hätte sie doch als Darlehen kriegen können, oder?«

»Natürlich«, erwiderte Rebholz und nahm einen Schluck. »Nur, stellen Sie sich vor, Sie kriegen ein Darlehen von, sagen wir: vierhundert-, fünfhunderttausend Euro. Wenn alles gut läuft, kommen Sie anstandslos ihren monatlichen Verpflichtungen nach. Aber der Teufel will es, dass es den ganzen Sommer durch regnet. Was dann? Vielleicht hat ja die Bank ein Einsehen und gewährt Ihnen einen Aufschub.

Aber was ist, wenn sie es nicht tut, vielleicht, weil sie scharf auf ihr Anwesen ist?« Rebholz lächelte vielsagend. »Ich saß zu der Zeit im Aufsichtsrat, und von daher weiß ich, dass der damalige Bankchef auf einem strammen Expansionskurs war. Der hat sich Wingert und Immobilien rücksichtslos unter den Nagel gerissen. Auf die Art kam die Bank zu einem beachtlichen Grundbesitz, den sie später gewinnträchtig verkaufen konnte. Deshalb war mir sofort klar, weshalb er der Frau Oster ohne viel Federlesens ein Darlehen gewährt hatte, das weit über das übliche Maß hinausging.«

»Sie meinen, er hoffte, dass sie ...«

»... in Verzug kommen würde, um sich das Anwesen nebst Grund und Boden einzuverleiben. Seine Rechnung ging aber nicht auf, denn die Frau Oster hat die Bank bedient, wie's sich gehört.«

Während er nachgoss, sprach er: »Ich sage Ihnen aber, und da bin ich mir sicher: Die hätte nicht einmal das erste halbe Jahr ohne ihre stillen Reserven überstanden.« Grinsend fuhr er fort: »Merke: Solange du deinen Kreditverpflichtungen nachkommst, interessiert sich kein Deiwel, wo du die Kohle herhast. Und wenn dir dann noch ein ausgebuffter Kaufmann zur Seite steht, und das ist der Breuer, bleibt deine Weste blütenweiß.«

»Sie meinen also, das Darlehen hat sie nur zum Schein genommen?«

»Das weiß die Bank, der das naturgemäß wurscht ist, die Winzer wissen es, und Ihre Kollegen vom Betrugsdezernat wissen es sowieso. Nur: keiner kann's beweisen!«

Rebholz nahm genießerisch einen Schluck zu sich und hielt das Glas gegen das Licht.

»Auch unsere Rotweine müssen sich nicht mehr verstecken.«

»Wirklich nicht«, bestätigte Burgstaller.

vier

Bevor er nach Daixheim fuhr, ging er in Schwefels Bäckerei, um zu frühstücken.

»Und die RHEINPFALZ, Herr Burgstaller?«

Das müsste sie jetzt langsam mal wissen.

»Ja, Frau Schwefel, die RHEINPFALZ, bitte.«

Er überflog den Sportteil und tunkte dabei ein Croissant in den Kaffee. Vor kurzem noch waren es zwei Croissants, seitdem aber Maria festgestellt hatte, dass sein Hemd spannt, begnügte er sich mit einem.

Der Praktikant saß schon am Rechner und studierte den Tatortbefundbericht.

»Mal was von Peripatetikern gehört?«

»Nie gehört«, erwiderte der Praktikant.

»Das waren Anhänger einer philosophischen Schule im alten Athen, die in einer Säulenhalle auf-und abwandelten und dabei knifflige Probleme erörterten. Und genau das machen wir beide jetzt. Eine Säulenhalle kann ich Ihnen nicht bieten, aber ein ziemlich kniffliges Problem.«

Der Kommissar und ein frohgestimmter Praktikant, der von der unerwarteten Freundlichkeit seines Mentors überrascht war, verließen den Polizeiposten und gingen in zügigen Schritten die Dorfstraße hinunter. Burgstaller sprach kein Wort, nur hin und wieder grüßte er einen Passanten, der ihm entgegenkam. Am Ortsausgang schlug er einen Weg durch die Weinberge ein.

Die Sonne stand schon ziemlich hoch, es war elf Uhr vorbei, und das Thermometer stieg spürbar an.

Was er auf dem Konto des Praktikanten als Plus verbuchte: Er hielt seinen Mund und er konnte Schritt halten. Letztes Jahr hatte er einen derart bewegungsresistenten Praktikanten, dass er mit Freuden »ja« sagte, als das Betrugsdezernat anfragte, ob er ihn entbehren könne.

Der asphaltierte Wirtschaftsweg führte sie in weiten Bögen hinauf bis zum Kamm des Weinbergs. Vor ihnen lag das weite Rheintal mit seinen kleinen Dörfern, die wie Farbtupfer im monochromen Grün der Landschaft verstreut lagen. Der Kommissar blieb stehen und deutete wortlos nach unten, dorthin, wo ein Feldweg auf die Landstraße stieß.

Um den Weg abzukürzen, gingen sie zwischen den Reihen hinunter, überquerten die Landstraße und näherten sich einer Linde. Ein paar Meter davor blieb Burgstaller stehen und wies auf eine Stelle, die sich durch Fußabdrücke und Reifenspuren abhob.

»Hier!«

Durch die Hitze der letzten Tage war die Lache aus Regenwasser und Blut gänzlich ausgetrocknet.

Der Kommissar spürte, wie dem Praktikanten die Begegnung mit dem Tatort zu schaffen machte. Stumm und ergriffen stand er da, als wäre die Tat eben geschehen und er ihr unmittelbarer Zeuge gewesen. Um ihn aus seiner

Starre zu lösen, sprach er: »Seit den achtziger Jahren kann kein Mörder mehr sicher sein, dass er nicht irgendwann erwischt wird. Ich gehe noch weiter: Den perfekten Mord gibt es nicht mehr. Und wir beide, wir werden unseren Teil dazu beitragen.«

Der Praktikant nickte stumm.

»Unser Problem ist folgendes.« Der Kommissar wies mit der Hand in Richtung Landstraße. »Was mag das Opfer bewegt haben, hier in den Feldweg zu fahren?«

Der Praktikant überlegte einen kurzen Augenblick.

»Da es Nacht war, würde ich ausschließen ...«

»Richtig! Das hätte er am Straßenrand erledigen können.«

Der Praktikant konnte sich nichts anderes vorstellen, als dass Oster unter Zwang gehandelt haben musste. Was sonst sollte der Beweggrund gewesen sein, nachts ins freie Feld zu fahren, zudem er fast schon zuhause war? Das Gespräch von gestern mit dem Kommissar saß ihm aber noch zu sehr in den Knochen, als dass er bereit gewesen wäre, ohne weitere Überlegungen seine spontane Vermutung zu äußern. Da ihn aber der Kommissar ungeduldig ansah, entschloss er sich, das Risiko einzugehen: »Er handelte unter Zwang.«

»Kommen Sie!«

Sie verließen den Tatort und liefen langsam den Weg in Richtung Dorf zurück. Nach einer Weile blieb der Kommissar stehen.

»Gehen wir davon aus, dass das Opfer unter Zwang gehandelt hat. So, und jetzt lassen Sie mal Ihre Phantasie von der Leine.«

Der Praktikant war erleichtert, dass er sich nicht wieder eine Rüge eingehandelt hatte.

»Ich könnte mir denken, dass der Täter neben ihm saß und ihn mit der Schusswaffe bedrohte.«

»Und welchen Schluss lässt das zu?«

»Oster hat den Täter nichtsahnend mitgenommen. Wahrscheinlich kannte er ihn.«

Mit einem Kopfnicken ermunterte ihn der Kommissar, seine Überlegungen fortzusetzen.

»Es könnte auch sein, dass er ihn unterwegs aufgelesen hat. Aber auch dann war er ihm bekannt. Denn wer nimmt schon nachts einen wildfremden Mann mit?!«

»Ihr an sich lobenswerter Respekt vor Frauen schließt wohl aus, dass es eine Täterin gewesen sein könnte?«

»Natürlich«, der Praktikant beeilte sich, sein Versäumnis nachzuholen, »bei einer Frau hält man immer an.«

»Den Möglichkeiten, die Sie jetzt genannt haben, ist eines gemeinsam?«

»Der Täter oder die Täterin saß im Auto des Opfers.«

»Lassen Sie uns der Einfachheit halber von einem Täter sprechen. Die Täterin können wir ja stillschweigend mitdenken.« Die politisch korrekte Geschlechtsunterscheidung ging ihm schon von jeher auf den Zwirn: Liebe Mitbürgerinnen und Mitbürger. Meist kam wegen der schlampigen Aussprache eh nichts anderes als eine Verdopplung heraus: Liebe Mitbürger- und Mitbürger; liebe Genossen- und Genossen.

»Vorhin habe ich die These aufgestellt, dass es den perfekten Mord nicht mehr gibt. Für unseren Fall bedeutet das: Wenn es so war, dass der Täter im Fahrzeug des Opfers saß, können Sie Gift drauf nehmen, dass er verwertbare DNA-Spuren hinterlassen hat. Der Mensch verliert jede Sekunde tausend Hautschuppen, und schon eine einzige kann genügen, daraus die DNA zu ermitteln. Das heißt, wir werden ihn kriegen! Aber vorher gehen wir was Anständiges essen.«

Die Sonne brannte gnadenlos vom Himmel herunter, es war fast halb eins, und der Kommissar hatte Hunger und einen mächtigen Durst.

Sie setzten sich an den Katzentisch, für den sich Burgstaller immer dann entschied, wenn er ungestört von kontaktfreudigen Tischnachbarn nachdenken wollte. Maria mochte den Tisch nicht: »Da komm ich mir vor wie eine Aussätzige.«

Der Winzer überschlug sich vor Freundlichkeit, als er die Speisekarte brachte, ganz anders als vor kurzem, als er auf die Frage eines norddeutschen Gasts, ob er denn statt Bratkartoffeln Püree haben könnte, kurz angebunden erwiderte: »Darf's auch Schdambes sein?« Natürlich wusste der gute Mann nicht, dass Schdambes dasselbe ist wie Püree. Eingeschüchtert, vielleicht auch, weil er hungrig war, sagte er einfach »ja«. Als der Winzer weg war, fühlte sich Burgstaller verpflichtet, den Mann aufzuklären. Der nahm die Sache mit Humor und hatte eine schöne Geschichte, die er in seine norddeutsche Heimat mitnehmen konnte.

»Was darf's denn sein, die Herren?«

Burgstaller lud den Praktikanten ein und empfahl ihm Kartoffelsuppe mit Dampfnudeln, während er sich für Pfälzer Wurstsalat entschied.

»Zuerst aber was zu trinken, Herr Mosbacher. Der Kollege bekommt ...«

»Eine Apfelsaftschorle, bitte.«

»Und ich eine Weißweinschorle, tief gespritzt.«

»Mit viel Wasser, jawoll.«

Postwendend waren die Getränke da.

»So, meine Herren, sehr zum Wohle.« Mosbacher nickte beiden mehrmals freundlich zu und nahm das Tischgesteck weg. »Damit sie mehr Platz haben.«

Verlegen lächelnd trat er von einem Fuß auf den anderen, als wollte er, aber wüsste nicht wie. Endlich gab er sich einen Ruck: »Sagen Se mal, Herr Burgstaller«, er senkte die Stimme und blickte sich um, »weiß man denn schon was Genaueres?«

»Das frage ich Sie«, erwiderte Burgstaller trocken.

»Mich?« Der sonst so forsche Herr Mosbacher wurde ganz fahrig. »Also da fragen Se aber den Verkehrten! Ich hab doch mit dem Oster nie was zu schaffen gehabt. Da müssen Se schon andere fragen.«

»Wen?«

»Ja, wen?« Mosbacher merkte, dass er sich heillos vergaloppiert hatte. »Wenn ich das wüsste!«

»Würden Sie es mir dann sagen?« Burgstaller genoss es, diesen Gottvater, dem nicht einmal seine Frau zu widersprechen wagte, in Verlegenheit zu bringen.

»Aber ganz bestimmt, Herr Kommissar! Da können Se sich drauf verlassen!«

Seine Frau rettete ihn aus seiner misslichen Lage: »Heiner! Das Essen!«

Schnell eilte er zur Durchreiche.

»Grumbeersupp mit Dampnudle un Pälzer Worschtsalat. Guten Appetit, die Herren!« Er stellte das Essen auf den Tisch und verschwand so schnell wie er gekommen war.

»Den verdächtigen Sie natürlich nicht?«

»Ach was! Aber der verdächtigt.«

»Wen?«

»Einen der Winzer.«

»Sie nicht?«

»Das ist naheliegend«, erwiderte der Kommissar und schluckte einen Bissen hinunter. »Wie schmeckt's Ihnen denn?«

»Sehr gut. Dampfnudeln und Kartoffelsuppe, so ne Kombination hätte ich mir gar nicht vorstellen können.«

»Für den Pfälzer ist das Essen schon seit jeher mehr als eine lebenserhaltende Maßnahme«, meinte der Kommissar und nahm einen kräftigen Schluck zu sich.

»Wie bei uns im Saarland. Da heißt es: Gudd esse und trinke is die Hauptsach'.«

»Viel esse wäre zutreffender«, korrigierte Burgstaller.

»Viel und gut!«, versuchte der Praktikant seine Heimat zu retten, doch der Versuch lief ins Leere. Der Kommissar trug ihm auf, nach dem Essen in den nächstliegenden Ortschaften, aus deren Richtung Oster in der Mordnacht gekommen war, zu recherchieren, ob ihn jemand gesehen hatte, und gegebenenfalls mit wem.

Burgstaller ging ins Büro und nahm sich den Tatortbefundbericht vor. Er studierte die Fotos, vergrößerte Details, die ihm in irgendeiner Weise auffielen, und las aufmerksam die Anmerkungen, die Dressler dazugeschrieben hatte.

Am späten Nachmittag fuhr er ins Château und telefonierte mit Maria, die sich für morgen ankündigte.

Anschließend rief er Jacques Deleuze an. Ihn hatte er vor Jahren bei einer deutsch-französischen Polizeitagung in Landau kennengelernt. Seitdem besuchten sie sich wechselseitig, einmal in Obernai, wo Jacques zuhause war, und das andere Mal in Freynheim. Leider war vor zwei Jahren Jacques' Ehe mit Sylvie in die Brüche gegangen. Jacques litt sehr darunter. Aber auch Sylvie war, wie sie Maria gestand, unglücklich über die Trennung. Danach lernte Jacques eine aus Nancy kennen. Hübsch war sie, aber sie konnte an keiner Boutique vorbeigehen, um nur ja nicht den dernier cri zu überhören, alles andere langweilte sie. Sie gehörte zu denen, die meinen, Prada und Versace zu tragen sei ein unveräußerliches Menschenrecht. Jacques war durch sie zu einem exzessiven Fernsehgucker geworden. Was hätte er auch mit ihr reden sollen?! Wie zu erwarten, war die Affäre nicht lange gut gegangen. Mittlerweile nähern sich Sylvie und Jacques langsam wieder an, sehr zur Freude Marias, die in Sylvie eine Freundin gefunden hat.

Nach dem Gespräch mit Jacques legte er eine Coltrane-Platte auf, goss sich ein Glas Dornfelder ein und las ausgiebig die RHEINPFALZ.

Trotz der Hitze, die heute herrschte, war es angenehm kühl im Château, was sich nicht zuletzt dem Efeu verdankte, das die Front des Häuschens überwucherte und verhinderte, dass die Sonne die blanke Wand zum Glühen brachte. Nur mit viel Überredungskunst konnte er damals Monique davon abbringen, es entfernen zu lassen. Denn immer wieder war sie von schlauen Nachbarn gewarnt worden, Efeu würde den Putz kaputtmachen, was überhaupt nicht stimmt. Im Gegenteil: Efeu schützt den Putz, vorausgesetzt, es ist guter Putz. Mit diesen Gedanken schlief er ein.

fünf

Stockfinstere Nacht. Von weitem tauchen zwei Scheinwerfer auf, die näher und näher kommen. Plötzlich erscheint am Straßenrand eine Gestalt, die heftig zu winken beginnt. Das Auto, ein Cabrio, stoppt mit quietschenden Reifen neben dem Anhalter. Der beugt sich über die Beifahrertür und wechselt mit dem Fahrer ein paar hastige Worte, bevor er in den Feldweg läuft, gefolgt von dem Cabrio. Die Scheinwerfer erfassen eine Limousine, die unter den weitausladenden Ästen eines mächtigen Baums steht. Der Fahrer hält knapp davor an und steigt aus. So, wie der Anhalter aus dem Nichts am Straßenrand aufgetaucht war, steht er plötzlich hinter dem Fahrer. Mit einer ruhigen, gemessenen Bewegung hebt er die Hand, die eine Pistole hält, und der Kommissar wacht schweißgebadet auf. Es dauerte eine ganze Weile bis er wieder bei klaren Sinnen war und sich fragte: Wieso habe ich dieses Szenario nicht längst in Erwägung gezogen?

Der Regen prasselte auf das kleine Vordach über dem Fenster des Wohnzimmers, und das Gartentor schlug im Rhythmus der heftigen Windstöße gegen den Rahmen. Mit Zufriedenheit stellte Burgstaller fest, dass es erst kurz nach zwei war, noch gute fünf Stunden bis zum Aufstehen.

Genervt griff er nach dem summenden Handy, das sich schon an den Rand der Kommode gezittert hatte. Er drückte auf den grünen Knopf, aber noch ehe er seinem Ärger Luft verschaffen konnte, stellte eine gutgelaunte Stimme fest: »Ist das ein Wetterchen! Und du lungerst noch im Bett rum!«

Wie oft schon hatte er ihr gesagt, dass es eine Veranlagung ist, ob der Mensch in aller Herrgottsfrühe aus dem Bett springt, oder ob er sich Stunden später mühsam herausquält. Nichts hat es geholfen, nichts! Sie ignorierte das einfach. Seinen armen Vater hat sie schon als junge Frau damit genervt. Wenn sie nicht in Hörweite war, hatte er mehr als einmal gesagt: »Beim Militär konnte ich mich wenigstens an meinen dienstfreien Tagen ausschlafen.«

»Wie kann man nur bei diesem Wetter noch im Bett liegen? Junge, Junge!« Und prompt kam wieder die Geschichte vom frühen Vogel, der den Wurm fängt.

»Mutter! Wie oft muss ich dir noch sagen, dass ich kein Vogel bin?«

»Das weiß ich auch, dass du kein Vogel bist!«

»Dann sag's auch nicht immer wieder!«, bat er sie fast flehentlich.

»Kann ich denn wenigstens Maria sprechen? Die ist doch bestimmt schon auf?«

Jetzt ist sie auch noch eingeschnappt.

»Woher soll ich das wissen, Mutter?«

»Du wirst doch wohl wissen, ob deine Frau ...«

»Mutter! Maria ist zuhause, und jetzt ...«

»Ach, du bist im Château?«

»Ja, Mutter, ich bin im Château! Und du wirst mich jetzt noch eine Runde schlafen lassen!«

Er stellte das Telefon ab und drehte sich auf die Seite.

Aber an Schlaf war nicht mehr zu denken.

Fluchend stand er auf und ging unter die Dusche.

Die Sonne zeigte ihr freundlichstes Gesicht, als er sich auf den Weg zum Minimarkt machte, um Schinken, Käse, Eier, und was der Mensch sonst noch zum Leben braucht, einzukaufen. Maria wird bestimmt Hunger mitbringen, wenn sie gegen Abend kommt.

Anschließend ging er zum Bäcker.

Fast besorgt sah ihn die Bäckersfrau an: »So früh heute, Herr Burgstaller?«

»Muss einiges im Haus reparieren«, log er, um ein Gespräch schon im Keim zu ersticken.

»Bei dem Wetter hält's ja auch keiner aus im Bett«, fuhr sie gut aufgeräumt fort. »Wie immer: zwei Croissants und ein Pott Kaffee?«

»Ein Croissant.«

»Und die RHEINPFALZ?«

Sie lernt es nicht.

»Die RHEINPFALZ, natürlich.«

Als er die Zeitung faltete, damit sie auf den kleinen Bistrotisch passte, sprang ihm der Aufmacher »Heiße Spur im Mordfall Oster« ins Auge. Mal gespannt, was ich nicht weiß und die schon wissen: »Laut Polizeipräsident Olbrich gibt es bereits eine heiße Spur im Mordfall Oster. Um die Ermittlungen nicht zu gefährden, bat Olbrich um Verständnis, dass er zu keinen weiteren Angaben bereit sei. Seit dem noch hinlänglich bekannten Giftmord an der Ehefrau des Juweliers Alexander vor vier Jahren hat kein Fall die Menschen in der Pfalz so erschüttert, wie der Mord an dem Weinkommissionär Oster aus Daixheim«, und so weiter und so weiter, grummelte er vor sich hin und tunkte das Croissant in den schwarzen Kaffee.

Er nahm eine Baguette Parisienne mit und brachte alles ins Château, bevor er ins Büro nach Daixheim fuhr.

Der Praktikant saß schon am Schreibtisch und begrüßte den Kommissar mit einem lockeren »Moin, Chef.«

»Herr Sander«, sprach er, jedes Wort mit Bedacht gesetzt, »mein Name ist – Burgstaller.«

»Entschuldigung.«

»Bitte.«

»Darf ich Sie um was bitten?«

»Nur zu.«

»Es würde mich freuen, wenn Sie Steffen zu mir sagen.«

»In Ordnung, Steffen«, erwiderte er und dachte: Wieder so einer, der sich schwertut, erwachsen zu werden. »Was haben denn Ihre Recherchen ergeben?«

»Leider nichts. In den beiden Straußwirtschaften in Bockenheim hieß es, der Oster hätte sich schon seit Jahren nicht mehr hierher gewagt. Dann habe ich den Georg Riethmüller aufgesucht, einen der betroffenen Winzer. Der hat den Oster angeblich das letzte Mal vor Gericht gesehen. In Kirchheim, wo ich anschließend war, wurde ich quasi schon erwartet. Die zwei Winzer aus Ihrer Liste, der Fuchs und der Bergler, waren kein Jota überrascht.«

»Dann suchen Sie mal heute die übrigen Winzer auf. Da kommt wohl genauso wenig raus, aber wir verunsichern sie«, sprach er und gab ihm die alte kriminalistische Weisheit mit auf den Weg: »Die Verunsicherung ist eine messerscharfe Waffe!«

Poschmann war ins Büro gekommen und hielt ihm in Habachtstellung das Telefon hin.

»Präsident!«

Es war die Sekretärin, im Kommissariat die Zimtzicke vom Dienst, kurz: ZvD, genannt, wegen ihres überheblichen Gehabes, das sie aus ihrer Stellung als Vorzimmerdame des Allerhöchsten ableitete.

»Ich verbinde Sie mit dem Herrn Präsidenten.«

»Na, wie geht's? Wie steht's? Ich wollte nur mal hören, was sich so tut.«

»Herr Präsident, ich möchte mich wirklich hüten, jetzt schon ...«

»Ich weiß, ich weiß. Aber Sie kennen doch die Presse. Gibt es denn nicht irgendetwas, was ich denen unterjubeln könnte? Nachher kommt so einer vom Radio zu mir, der ist für jeden Brocken dankbar.«

»Bei aller Zurückhaltung, Herr Präsident, es spricht einiges dafür, dass der Täter im regionalen Umfeld des Opfers zu suchen ist.« Selbst wenn sich herausstellen wird, dass der Täter vom andern Ende der Welt kommt, lässt sich das problemlos dementieren, dachte der Kommissar, und war zufrieden mit sich, als er einen höchst erfreuten Präsidenten hörte: »Na sehen Sie! Wenn Sie mal wieder ... Sie wissen ja.«

Inzwischen lagen die Ergebnisse der Spurensicherung vor. Die sieben Projektile waren aus einer Pistole Kaliber 9 mm verfeuert worden. Da keine Hülse gefunden wurde, vermuteten die Experten, der Täter könnte aus einer Plastiktüte oder einem Stoffsack heraus geschossen haben.

Burgstaller war noch beim Studium des Berichts, als Dressler ins Büro kam.

»Pierre, vorhin hat der Lauffer angerufen. Er wollte dich sprechen.«

»Und?«

»Sie können auch mit mir sprechen, hab ich ihm gesagt. Nein, nein, er wollte mit dem Kommissar Burgstaller sprechen. Der hat den Narren an dir gefressen.«

Gut, dass Maria jetzt nicht hier ist. Sie könnte sich bestimmt nicht die Bemerkung verkneifen: Wundert dich das?

Das Telefon läutete.

»Polizeiposten Daixheim Dressler ... Augenblick, Herr Lauffer.«

»Burgstaller.«

»Herr Kommissar?«

»Sie kennen den Weg.«

»Setzen Sie sich, Herr Lauffer!«

Schon als er Lauffer das erste Mal sah, musste er an einen gutgelaunten Hanomag denken, vielleicht wegen seines kompakten Erscheinungsbilds, vielleicht auch, weil er seine Sätze so atemlos ausstieß.

Mit einem leisen Seufzer ließ sich Lauffer auf den Stuhl plumpsen.

»Ich hätte Ihnen das beim letzten Mal schon sagen sollen, aber ...«

»Sie standen unter Schock?«

»Nein, Herr Kommissar, ich hab's vergessen, einfach vergessen.«

»Nämlich?«

»Ich weiß ja nicht, ob es sooo wichtig ist, aber es heißt, dass der Oster schwul war. Ob das stimmt?« Er petzte die Lippen zusammen und hob fragend die Hände. »Es hieß nur immer, dass er am Wochenende nach Frankfurt fährt, um sich dort zu verlustieren. Das wollte ich Ihnen nur gesagt haben.«

»Interessant, Herr Lauffer, sehr interessant«, lobte ihn der Kommissar. »Und bitte auch in Zukunft die Ohren offenhalten, ja?«

»Worauf Sie sich verlassen können, Herr Kommissar«, erwiderte er, sich ganz seiner Bedeutung in der Verbrechensbekämpfung bewusst.

Als Lauffer gegangen war, packte Burgstaller den Bericht der Spurensicherung ein und machte sich auf den Weg ins Château.

Gerade war er dabei, unter die Dusche zu gehen, um sich etwas abzukühlen, denn es war entsetzlich heiß heute, als sein Handy summte.

»Halten Sie sich fest, Chef!«

An was das nur liegen mag, dass dich aber auch jeder gottverdammte Praktikant mit Chef anredet? Dabei war er doch alles andere als autoritär. »Mein Gott, was regst du dich auf? Bist nun mal der Silberrücken!« So sah es Maria. Wahrscheinlich hat sie ja Recht, dachte er. Dennoch!

»Der Meisner fragte mich, ob ich denn nicht wüsste, dass der Oster ein Hundertfünfundsiebziger war. Ich habe ausweichend geantwortet, wir wüssten so manches.«

»Richtig!«, lobte ihn Burgstaller.

»Ehrlich gesagt, Chef, ich wusste gar nicht, was das ist, ein Hundertfünfundsiebziger. Aber im Verlauf des Gesprächs bin ich dann doch dahintergekommen.«

»Weiter!«

»Der Oster wäre am Wochenende immer nach Frankfurt gefahren, um dort seinen Spaß zu haben, hat er gesagt. Interessant, oder?«

»Allerdings. Wir sehen uns morgen früh.«

Burgstaller rief Dressler an und bat ihn, die Witwe für morgen um neun Uhr zur Vernehmung einzubestellen.

Maria, die am Nachmittag gekommen war, wollte sich endlich einmal wieder bewegen. Sie schlug vor, nach dem Essen einen Gang durch die Gemarkung zu unternehmen, wozu sie Pierre nicht zweimal bitten musste.

Um den Weg zum Kamm etwas abzukürzen, liefen sie querbeet durch den Wingert, der steil nach oben führte.

Kurz bevor sie die Höhe erreichten, lag plötzlich ein Areal vor ihnen, circa zwanzig auf zwanzig Meter, in dem die Rebstöcke nicht mehr in Zeilen, sondern wild durcheinander angelegt waren, umwachsen von Knoblauch, Rosmarin, Salbei, Thymian, Estragon und anderen Kräutern.

»Guck dir das an«, staunte sie.

»Da hat bestimmt der Döring seine Flossen im Spiel«, erwiderte Pierre.

Früher hatten sie ihn Krawattenbauer genannt, obwohl er daherkam wie jeder andere Weinbauer auch. Eine Krawatte hatte er auch damals höchstens zwei-, dreimal im Jahr getragen, und das nur zu feierlichsten Anlässen, zu Fronleichnam zum Beispiel, wenn er vom Pfarrer zu einem der Himmelsträger ausersehen war. Das meinten sie auch nicht, wenn sie ihn so nannten. Sie wollten damit sagen, dass er in ihren Augen kein richtiger Winzer war. Ein Spinner war er für sie, damals in den Achtzigern, als er mit dem biologischen Anbau begann. Dabei war er nie, wie so mancher seiner Couleur, von missionarischem Eifer geplagt; nicht ein einziges Mal hatte er jemanden mit seinen neuen Ideen belästigt. Still und konsequent war er seinen Weg gegangen, egal was die Leute über ihn geredet haben. Heute ist Walter Döring ein vielgefragter Mann, wenn es um Naturdüngung und um all das intime Wissen von Himmel und Erde geht, das nur der haben kann, der sich über viele Jahre intensiv damit beschäftigt hat. Dass sie ihn einmal Krawattenbauer genannt haben, daran wollen sie heute nicht mehr erinnert werden.

»Wie man den Döring nennt, kommt er gerennt.«

Döring kam mit einem Korb im Arm auf sie zu.

Man sah ihm an, dass er sich über Marias saloppe Begrüßung freute.

»Mein Mann hat gemeint: Da hat bestimmt der Herr Döring die Finger im Spiel.«

»So ist es.«

»Jetzt sind Sie uns aber eine Erklärung schuldig«, ermunterte ihn Maria.

Das sei nicht seine Erfindung, sondern bis ins 19. Jahrhundert hinein ein typisches Element der europäischen Kulturlandschaft gewesen, und das wolle er wieder zum Leben erwecken. Bei den Rebsorten handele es sich um Riesling, Sylvaner, Müller-Thurgau und den launischen Traminer, die trotz unterschiedlichem Reifegrad gemeinsam gelesen und gekeltert werden; übrigens hätte sein Vater das noch in den 1960er Jahren praktiziert. Früher wollte man mit diesem gemischten Satz, bei dem bis zu acht früh- und spätreifende Rebsorten angepflanzt wurden, eine stabile Ertragsmenge und eine verlässlich gute Weinqualität sichern; nicht zu verwechseln mit dem Cuvée, bei dem fertige und sortenreine Weine verschnitten werden. Auch sei es früher gang und gäbe gewesen, Kräuter und Früchte zwischen den Weinstöcken anzupflanzen. Ihm ginge es darum, dem Boden dadurch organische Nährstoffe zuzuführen und gleichzeitig ein Nahrungsangebot für Nützlinge zu schaffen. Es sei halt ein Experiment, was er da vorhabe.

»Wie auch immer, Herr Döring, eine Augenweide ist es allemal«, begeisterte sich Maria.

»Vielen Dank«, erwiderte er etwas verlegen. »Jetzt hätte aber ich mal ne Frage«, setzte er stockend an. »Herr Burgstaller, wie sieht es denn aus im Fall Oster? Gibt's da schon Erkenntnisse?«

»Fragen Sie mich was Leichteres. Ich möchte Sie diesbezüglich in den nächsten Tagen mal aufsuchen.«

»Wann immer Sie wollen.«

Nachdem er Dörings Telefonnummer in sein blaues Büchlein eingetragen hatte, setzten sie ihren Weg fort. Als sie sich wieder Freynheim näherten, nahm er Maria um die Schultern und flüsterte ihr ins Ohr: »Trollschoppen?«

»Bon soir, Monsieur! Bon soir, Madame! Mal wieder im Lande, Frau Burgstaller?«, begrüßte sie Lawall. Bei besonderen Gästen nahm er selber die Bestellung auf. »Voilà, zwei Silvaner, sehr gerne.«

Drei aneinander geschobene Tische im hinteren Teil des Raums ließen vermuten, dass eine größere Gesellschaft erwartet wurde. Als Erste erschien eine ältere Dame, die einen langen, kritischen Blick auf den festlich gedeckten Tisch warf und allem Anschein nach nichts zu beanstanden hatte. Sie öffnete mit einem Schlüssel ein längliches, dunkelbraunes Kästchen und entnahm ihm eine dicke, untertellergroße Platte, in die sie eine etwa vierzig Zentimeter lange Metallstange drehte. Nachdenklich blieb sie vor dem Tisch stehen, um schließlich das in der Mitte platzierte Blumengesteck auf die Seite zu schieben und an seiner Stelle das Platte-Stange-Gerät hinzustellen. Jetzt nahm sie einen dreieckigen, schmalen Wimpel aus dem Kästchen und hängte ihn an den kleinen Haken, der an der Stange angebracht war. Mit kritischem Blick nahm sie ihr Werk zur Kenntnis. Eine leichte Körperdrehung verriet, dass sie sich entfernen wollte, als sie jäh verharrte und das Platte-

Stange-Gerät noch ein ganz klein wenig nach links rückte. Dann ging sie.

Maria stupste Pierre an.

»Ist das nicht ein Verbindungszeichen?«

Bevor Pierre antworten konnte, kamen nacheinander ältere Herren mit ihren Frauen in den Raum und nahmen Platz. Auch die Wimpelaufhängerin war dabei. Die Herren hatten mehr oder weniger große Narben im Gesicht.

»Das nennt man doch Schmiss?«, sagte Maria.

»Vorsätzliche Körperverletzung nenne ich das«, brummte Pierre.

Der Herr am Tischende, wahrscheinlich der Anführer, schnarrte einen Spruch, in dem *Heidelberg* vorkam, sonst war nichts zu verstehen, und hob das Glas, während alle anderen, außer den Damen, aufstanden, eine zackig klingende Antwort gaben und ihr Glas zum Mund führten. Dann setzten sie sich und warteten wie normale Bürger aufs Essen.

»Wenn du deinen Wein inkorporiert hast, trollen wir uns von dannen, wenn es dir recht ist«, sprach Pierre und leerte sein Glas.

sechs

Die Haare hochgesteckt und sparsam geschminkt wirkte sie heute aseptisch streng in ihrem dunkelblauen Kostüm und der bis zum obersten Knopf geschlossenen anthrazitfarbenen Bluse. Der Ehering, den sie trug, war bei seinem Besuch am Montag nicht an ihrem Finger, dessen war sich der Kommissar sicher.

»Hauptkommissar Dressler«, er deutete auf den Kollegen, »Herr Dressler wird das Protokoll schreiben.«

Nachdem er sie über ihre Rechte aufgeklärt hatte, begann er mit der Vernehmung: »Bitte sehen Sie es mir nach, Frau Oster, wenn ich Ihnen ein paar persönliche Fragen stellen muss.«

Wortlos nahm sie Burgstallers Ankündigung zur Kenntnis.

»Sie waren wie lange miteinander verheiratet?«

»Fünfzehn Jahre.«

»Fünfzehn Jahre, das ist eine lange Zeit.« Musst mal wieder deinen Bart etwas stutzen, dachte er, während er sich mit der Linken übers Kinn fuhr. »Könnte man sagen«, er stockte für einen Augenblick, »dass Sie eine gute Ehe führten?«

Wenn sie bis eben maskenhaft gelassen wirkte, so kam plötzlich Bewegung in ihren Körper. Sie legte die Beine übereinander, die Augenlider blinzelten einen Tick schneller, und ein unterdrücktes Räuspern verschaffte sich kaum vernehmbar Gehör. Das alles geschah innerhalb von zwei, drei Sekunden.

»Wir haben harmonisch miteinander gelebt.«

Also nebeneinander her, dachte der Kommissar, und nickte.

»Ihr Mann fuhr jede Woche nach Frankfurt. Das war Ihnen bekannt?«

»Ja.«

»Dann war Ihnen auch bekannt, wo Ihr Mann dort verkehrte?«

»Nein.«

»Nein?«

»Es war eine stillschweigende Übereinkunft zwischen uns, dass dieses Thema nie angesprochen wurde, weder von Heribert noch von mir.«

»Frau Oster, bitte haben Sie Verständnis, dass ich mich mit dieser Antwort nicht zufriedengeben kann.«

»Sie dürfen mir das glauben, Herr Kommissar.«

»Darf ich daraus schließen, dass auch Ihr Privatleben tabu war?«

Ihr kurzes »Ja« signalisierte ihm, dass es zu diesem Thema nichts mehr zu holen gab.

»Schon mal Protokoll geführt, Steffen?«

»Natürlich!«

»Nämlich?«

»Auf der Polizeischule.«

»Dann seien Sie mal kurz vor zwei da, wenn der Breuer zur Vernehmung kommt.«

Er verließ den Polizeiposten und fuhr zum Château.

Maria hatte ein Pfälzer Carpaccio vorbereitet – dünn geschnittene Scheiben vom Schwartenmagen auf dem Teller verteilt, darauf in Ringe geschnittene Frühlingszwiebeln, mit einer Vinaigrette beträufelt und gehobeltem Parmesan bestreut.

»Herz was begehrst du?!« freute er sich.

»Dich!«

»Können wir das auf heute Abend verschieben?«

»Wenn's sein muss? Übrigens, heute Morgen beim Metzger war eine auffallend gutaussehende Frau vor mir. Die Metzgerin sagte mir, dass das die Oster war.«

»Sehr gut, Maria, die Vinaigrette, sehr ausgewogen«, lobte er sie. »Hast ne Prise Zucker dazugegeben?«

»Hast du gehört, was ich gesagt habe?«

»Du findest die gutaussehend?«

»Du etwa nicht?«

»Es sind schon Schönere gestorben.«

Maria schüttelte ungläubig den Kopf.

»Du hast die doch vernommen, oder?«

»Heute morgen.«

»Und da ist dir das nicht aufgefallen?«

»Das nächste Mal pass' ich besser auf.« Er sah sie bewundernd an. »Ganz ehrlich, die Vinaigrette ist sensationell.«

»Freut mich«, erwiderte sie, und er hatte das Thema vom Tisch.

Der Praktikant saß schon erwartungsvoll an seinem Computer.

Gerade als sich der Kommissar seinen Stuhl beizog, erschien Poschmann.

»Herr Breuer ist da.«

»Was, schon?«

Er zögerte einen Augenblick, dann forderte er Poschmann auf, ihn hereinzuholen.

Mit dunklen Schweißflecken unter den Achseln und verklebtem Haar stand er verloren und fahrig im Raum, ein klägliches Abbild seiner selbstbewussten Erscheinung von vor ein paar Tagen.

»Nehmen Sie Platz, Herr Breuer. Das ist«, er deutete in Richtung des Praktikanten, »Kommissaranwärter Sander, der die Vernehmung protokollieren wird.«

»Herr Kommissar!« Breuer rang nach Luft. »Ich habe vor einer halben Stunde einen Anruf bekommen ... ›Breuer, der nächste bist du‹.«

Er zitterte am ganzen Leib.

»Mal langsam«, sprach der Kommissar beruhigend auf ihn ein. »Mann oder Frau?«

»Mann. Das hat geklungen, als hielte er ein Taschentuch zwischen Mund und Telefon.«

»Was hat er sonst noch gesagt?«

»Nichts. Kein Wort. Kein einziges Wort.«

Der Kommissar machte mit den geöffneten Händen eine abwehrende Geste, die Breuer beruhigen sollte, und sprach: »Jetzt mal nicht gleich in Panik verfallen.« Er blickte nachdenklich vor sich hin und fuhr fort: »Könnte es sein, Herr Breuer, dass sich der Täter durch Sie eventuell bedroht fühlt?«

»Durch mich?«

»Sie müssen nichts Konkretes wissen, es genügt, dass der Täter glaubt, dass Sie etwas wissen. Gibt es denn jemanden, den Sie ...?«

Breuer schüttelte den Kopf. »Nein, Herr Kommissar, bestimmt nicht.«

»Na gut. Falls Ihnen doch noch ein Verdachtsmoment einfallen sollte, auch wenn es Ihnen noch so weit hergeholt erscheint, rufen Sie uns an. Ansonsten verhalten Sie sich vorsichtig, nehmen Sie keine Anhalter mit und vermeiden Sie es, nachts das Haus zu verlassen. Mehr können wir momentan nicht tun.«

Der soll sich mal mit sich selbst beschäftigen, dachte der Kommissar und brach die Vernehmung ab.

»Noch eine letzte Frage«, Breuer hatte schon die Türklinke in der Hand, »haben Sie oder hatten Sie eine Liaison mit Frau Oster?«

Breuer wirkte keineswegs überrascht.

»Ich weiß«, antwortete er, »dass dieses groteske Gerücht im Ort umgeht. Das war aber nie der Fall.«

»Meinen Sie nicht, dass der gefährdet ist«, wollte der Praktikant wissen, als Breuer gegangen war.

»Glaube ich nicht.«

»Und wieso nicht?«

Wie sollte er es ihm erklären? »Ich will es mal so sagen«, begann er zögerlich. »Bei einem Spaziergang im Feld habe ich einmal beobachtet, wie der Fuchs sich einem Kiebitzgelege näherte. Der brütende Kiebitz erkannte die Gefahr und verließ sofort das Nest. Er ließ die Flügel hängen und taumelte wie besoffen von dannen. Der Fuchs, der den scheinbar hilflosen Vogel für ein gefundenes Fressen hielt, folgte ihm. Als der Kiebitz weit genug von seinem Gelege entfernt war, wurde er schlagartig munter und flog davon, mit dem Erfolg, dass der Fuchs leer ausging. Er war einem Ablenkungsmanöver aufgesessen.«

Wie sollte er es ihm anders erklären, war es doch nur ein Bauchgefühl, das ihm sagte, dass da einer eine falsche Spur gelegt hat, um von sich abzulenken oder auf einen anderen hinzulenken.

Ehe der Praktikant diesen unerwarteten ornithologischen Exkurs seines Mentors verdauen konnte, kam Dressler herein.

»Was Neues, Pierre!« Er legte eine Klarsichtmappe auf den Tisch. »Die Kollegen haben ein Mark-Stück unter dem Beifahrersitz gefunden.«

Na und? Maria hatte immer ein Mark-Stück dabei, nicht aus nostalgischen, sondern aus ganz praktischen Gründen: »Wie oft stehst du da und kannst den Einkaufswagen nicht auslösen, weil dir 'n Euro fehlt.«

»Merkwürdigerweise enthält es keine verwertbaren Fingerabdrücke. Aber«, Dressler machte eine bedeutungsvolle Pause, »die Kollegen haben verwertbare DNA-Spuren gefunden.«

»Und?«

»Keine Spur von Oster.«

»In der DNA-Datei des BKA?«

»Nicht gespeichert.«

Beide schauten sich nachdenklich an.

»Wo lag denn die Münze?«

Dressler blätterte einige Seiten durch und las vor: »Für den Blick von oben wie von der Seite verdeckt unter dem Beifahrersitz.«

»Aus der Hosentasche gefallen?«

»So sieht's aus. Am Rand der Konsole, heißt es.«

»Weitere Spuren?«

»Leider nein.«

Der Kommissar machte einen niedergeschlagenen Eindruck.

»Die Dinge könnten besser laufen«, sprach er mehr zu sich als zu den Kollegen. »Wir kommen wohl nicht um einen DNA-Test herum. Sagen Sie mal, Steffen, wie viele der Winzer haben sie aufgesucht?«

»Alle.«

»Ist Ihnen einer in irgendeiner Weise aufgefallen? Besonders unsicher oder besonders forsch oder ...?«

Der Praktikant dachte nach.

»Nein, Chef!«

Schon wieder Chef!

»Da gibt es noch den Schönhoff. Das ist der, der sich umgebracht hat. Ich habe den Sohn gestern mehrmals angerufen, es ging aber niemand dran. Sehen Sie mal zu, wo der steckt. Wir treffen uns morgen um zehn hier im Büro.«

Als die Kollegen gegangen waren, rief er den Staatsanwalt an. Er erwischte ihn gerade noch, als er dabei war sich ins Wochenende zu verabschieden. Der Staatsanwalt ließ sich den Sachverhalt schildern und stimmte prinzipiell einem DNA-Test zu.

»Ich werde am Montag den Richter informieren. Ich denke, er wird keinen Einwand haben.«

Und jetzt noch der Alte.

»Kann ich den Präsidenten sprechen?«

»Der Herr Präsident hat gerade zwei Presseleute bei sich.«

»Dann ist es umso wichtiger, dass Sie ihn holen.«

Burgstaller hörte, wie die Sekretärin den Raum verließ.

Gleich darauf näherten sich schnelle Schritte, und eine dynamische Stimme donnerte erwartungsfroh: »Was gibt's?«

Burgstaller informierte ihn; auch über sein Gespräch mit dem Staatsanwalt.

»Sehr gut. Jetzt kommt doch endlich mal Zug ... Zug ...«

»... in den Kamin.«

»Sobald sich was tut, rufen Sie an, ja? Meine Sekretärin gibt Ihnen meine private Handy-Nummer.«

Der Kommissar machte Schluss für heute und fuhr zum Château. Als er die Haustür öffnete, kam ihm ein köstlicher Duft entgegen, ein Duft nach Rosmarin, Estragon, Wein und nach Weißgottwas. Er schloss die Augen und atmete tief durch die Nase.

»Bist du es, Pierre?«, rief es aus der Küche.

»Wer denn sonst?!«

»Siehst müde aus«, begrüßte ihn Maria und goss ihm ein Piffchen Riesling ein. »Das wirkt Wunder. Heute gibt's ein geschmortes Bürgermeisterstück mit Bouillonkartoffeln und Porree. Musst dich aber noch etwas gedulden.«

Er ging ins Wohnzimmer und stellte das Radio an.

»Nachrichten aus der Region«, begann der Sprecher. »In der Mordsache Heribert Oster gibt es neue Erkenntnisse. Dazu Polizeipräsident Olbrich: ›Die Schlinge ist enger geworden. Wir sind auf eine Spur gestoßen, die auf mehrere verdächtige Personen hinweisen könnte, welche aus dem engeren regionalen Umfeld des Opfers stammen.‹ Polizeipräsident Olbrich bat um Verständnis, dass er, um die Ermittlungen nicht zu gefährden, vorerst keine weiteren Aussagen zum Fall Oster machen könnte.«

»Der hat wirklich das Zeug zum Staatsmann«, lästerte Pierre. »Hast ihn gehört?«

»Ich lasse mir doch diese erotische Stimme nicht entgehen«, erwiderte Maria, die in der Küche zugange war. »Seid Ihr denn wirklich schon so weit?«

»Ach was!«

»Klingt aber so. Die Weisheiten bekommt er doch von dir, oder?«

»Und er lässt mich dafür in Ruhe meine Arbeit machen.«

Maria stellte eine Schüssel mit Kartoffeln und eine mit Porree auf den Tisch. Dann ging sie zurück in die Küche und kam mit einer Servierplatte an, auf der das Fleisch fächerförmig angerichtet lag, mit einer kräftigen, dunklen Sauce überzogen.

Das macht ihr wirklich keine nach. Sie ist gebenedeit unter den Weibern. Unter den Frauen, natürlich. Weiber ist ja politisch nicht korrekt.

»Und das ist nun ein Bürgermeisterstück?«

»Ja, ein ganz besonders zartes Stück vom Rind. Früher war das für die Honoratioren des Orts bestimmt, den Bürgermeister zum Beispiel. Im Norden nennen sie es auch Pastorenstück.«

»Du sagst also zum Metzger, du möchtest ein Bürgermeisterstück? Und der weiß, was das ist?«

»Wenn es ein Metzger ist, ja.«

»À la bonne heure«, schwärmte er. »Das schmeckt bürgermeisterlich.«

»Sag mal, Pierre, die Mediziner haben doch festgestellt, dass die beiden ersten Schüsse tödlich waren. Du hast dir doch sicher Gedanken gemacht, weshalb der fünf weitere ...«

»Natürlich!«

»Und zu welchem Schluss bist du gekommen?«

»Weiß Gott«, erwiderte er, ganz konzentriert auf sein Bürgermeisterstück.

»Es war ja keine Tat im Affekt.«

»Genau das ist der Punkt.«

»Könnte das denn nicht eine Botschaft sein?«

»Eine Botschaft?« Auch er hatte schon mit dem Gedanken gespielt.

»In Anbetracht dessen, dass die Tat gut vorbereitet war und kalt durchgezogen wurde, wundert einen doch, dass der Täter ...«

»Richtig! Das wundert einen. Und warum gerade sieben Schuss, und nicht sechs oder fünf oder acht oder fünfzehn?«

»Vielleicht hat das ja mit der Magie der Sieben zu tun?«

Er schaute sie erstaunt an.

»Bei Gräbern und Grabkapellen findet man häufig die Sieben als geometrische Figur, als Siebeneck. Und ...«

»Was willst du damit sagen?«

»Mal langsam!« Sie konnte es nicht ausstehen, wenn er sie mitten in ihren Gedanken unterbrach. Und er tat das immer wieder, getrieben von seiner schrecklichen Ungeduld. »In der christlichen Zahlensymbolik bedeutet das ewige Ruhe. Ist doch nicht uninteressant, oder?«

»Woher weißt du das?«

»Letztes Jahr, als ich die Serie Grabkapellen fotografiert habe, ist mir das aufgefallen. Ich bin dem dann nachgegangen.«

»Na gut. Schließen wir aus, dass er Pattex am Finger hatte. Dann ...« Ja, was dann? Der Gedanke, dass es eine Botschaft sein könnte, saß nun fest in seinem Kopf. Nur, welche? Aus Erfahrung wusste er, dass es jetzt keinen Sinn hatte, krampfhaft danach zu suchen. Nichts würde das bringen. Was er tun musste, war – nichts tun; mit Gelassenheit darauf warten, dass sich die Lösung wie von selbst herausschält.

Eine sanfte Wärme war von der Hitze des Tages übrig geblieben, als sie sich nach dem Essen auf den Weg machten. Wie zwei Fremde liefen sie schweigend nebeneinander her.

Auf der Höhe bot sich ihnen ein Blick weit über Daixheim hinaus ins Rheintal.

Aus dem kleinen, aus Naturstein gemauerten Gehöft, das zu Füßen des großen Weinbergs lag, erklangen plötzlich Töne.

»Hörst du? Tenorsaxophon, Gitarre, Bass und Schlagzeug.«

Ein Wunder, dachte Maria, Pierre spricht! Schnell nahm sie den Faden auf: »Hast schon ewig nicht mehr gespielt, gell?«

»Stimmt«, erwiderte er – und das war es denn auch.

Gerade als sie dabei waren, nach Freynheim zurückzulaufen, sahen sie, wie drei junge Männer das Haus verließen. Sie stiegen in einen hochbetagten Audi, der vor der Scheune stand, und fuhren davon. Die Gitarre, die eben noch zu hören war, verstummte.

»Was hältst du davon, wenn wir beim Lawall noch einen Trollschoppen trinken?«, versuchte Maria ihn aufzumuntern.

Als sie die Gaststube betraten, winkte ihnen Walter Döring, der im hintersten Winkel saß, zaghaft zu.

»Setzen wir uns doch zu ihm?«, schlug Maria vor, die sich von der Gesellschaft des wortkargen Döring immer noch mehr versprach als von ihrem Mann.

»Laut Polizeipräsident haben Sie ja eine heiße Spur, wie ich im Radio gehört habe?«, sprach Döring.

»Spuren, Herr Döring, viele Spuren. Vielleicht ist die berühmte heiße Spur dabei. Wir werden sehen.« Er konnte ihm ja nicht sagen, dass es sich um einen präsidialen Stuss handelte, den er im Radio gehört hatte.

»Sie wissen, dass sich der Wilhelm Schönhoff umgebracht hat?« Dörings Stimme war leiser geworden.

Burgstaller überraschte es, dass Döring von sich aus ein Gespräch begann.

»Weiß ich.«

»Dann wissen Sie vielleicht auch, dass sein Sohn Gisbert ein Waffennarr ist?«

»Das weiß ich nicht.«

»Bonsoir Monsieur, bonsoir Madame. Was darf's denn sein?« Lawall, der sich als junger Winzer ein halbes Jahr im Bordelais aufhielt, um seinen Weinverstand zu schärfen, war, wie die Leute schmunzelnd feststellten, als halber Franzos zurückgekommen. Aber es hatte sich verlohnt. Seine Rotweine werden jedes Jahr aufs Neue ausgezeichnet. Auch heute noch fährt er, laut Walter Döring, der mit ihm befreundet ist, alleforzlang nach Frankreich.

Maria sah Pierre fragend an: »Spätburgunder?«

»Voilà. Dann können Sie auch gut schlafen.«

»Mal weiter, Herr Döring. Was meinen Sie denn mit Waffennarr?«

»Den haben sie erwischt, wie er ballernd durch die Wingerte gezogen ist. Scharfe Munition, wohlgemerkt! Das war vor sieben, acht Jahren.«

»Der einzige Sohn?«

»Ja. Der alte Schönhoff hatte ganz schön Bauchweh bei dem Gedanken, dem den Hof zu übertragen. Denn Geld hat der Gisbert immer gern ausgegeben, vom Schaffen hat er weniger gehalten. Auf gut Deutsch: Geschafft hat er nix, und das war ihm noch zu viel.«

»Und wovon lebt er?«

»Von seiner Tante Erna, der Schwester seiner Mutter. Ihr verstorbener Mann war Direktor bei der BASF. Da sie selber keine Kinder bekamen, war der Gisbert wie ein Sohn für die beiden. Die haben dem jeden Wunsch erfüllt. Dadurch ist das ein ganz schön verzogener Rochus geworden.«

Merkwürdig, dachte Burgstaller, weder die Witwe noch Lauffer haben ein einziges Wort über den jungen Schönhoff verloren.

Döring berichtete Burgstaller von dem finanziellen Abgrund, in den die Schönhoffs durch den Betrug des Weinkommissionärs gestürzt waren.

Als er seine detailreichen Schilderungen beendet hatte, schaltete sich Maria ein: »Wissen Sie, wem das kleine Anwesen am Ortsende von Daixheim gehört?«

Das gehöre einem Musiker namens Roger Gasch, der sich das Anwesen vor ein paar Jahren für 'n Appel und 'n Ei gekauft habe.

»Morgen Abend können Sie ihn hören, in Osters Weingarten. Ich würde Sie ja gern begleiten«, schmunzelte Döring, »aber finanziell kann ich mir das leider nicht leisten.«

Burgstaller wusste, auf was Döring anspielte. Die geprellten Winzer hatten verständlicherweise den geschäftlichen Erfolg des Hauses Oster mit Wut im Bauch zur Kenntnis genommen. Dementsprechend waren sie verärgert über den Mangel an Solidarität ihrer Mitbürger, die bei Osters mit einer Nonchalance verkehrten und sich mit Heribert Oster unterhielten, als wäre nie etwas vorgefallen. Dass einer ihrer Winzerkollegen Osters Vinothek belieferte, das allerdings schlug dem Fass den Boden aus! Schon am Tag nach seiner ersten Lieferung war ein Vorderreifen seines Sprinters plattgestochen. Nach seiner nächsten Lieferung waren es zwei. Die Botschaft war unmissverständlich. Da sein Umsatz in der Vinothek in keinem Verhältnis zu den Kosten neuer Reifen stand, gab er es auf, Osters weiter zu beliefern.

Noch auf dem Nachhauseweg rief Burgstaller den Praktikanten an, um ihn zu fragen, ob er schon bei Schönhoff war.

Leider nein, er hätte sich das für morgen vorgenommen.

»Wir gehen gemeinsam hin. Treffpunkt neun Uhr im Büro.«

sieben

In der Nacht gegen zwei Uhr wachte Burgstaller durch einen lauten Knall auf. Er überlegte kurz, ob es ein Traumgespinst war, das ihn narrte, bevor er sich entschied, der Sache nachzugehen. Er sprang aus dem Bett und zog sich an.

Maria schlief tief und fest weiter, während er eilig das Haus verließ und die Dorfstraße hinunterfuhr, von wo er glaubte, den Schuss gehört zu haben.

Flüchtig angezogen standen die Leute vor ihren Häusern.

Burgstaller stoppte und öffnete die Scheibe.

»Was ist passiert?«, fragte er einen Mann, der im Bademantel vor seiner Haustür stand.

»Keine Ahnung. Ich hab ganz in der Nähe zwei Schüsse gehört.«

»Zwei?«

»Ja, zwei. Wer sind Sie überhaupt?«

»Kriminalhauptkommissar Burgstaller.«

»Entschuldigung, das konnte ich ja nicht wissen.«

»Ich hab mich ja auch nicht beschwert!«, knurrte Burgstaller und fuhr langsam aus dem Ort hinaus in Richtung Daixheim.

Aber er sah nichts Auffälliges und kehrte um.

Inzwischen hatten sich die Leute vor der Bäckerei versammelt, wo sie aufgeregt miteinander diskutierten.

Er hielt an und stieg aus.

Der Bäcker kam sofort auf ihn zu.

»Ich bin gerade aufgestanden, als der erste Schuss gefallen ist und gleich drauf der zweite.«

»Haben Sie sonst was gehört, Herr Schwefel?«

»Im selben Moment ist 'n Auto die Straße runtergebrettert.«

»Stimmt«, warf eine ältere Frau ein. »Nach dem ersten Schuss ist einer mit Karacho hier runter!« Sie deutete in Richtung ihres Hauses, das eines der letzten am Ortsausgang war. »Direkt vor meinem Haus.«

»Hat jemand einen Verdacht?«, fragte der Kommissar mit einem Blick in die Runde.

Die Gespräche verstummten. Manche schüttelten den Kopf, manche zuckten mit den Schultern, andere sahen ihn regungslos an.

»Falls Sie Patronenhülsen finden, bitte markieren Sie die Stelle und geben Sie sie bei der Polizei ab.«

Als er aufs Château zufuhr, sah er, dass Licht im Schlafzimmer brannte. Maria saß mit hochgezogenen Knien ans Kopfende des Betts gelehnt. Sie starrte ihn an, als wäre ein Geist ins Zimmer gekommen.

»Wo warst du denn?«

Nachdem er ihr mitgeteilt hatte, was passiert war, stöhnte sie: »In meinem nächsten Leben heirate ich einen vom Tiefbauamt, verlass dich drauf.«

Schon um halb sieben trieben ihn die Gedanken an die vergangene Nacht aus dem Bett.

Die Bäckersfrau war noch ganz aufgeregt.

»Mer meint grad, mer wär in Palermo«, stotterte sie.

»Oder in Italien«, ergänzte die dicke Frau, die eben in den Laden kam.

Als wollte sie sich seines besonderen Schutzes versichern, packte die Bäckerin ihm zwei Brezeln dazu.

»Lassen Se sich's schmecken, Herr Burgstaller, und schöne Grüße an die Frau.«

Während er den Kaffee aufsetzte und den Tisch deckte, fragte er sich, welchem Zweck diese Schießerei diente? Wollte da einer Verwirrung stiften oder ablenken? Natürlich fiel ihm der junge Schönhoff ein. Aber vielleicht war es ja nur ein harmloser Idiot, der Platzpatronen verfeuerte.

»Oh, das Frühstück ist schon fertig«, freute sich Maria, als sie in die Küche kam. In einem ernsten, gebieterischen Ton fuhr sie fort: »Pierre, eines versprichst du mir, ja?«

»Was immer du willst!«

»Du wirst nie mehr ohne deine Waffe das Haus verlassen! Versprochen?«

»Versprochen!«

Ohne sich angekündigt zu haben, fuhr er mit dem Praktikanten zu Gisbert Schönhoff.

Wie er von Döring wusste, lebte Schönhoff in dem neben dem elterlichen Anwesen gelegenen Austragshäuschen, das der Familie verblieben war. In früheren Zeiten verbrachten die Altbauern in dem kleinen zweigeschossigen Gebäude ihre letzten Jahre, nachdem sie den Erben den Hof übergeben hatten. Nach dem Tod des Vaters hatte sich Gisbert das Häuschen als Wohnung hergerichtet, die Mutter fand Unterschlupf bei ihrer Schwester Erna in Landau. Gisberts ältere Schwester lebte schon lange in der Nähe von Turckheim im Elsass, gut verheiratet, wie Döring sagte, mit einem Elsässer Winzer.

Burgstaller zog an einem Draht, der mit einem Glöckchen am Türrahmen verbunden war.

Kaum bimmelte es, als Schritte die Treppe herunter eilten.

Ein breitschultriger, mittelgroßer junger Mann in Jeans und einem ausgewaschenen Sweatshirt öffnete die Tür. Seine hellen Bartstoppeln standen in einem eigentümlichen Kontrast zu seinem dunkelblonden Haar, das zu einem Nackenschwänzchen zusammengebunden war.

Burgstaller hielt ihm seine Dienstmarke hin.

»Sie sind Herr Schönhoff?«

Der junge Mann schien überhaupt nicht überrascht, im Gegenteil, er wirkte derart entspannt, als wäre es der Schornsteinfeger, der vor ihm stand.

»Dürfen wir reinkommen?«

»Bitte.«

Einen Vorraum gab es nicht. Schon der erste Schritt führte ins Zimmer, ein Raum von bescheidener Größe, der von einem wuchtigen Vertiko beherrscht wurde. Davor standen zwei mit weinrotem Atlas bezogene schmale Sessel, die ihre besten Tage schon lange hinter sich hatten, und ein kleiner Rauchtisch, wie er früher zum festen Inventar des bürgerlichen Wohnzimmers gehörte; ein schönes Stück aus der Gründerzeit um 1880, schätzte der Kommissar. Bei ihnen zuhause stand neben dem mit Perlmutt verzierten Zigarettenkästchen und dem Tischfeuerzeug noch ein elektrischer Rauchverzehrer, eine Eule aus Porzellan, die sein Vater irgendwann angebracht hatte. Wenn sie eingeschaltet war, leuchteten ihre Augen, was ihm als Kind immer unheimlich war, wenn er in das dunkle Zimmer kam.

Schönhoff räumte zwei Stühle frei.

»Ich muss Ihnen nicht sagen, weshalb wir hier sind?« begann der Kommissar die Befragung.

»Doch!«, erwiderte Schönhoff etwas zu schroff.

Unbeeindruckt wandte Burgstaller seinen Blick auf ein kleines, gerahmtes Bild an der Wand, eine Radierung, die einen Garten mit Haus und Baum darstellte. Darunter hatte der Künstler geschrieben: Ein Garten, ein Haus, ein Baum. Noch während ihm die Frage durch den Kopf ging, wie man auf einen derart überflüssigen Titel kommen kann, sprach er ganz beiläufig, ohne Schönhoff anzuschauen: »Zeigen Sie uns Ihren Waffenschein!« Man kann's ja mal auf die dumme Tour probieren, dachte er sich, dem längst klar war, dass er nicht auf Schönhoffs Kooperation hoffen durfte.

»Waffenschein? Wie das, wenn ich keine Waffe habe?«, entgegnete Schönhoff.

»Dürfen wir uns davon überzeugen?«

Der Kommissar schaute sich suchend um, als hätte ihn der Hausherr schon aufgefordert, loszulegen.

»Wenn Sie einen richterlichen Durchsuchungsbefehl haben, selbstverständlich!«

Burgstaller war wieder die Freundlichkeit selber. »Da müssen wir leider passen.« Er nahm eine seiner zerknitterten Visitenkarten aus der Jackentasche und legte sie mit einer ausladenden Handbewegung auf den Tisch. »Schön haben Sie sich hier eingerichtet«, sprach er und dachte: Dir werd ich's zeigen, du Schnösel!

»Chef, das war stark, wie Sie das gemacht haben.«

»Dass Sie das sagen, macht mich sehr stolz.«

Der Praktikant, dem der mokante Unterton natürlich nicht entgangen war, errötete.

Nach einer Weile fasste er Mut: »Meinen Sie denn, dass der eine Waffe hat?«

»Ich fress nen Besen, wenn er keine hat.«

»Und wie kommen wir dran?«

Der Kommissar erläuterte dem Praktikanten seinen Plan.

Maria hatte ihm einen Zettel hingelegt, dass sie gegen eins zurück sein würde. Sie schlug vor, danach bei Lawalls eine Kleinigkeit essen zu gehen. Das kam ihm sehr gelegen. Er nahm sein Tenorsaxophon aus dem Koffer, schwor ihm: Ich lass dich nie mehr so lange allein, und begann Tonleiter zu üben. Aber nichts klappte. Sein Ton war kläglich und seine Finger so steif wie bei null Grad ohne Handschuhe im Freien. Erst nachdem er geduldig seine Etüden gespielt hatte, zuerst ganz langsam und dann immer schneller, begann das Tenor sich mit ihm zu versöhnen.

Gut eineinhalb Stunden später kam Maria.

Sie packte die zwei großen Tüten voller Haushaltsartikel und Lebensmittel aus und brachte jedes Ding an seinen Platz.

Da nicht einmal der Katzentisch frei war, mussten sie sich zu einem Ehepaar setzen, das dem Dialekt nach aus dem Rheinland stammte. Ihr Gespräch drehte sich um den Mord in der Pfalz.

»Sie haben doch sicher auch schon von dem Mord gehört, der hier passiert ist?«, wollte die Frau wissen, und sah Maria mit einem einnehmenden Lächeln an.

Noch bevor Maria antworten konnte, gab Pierre ein kurzangebundenes »Ja« von sich, was die beiden derart irritierte, dass sie sich verabschiedeten und am Tresen ihre Rechnung zahlten.

»Wart' ab«, Pierre sah den beiden Rheinländern nach, »bald steht nicht mehr draußen: Hier kocht der Chef selbst, sondern: Hier war das Opfer oft zu Gast.«

Maria bekam ihre halbe Portion Pfälzer Wurstsalat, und Pierre, der sich auf einen Spundekäs freute, bekam einen Handkäs serviert. Zur Strafe, dachte Maria.

Noch bevor er reklamieren konnte, summte sein Telefon. Es war die Witwe. Auf der Motorhaube ihres Wagens läge eine tote Katze. Sie wirkte sehr gefasst, auch wenn sie ein leichtes Beben in der Stimme nicht ganz verbergen konnte.

»Nichts verändern, alles so lassen, wie Sie es vorgefunden haben«, ermahnte er sie. »In einer dreiviertel Stunde bin ich bei Ihnen.« Er steckte sein Handy ein und brummte: »Tote Katze rennt nicht weg«, und aß widerspruchslos seinen Handkäs.

Maria war überrascht, wie gelöst er wirkte. Der muss wieder öfter sein Instrument in die Hand nehmen.

Anscheinend hatte die Witwe ihn kommen gesehen, denn gerade als er klingeln wollte, öffnete sich die Tür und sie trat heraus. Sie nickte ihm zu und sagte kaum hörbar: »Kommen Sie!«

Sie führte ihn um das Haus herum und zeigte wortlos auf den Golf, der rechts vom Seiteneingang unter einer von Holzstützen getragenen Überdachung stand.

Wem nur so etwas Widerwärtiges einfällt, wunderte er sich, als er den blutigen Kadaver auf der Motorhaube liegen sah. Dass einer tagsüber diese unappetitliche Nummer veranstaltet hat, hielt er für ausgeschlossen. Wahrscheinlich letzte Nacht, vermutete er, und forderte die Spurensicherung an.

Die Witwe entschuldigte sich, sie müsse noch eine Menge für heute Abend vorbereiten, und bat den Kommissar, sie zu rufen, falls sie gebraucht würde.

Nach einer halben Stunde erschien der Spuren-Reisner, wie immer in Mannemer Halblange, seinem unverwechselbaren Markenzeichen. Merkwürdig, dachte Burgstaller, als er ihn in diesen schrecklichen Beinkleidern kommen sah, die sind doch alle ein bisschen sonderbar, diese Wissenschaftstypen.

»So ein Bastard, so ein gottverdammter«, fluchte Reisner, »die ganze Woche hat er Zeit gehabt, diese Scheiße zu inszenieren. Aber nein, er muss es heute machen!«

»Wie recht du hast, Friedel.«

»Das sieht nicht gut aus«, sprach Reisner nach einem kurzen Blick auf den gepflasterten Boden.

Weder seitlich, von wo aus der Täter den Kadaver auf die Motorhaube gelegt haben musste, noch am Zugang zum Abstellplatz, der bis auf den öffentlichen Weg hin gepflastert war, ließen sich Spuren ausmachen.

»Fingerabdrücke halte ich für unwahrscheinlich. Der hat Handschuhe getragen, mit Sicherheit.«

»Messer?«

Reisner schüttelte den Kopf.

»Sieht nicht danach aus.«

»Was denn?«

Burgstaller wurde ungeduldig, was den Kollegen Reisner aber überhaupt nicht aus der Ruhe brachte. Er zog Plastikhandschuhe über und strich über die Stelle am Hals, an der das Blut verdickt war.

»Nee, das sieht nicht danach aus.«

Beweg endlich deinen Arsch, Mann, dachte der Kommissar, aber anscheinend etwas zu laut, denn Reisner fragte: »Was meinst du?«

»Was du vermutest, habe ich mich gefragt?«

»Das sieht nach einem Riss aus. Vermutlich Hund. Anfang der Woche kriegst du Bescheid.«

Er nahm den Kadaver und warf ihn in einen Karton.

»Ich mach mich mal vom Acker. Weißt schon ... Betze.«

»Rot Weiss Ahlen?«

»Genau.«

»Der ruhmreiche FCK gegen Rot Weiss Ahlen.«

»Wenn das der Fritz wüsste!«, sprach er und eilte davon, ohne ein Wort noch zu sagen.

Burgstaller war dabei, einige Notizen in sein blaues Büchlein einzutragen, als die Witwe aus dem Seiteneingang kam.

»Wie ernst muss ich das nehmen, Herr Kommissar?«, fragte sie unvermittelt.

»Ich glaube nicht, dass es ein Dummerjungenstreich ist, würde es aber nicht zu hoch hängen.«

Er gab ihr die üblichen Empfehlungen, auch wenn ihm sein Instinkt sagte, dass das nach Ablenkungsmanöver roch. Denn was sollte das? Wenn der Täter ernsthaft das vorhätte, womit er drohte, würde er es tun und sie nicht dazu bewegen, alle möglichen Schutzmaßnahmen zu ergreifen. Trotzdem, die Situation wird immer unübersichtlicher, beklagte er sich, als er nach Hause fuhr. Vielleicht ein Trittbrettfahrer, der sich einen Kitzel verschaffen wollte? Den Anruf bei Breuer könnte man so sehen. Aber die Schweinerei mit dem Kadaver?

Gegen sechs Uhr fuhren Burgstaller und Maria nach Daixheim zu Osters Weingarten.

Den vielen Autos nach zu urteilen, konnten sie nur hoffen, noch einen freien Tisch zu finden.

»Guck dir das an«, staunte Maria. »So einen Garten habe ich bis jetzt nur im Bordelais gesehen.«

Die beiden mächtigen Kastanien, genügend weit voneinander entfernt, um sich nicht ins Gehege zu kommen, spendeten der halben Fläche des Gartens Schatten. An den übrigen Tischen schützten weiße Schirme vor der Sonne, die noch um diese Abendstunde kräftig einheizte.

Die breiten Türen des Glashauses waren bis zum Anschlag geöffnet.

An der Frontseite des Bistros, rechts von der Eingangstür, war ein großflächiger, massiver Grill aufgebaut, wo zwei junge Männer Steaks, Würste, Schweinshaxen und Schälrippchen auflegten, auf der linken Seite wartete eine kleine überdachte Bühne auf die Musiker.

Drei adrette Kellnerinnen in Schwarz mit weißer Schürze hatten schon den Großteil der Gäste mit Wein und Wasser versorgt.

Nur drei Tische waren noch frei. Sie entschieden sich für den auf der gegenüberliegenden Seite der Bühne, der am weitesten von den Lautsprechern entfernt war.

Kaum hatten sie Platz genommen, als zwei ältere Frauen sich mit einem kurzen Nicken dazusetzten.

Maria bestellte eine Weinschorle und Pierre einen Schoppen, obwohl ihm ein gepflegtes Weißbier lieber gewesen wäre, was es natürlich nicht gab.

Am Nebentisch unterhielten sich zwei Paare über den Mord von Daixheim. Burgstaller entnahm dem Gespräch, dass sie gespannt waren, die Witwe zu sehen. Der Mann, der das Wort führte, konnte nicht verstehen, wie man eine solche Veranstaltung eine Woche nach der Ermordung des Ehemanns machen konnte. Unbegreiflich war ihm das!

Seine Frau widersprach ihm: Es fände doch niemand etwas Anzügliches dabei, wenn ein Zahnarzt, ein paar Tage nach dem Tod seiner Frau, Zähne zieht, oder? Plötzlich verstummte das Gespräch. Eva Oster war aus dem Bistro gekommen. Sie winkte eine der Kellnerinnen herbei, um gleich wieder im Inneren zu verschwinden.

»Das war sie, die Oster«, klärte der Mann am Nebentisch seinen Anhang auf.

»Das war die Oster?«

Der Eingangsapplaus, den die Band empfing, als sie die Bühne betrat, war zögerlich, als wüssten die Gäste nicht so recht, ob sie sich heiter gelöst verhalten durften oder ob eine gewisse Zurückhaltung geboten war. Es war halt doch nicht ein Abend wie jeder andere.

Maria neigte ihren Kopf an Pierres Ohr.

»Irgendwie gruselig, die Vorstellung, dass der Mörder hier sitzen könnte.«

»Und ich hab nicht mal Handschellen dabei.«

»Aber deine Waffe?«

»Worauf du dich verlassen kannst«, log er.

Ein verheißungsvoller Duft wehte von der Grillstation herüber.

Die Kellnerin brachte die Getränke und fragte nach ihren Essenswünschen. Pierre bestellte sich gegrillte Leiterchen, Maria Kartoffelpuffer mit geräuchertem Lachs aus der Bistro-Küche.

Der Wortführer vom Nebentisch, der die ganze Zeit über die Bistro-Karte halblaut studierte, grummelte: »Steckrübenragout im Kohlblatt mit Salbeischnitzelchen. Ferz mit

Krigge«, und bestellte eine Schweinshaxe. Unrecht hat er nicht, dachte Burgstaller.

Eben spielte die Band ihr zweites Stück, als immer mehr Gäste ihre Aufmerksamkeit auf einen schwarzgefleckten Hund richteten, der zwischen den Tischen hin und her wuselte. Sie amüsierten sich, wie er einmal nach vorne lief, dann wieder zurück, sich im Kreis drehte, schnüffelnd verharrte, dann wieder vor, dann wieder zurück ... Endlich hatte er die richtige Witterung aufgenommen. Zur Begeisterung des Publikums sprang er auf die Bühne, wo er vor unbändiger Freude den Gitarristen, der gerade zu einem Solo ansetzte, immer wieder mit der Nase stupste und sich im Kreis drehend an ihm rieb. Der Saxofonist übernahm das Solo, während das Herrchen peinlich berührt sein Instrument ablegte und den Hund am Halsband nahm, um ihn aus dem Garten zu führen. Nach ein paar Minuten kehrte er zurück. Mit einem entschuldigenden Lächeln nahm er die Gitarre auf und setzte sein Spiel fort.

Die eigentümlich verkrampfte Atmosphäre hatte sich nach dem Auftritt des Hundes gelöst. Die Leute lachten und sprachen darüber, als hätte eben der chinesische Nationalzirkus eine seiner spektakulären Nummern abgeliefert. Selbst der Wortführer von nebenan schien mit sich und der Welt versöhnt, was aber wahrscheinlich an der mächtigen Schweinshaxe lag, deren Verarbeitung seine volle Konzentration in Anspruch nahm.

Burgstaller gab sich nicht minder lustvoll seinen Leiterchen hin.

Auch Maria war sehr angetan.

»Chapeau! Die Pannekuche sind selbstgemacht«, lobte sie die Küche.

Gerade brachte die Serviererin den beiden Damen eine Flasche Wasser, als sein Handy summte.

»Burgstaller. Ich ruf gleich zurück.«

Die beiden Damen, die die ganze Zeit über steif und stumm am Tisch saßen, nicht einmal Guten Appetit hatten sie gewünscht, richteten jetzt ihre ganze Aufmerksamkeit auf Burgstaller. Schließlich fasste sich die jüngere ein Herz: »Sie sind Kommissar Burgstaller?«

Burgstaller ließ sich Zeit, bevor er kurz nickte, denn er war gerade dabei, ein besonders knusprig gegrilltes Stück zu bearbeiten: »Ich weiß.«

Das peinliche Schweigen, das folgte, war Maria zutiefst unangenehm, auch wenn es sie beeindruckte, dass Pierre so schroff reagieren konnte. Wie oft war es ihr passiert, dass sie im Flugzeug oder im Zug saß und zugeschwafelt wurde, nur weil ihr der Mut fehlte, gleich zu Anfang ein kommunikations-verweigerndes Zeichen zu setzen.

Auf sein Handy deutend sagte er zu Maria: »Heinz!«, und stand auf, um sich eine ruhige Ecke zu suchen.

»Eben, als ich mit Gerda bei Lawalls war, hat mich ein gewisser Döring angesprochen. Dem Oster seine Schwester aus Frankfurt wäre hier. Die wollte dich unbedingt sprechen. Eine sehr strenge Frau, hat er gemeint, eine Studienrätin. Er hat ihr gesagt, dass du möglicherweise heute Abend in Osters Weingarten bist.«

Als er an den Tisch zurückkam, stellte er mit Erleichterung fest, dass die beiden Ölgötzen das Weite gesucht hatten.

Maria legte ihm den Arm um den Hals und ging mit ihren Lippen ganz nah an sein Ohr, als wollte sie schmusen.

»Die jüngere war Osters Cousine, und die ältere seine Schwester. Sie wollten unbedingt mit dir sprechen.«

»Verdammt!«

»Ich hab ihnen gesagt, dass sie dich morgen um zehn auf dem Revier antreffen können. War doch richtig, oder?«

Er gab ihr einen Kuss auf die Wange und winkte die Kellnerin zu sich.

»Einen Schoppen Riesling, bitte.« Den hatte er sich jetzt verdient.

acht

»Hauptkommissar Burgstaller?«

»Ja.«

»Mein Name ist Schildberg.«

»Herr Poschmann hat wohl dienstfrei?« fragte Burgstaller, nur um etwas zu sagen.

»Hat dienstfrei, ja.«

»Da werden gleich zwei Damen kommen.«

»Die sind schon in Ihrem Büro.«

Die beiden saßen, eine wie die andere, auf der Stuhlkante, die Handtaschen mit beiden Händen fest umklammert auf dem Schoß.

Burgstaller stellte sich vor und bedauerte, dass man gestern Abend nicht ins Gespräch gekommen sei, woraufhin die Ältere feststellte, dass er eine sehr liebenswürdige Frau hätte. Das kam einerseits gut bei ihm an, andererseits erkannte er darin die subtile Kritik an seinem gestrigen Verhalten. Er bedankte sich artig und setzte sich hinter seinen Schreibtisch.

»Ich bin Frau Oster und das ist Frau Elsässer. Ihre Frau wird es Ihnen gesagt haben, Frau Elsässer ist die Cousine von Heribert und ich seine ältere Schwester.«

»Mein tiefempfundenes Beileid, Frau Oster. Auch Ihnen Frau Elsässer.«

»Danke, Herr Kommissar. Wir wollen Ihre Zeit nicht länger in Anspruch nehmen, als es sein muss.«

Das hört sich schon mal gut an, dachte Burgstaller und lächelte Frau Oster aufmunternd zu.

Unvermittelt begann sie: »Meine Schwägerin hat es bis auf den heutigen Tag nicht für nötig befunden, mich vom Tod meines Bruders in Kenntnis zu setzen.«

»Ach!«, entfuhr es dem Kommissar.

»Sie können daraus schließen, dass uns kein sehr herzliches Verhältnis verbindet. Schon damals, als Heribert uns seine Zukünftige vorstellte, habe ich erkannt und habe es auch ausgesprochen, dass Eva«, sie zögerte, »dass er Eva nie alleine haben wird. Man muss sich Eva nur anschauen, um zu wissen, welche Rolle Männer in ihrem Leben spielen.«

Da also liegt der Hund begraben, dachte der Kommissar und beschloss, gleich mit der Tür ins Haus zu fallen: »Meinen Sie denn, dass Ihre Schwägerin und Herr Breuer ...« Er schaute Frau Oster erwartungsvoll an.

»Ganz bestimmt nicht. Glauben Sie denn, mein Bruder hätte Tore beauftragt, seine Frau geschäftlich zu unterstützen, wenn er hätte annehmen müssen, dass Tore und Eva ...? Ich kenne Tore schon viele Jahre, und ich weiß, dass er vom anderen Ufer ist, wie man landläufig sagt.«

»Das vermuten Sie?«

»Nein, das weiß ich von meinem Bruder.«

Deshalb also nannte Breuer es ein groteskes Gerücht, als er ihn fragte, ob er ein Liebesverhältnis mit Eva Oster habe.

»Und Ihr Bruder?«

»Dass mein Bruder homosexuell gewesen sein soll, ist dummes Gerede!«, erwiderte sie verärgert. »Sie werden sich vielleicht fragen, wer das in die Welt gesetzt hat, und warum? Ganz einfach: Als Homosexueller können Sie heutzutage Berlin oder Paris regieren, Sie können auch der Vorsitzende einer Partei sein. Hier auf dem Land aber können Sie nicht einmal ein kleiner Weinkommissionär sein, ohne dass man Ihnen deshalb das Leben schwermacht.«

»Aber wer hat es in die Welt gesetzt?«

Frau Oster lachte bitter.

»Meine geschätzte Schwägerin hat nichts, aber auch nichts unversucht gelassen, meinen Bruder zu desavouieren.«

»Ihr Bruder war fast jedes Wochenende in Frankfurt?«

»Mein Bruder«, sie stockte etwas, »mein Bruder war seit fünf Jahren mit einer Frau zusammen, einer jungen Kollegin von mir, mit der er eine kleine Tochter hat. Er legte größten Wert darauf, dass Eva nichts davon erfuhr. Das war auch der Grund, weshalb er sich nie bemüht hat, das Gerücht auszuräumen.«

»Gibt es denn Ihrerseits einen Verdacht?«

Frau Oster blickte unter sich, schaute zu Frau Elsässer und atmete tief durch.

»Herr Kommissar, einen solchen Verdacht zu äußern, und mag er noch so begründet sein ...«

»Herr Kommissar«, abrupt schaltete sich jetzt Frau Elsässer ein, die die ganze Zeit über regungslos zugehört hatte, »wer immer es war: Eva steckt dahinter! Da sind wir uns sicher!«

Nach dem bisherigen Verlauf des Gesprächs war Burgstaller nicht sonderlich überrascht von Frau Elsässers Offenbarung, die, schwer atmend, noch ganz im Bann ihrer kühnen Aussage stand.

»Gibt es denn Indizien, auf die sich Ihr Verdacht gründet?«

»Bei seinem vorletzten Besuch bei mir in Frankfurt war mein Bruder sehr niedergeschlagen. Er wisse nicht wer, aber er sei sich sicher, dass Eva einen Liebhaber habe.«

»Das bedeutet, dass er Eva noch liebte?«

»Ich glaube eher, dass er in Sorge war, Eva würde ihn, wie er einmal sagte, kalt abservieren. Er hatte ja keinen müden Cent. Nur Schulden. Und die Ansprüche der Winzer, die er, man muss es so nennen, betrogen hat, bestanden ja weiter.«

Sie schwieg und fuhr nach einer Weile in einem kaum hörbaren Ton fort: »Leider lebte er immer über seine Verhältnisse, leider.«

Um halb eins traf sich Burgstaller mit dem Praktikanten in der Polizeidirektion Landau, von wo sie nach Mörlheim, einem Vorort von Landau fuhren. Unweit der katholischen Kirche St. Martin parkten sie. Gleich links in dem kleinen Gässchen sollte Frau Schönhoff bei ihrer Schwester Erna Heberer wohnen, in der Nummer 11, einem schmalbrüstigen, zweistöckigen Haus, das durch die Übermalung des roten Sandsteins seinen wilhelminischen Charme eingebüßt hatte.

ERNA HEBERER
ELFRIEDE SCHÖNHOFF

Burgstaller klingelte.

Ein paar Sekunden später klackten Schritte. Ein Schlüssel wurde im Schloss herumgedreht und eine rundliche Frau von Ende fünfzig öffnete die Tür.

»Sie sind Frau Schönhoff?« Er hielt ihr seine Dienstmarke hin.

»Um Himmels willen!«, rief sie erschrocken, als stünde der Gottseibeiuns im Hausgang.

»Kein Grund zur Aufregung«, beschwichtigte Burgstaller. »Dürfen wir?«

Sie ging voraus durch den dunklen Flur und öffnete die zweite Tür.

Das ohnehin nicht sehr geräumige Zimmer war voll von Möbeln: Eine zweiteilige Kredenz und ein Vertiko aus der Gründerzeit, wie der Kommissar es von seiner Großmutter her kannte, eine verblichene Chaiselongue, davor ein flacher Tisch aus Kirschholz mit zwei Sesseln, und gegenüber ein Fernseher älteren Datums. Das ist wohl alles, was ihr aus der Konkursmasse verblieben ist, neben dem Tod ihres Mannes, dachte Burgstaller in einem Anflug von Mitleid, nur weil so ein Scheißkerl glaubte, er hätte kraft seiner Geburt das Recht auf Kosten anderer leben zu dürfen.

»Nehmen Sie doch Platz.«

»Frau Schönhoff, wir wollen uns nicht lange aufhalten.«

»Um was geht's denn?«

Sie war sehr aufgeregt.

»Wir bitten Sie nur, uns die Waffe, die Ihr Sohn Gisbert bei Ihnen deponiert hat, auszuhändigen. Ich muss Sie allerdings darauf hinweisen, dass Sie das Recht haben, uns das zu verweigern.«

»Jesses, Maria!« Fast hätte der Kommissar noch einen *Joseph* drangehängt. »Ich hab ihm tausendmal gesagt, dass das nicht gut geht! Dass er endlich dieses verfluchte Ding abgeben soll!«

In ihre Aufregung hatte sich eine Prise Zorn gemischt.

»Tja, Frau Schönhoff, sie wollen einfach nicht hören, die jungen Leute«, sprach der Kommissar, zufrieden, dass ihm dieser banale Satz eingefallen war, von dem eine beruhigende Wirkung auf Frau Schönhoff ausging, die ihn fast schon gelöst fragte: »Aber er hat doch nichts angestellt, oder?«

»Nicht, dass wir wüssten. Aber Waffenbesitz ist nun mal nicht zulässig. Es sei denn, er hätte einen Waffenschein. Aber den hat er nicht.«

»Ach du lieber Gott!«

Sie wirkte jetzt schon sehr viel beruhigter und ging zum Vertiko. Sie öffnete die rechte Tür und holte eine Pistole heraus, die auf einem Stapel gebügelter Tischwäsche lag; eine Heckler & Koch P8, die Dienstwaffe der Bundeswehr, wie der Kommissar auf einen Blick erkannte.

»Die Patronen auch?«

»Ja, bitte«, erwiderte der Kommissar und ging zu ihr. »Ich helfe ihnen.«

Er nahm die Kartons, die übereinander gestapelt neben der Wäsche lagen.

Der Praktikant entfaltete eine Plastikhülle und schob die Pistole hinein.

»Das war's schon, Frau Schönhoff. Tut uns leid, wenn wir Ihren Sonntag gestört haben.«

»Muss er denn ins Gefängnis?«

»Wenn er sonst nichts angestellt hat, bestimmt nicht.«

Auf der Fahrt zur Direktion meinte der Praktikant: »Eins beschäftigt mich, Chef: Was steckt dahinter, dass der Täter sieben Schuss …?«

»Wenn Sie es rausfinden, lass ich Ihnen ne Messe lesen«, erwiderte der Kommissar lakonisch.

»Könnte es denn nicht sein, dass er auf Nummer sicher gehen wollte? Vielleicht hat er auch panisch reagiert?«

»Glaub ich nicht.«

Der Praktikant spürte, dass sein Mentor das Gespräch nicht fortsetzen wollte, so gut hatte er ihn schon kennengelernt in den letzten Tagen. Umso überraschter war er, als Burgstaller den Faden wieder aufnahm: »Vielleicht war es ja ein Profi, der den Anschein erwecken wollte, dass ein Stümper am Werk war?«

Auch wenn der Praktikant sich nicht vorstellen konnte, welchen Zweck der Täter damit verfolgt haben sollte, fand er den Gedanken doch sehr interessant. Gespannt sah er seinen Mentor von der Seite an. Von dem kam aber nichts mehr. Er machte den Eindruck, als sei das Thema für ihn erledigt.

Mittlerweile waren sie beim Kommissariat angekommen.

»Bringen Sie die Kanone und die Munition rein. Wir sehen uns morgen.«

»Gute Fahrt, Chef.«

Auf dem Rückweg nach Freynheim rief ihn Schildberg an, um ihm mitzuteilen, dass er von einer gewissen Helene Bertram zwei Hülsen entgegengenommen habe. Er könnte sie heute zu Hause antreffen.

Der Kommissar musste schmunzeln, als er an die Frau Bertram dachte. Sie war bekannt als eine sehr katholische Frau. Es hieß, dass der Herr Pfarrer Nau schon so manche Messe speziell für sie gelesen hat, wenn außer ihr keine Menschenseele anwesend war. Eines Sonntags in der Früh, so wird erzählt, als wieder einmal nur die fromme Helene das Gotteshaus frequentierte, spulte er die Messe im Schnelldurchgang ab. Wer will es ihr verdenken, dass sie vor der Kirche auf den Herrn Pfarrer wartete, um ihm die bange Frage zu stellen, ob denn diese rasante Messe nicht doch weniger gottgefällig gewesen sei, als eine mit allem Drum und Dran? »Der Herr zählt doch keine Minuten, Frau Bertram«, hatte der Gottesmann ihre Bedenken zerstreut. »Machen Sie sich da mal keine Sorgen.« Das hatte sie beruhigt, und der Herr Pfarrer, so heißt es, sei seitdem weit und breit der Schnellste seiner Zunft. Dass zuletzt einer gesehen haben will, wie sich die Frau Betram beim Verlassen ihres Hauses noch einmal umdrehte und mit einem Citrus-Spray in der Hand ein Kreuz in den Hausgang sprayte – ein Pschsch nach oben, ein Pschsch nach unten, ein Pschsch nach links und ein Pschsch nach rechts, ein

Kreuz eben –, verwundert niemand, der sie kennt, auch wenn es wahrscheinlich nur ein Gerücht ist.

Er parkte direkt vor ihrem Haus und klingelte.

»Grüß Gott, Frau Bertram.«

»Grüß Gott, Herr Kommissar. Sie wollen sicher wissen, wo ich die Patronen gefunden hab?«

Sie schloss die Tür und eilte auf wackligen Beinen in Richtung Ortsausgang.

»Hier!« Sie blieb stehen und zeigte auf zwei Hölzchen, die zu einem X gelegt waren. »Hier auf'm Trottoir, da war die erste Patrone.« Und schon eilte sie weiter. »Und da die zweite.« Auch hier kennzeichnete ein X die Fundstelle.

Die Distanz zwischen der ersten und der zweiten Hülse waren gut zwanzig Meter.

»Ich danke Ihnen, Frau Bertram, das haben Sie prima gemacht.«

»Ich will ja auch, dass der Mörder gefasst wird«, erwiderte sie, stolz darauf, einen Beitrag zur Verbrechensbekämpfung geleistet zu haben.

Der Kommissar fuhr zum Polizeiposten, stellte den Rechner an und begann seine Gedanken zu sortieren.

Dass Osters Schwester versicherte, Tore Breuer sei schwul, widerlegt die Behauptung der Leute, dass Breuer und Eva Oster ein Liebespaar sind oder waren. Für die Liebeslaute, die die Frauen aus dem geöffneten Fenster gehört haben, muss also ein anderer verantwortlich gewesen sein. Wer aber dann, wenn nicht Breuer?

Burgstaller lehnte sich zurück und dachte nach, ob es irgendeinen Anhaltspunkt gäbe, der ihm helfen könnte. Schließlich holte er sich das Vernehmungsprotokoll von Lauffer und las es aufmerksam durch. Aber auch die Protokolle von Eva Oster und Tore Breuer halfen ihm nicht weiter. Und was Schönhoff angeht? Sollte er der Täter sein, ganz bestimmt hätte er die Pistole nicht bei seiner Mutter gebunkert, dazu wirkte er zu intelligent.

Schließlich notierte er noch die Fundorte der Hülsen.

Da die Schüsse, nach allem, was die Leute sagten, kurz hintereinander erfolgt waren, der Abstand der Hülsen aber circa zwanzig Meter betrug, ging er davon aus, dass durch das geöffnete Verdeck oder aus dem Fenster eines fahrenden Autos heraus geschossen worden war.

Er schrieb seine Überlegungen als Vermerk in den Rechner und schickte sie ins Kommissariat zu Frau Enslein.

Gerade wollte er Maria anrufen, als das Telefon läutete. Ein aufgeregter Gisbert Schönhoff wollte unbedingt gleich vorbeikommen.

Keine zehn Minuten später war er da.

Empört fuhr er den Kommissar an: »Wie kommen Sie eigentlich dazu, bei meiner Mutter zu erscheinen und ihr vorzutäuschen ...«

Der Kommissar unterbrach ihn in einem gelassenen Tonfall, auch wenn es in ihm gärte und brodelte: »Hören Sie gut zu, Herr Schönhoff!« Er machte eine lange Kunstpause. »Der Besuch bei Ihrer Mutter diente der Sicherstellung einer vermutlichen Tatwaffe. Wenn Sie wissen, was ich meine?«

Schönhoff war kreidebleich geworden.

»Ich?«

»Nein, Sie!«

»Wieso ich?«

»Weil zum Beispiel das Kaliber Ihrer Waffe identisch ist mit dem der Mordwaffe.« Er hatte zum Beispiel eingeflochten, um den Anschein zu erwecken, er hätte noch weitere Verdachtsgründe in petto.

»Übrigens, wollten Sie der Pfalz den Krieg erklären?«

»Wieso?«

»Und das fragen Sie auch noch?«, fuhr er ihn an. »Finden Sie es normal, dass ein Privatmann zweihundert Schuss im Depot hat?« Bevor Schönhoff etwas entgegnen konnte, beendete er das Gespräch. »Morgen früh um neun Uhr erwarte ich Sie hier zur Vernehmung. Sollten Sie nicht erscheinen, dürfen Sie mit einem Haftbefehl rechnen!«

»Aber Herr Kommissar!«

»Auf Wiedersehen, Herr Schönhoff!«

»Schaff dich zum Deiwel, du Schnösel«, brummte der Kommissar vor sich hin, nachdem Schönhoff gegangen war.

»Entschuldigung, ich hab Sie nicht verstanden«, sagte Polizeiobermeister Schildberg, der unbemerkt ins Büro gekommen war.

»Was haben Sie nicht verstanden?«

»Ich dachte, Sie hätten mich angesprochen?«

»Nein, ich habe mit mir gesprochen.« Burgstaller musste lachen. »Sagen Sie mal, Herr Schildberg, kommen Sie hier aus der Gegend?«

»Leider nicht.«

»Warum leider?«

»Dann hätte ich Ihnen vielleicht den einen oder anderen Hinweis geben können. Sonst hätten Sie mich doch nicht gefragt?«

Burgstaller war es peinlich, dass dieser nette, junge Beamte ihn so einschätzte. Sich herausreden wollte er aber auch nicht.

»Wissen Sie, bei einem Mordfall blendet man alles aus, was nicht direkt damit zu tun hat.«

»Das kann ich gut verstehen. Ich möchte auch zur Kripo. Zur Zeit bereite ich mich auf die Polizeischule vor.«

»Da wünsche ich Ihnen viel Erfolg. Vielleicht sind wir ja in ein paar Jahren Kollegen?«

»Schön wär's«, freute sich Schildberg.

Die Frage, wer der Liebhaber der Witwe sein könnte, ließ ihm keine Ruhe. Er setzte sich ins Auto und fuhr zu Osters Anwesen, in der Hoffnung, Breuer anzutreffen.

Der kam gerade aus dem Haus.

»Kann ich für ein paar Minuten Ihre Zeit in Anspruch nehmen?«

»Wollen Sie reinkommen?«

»Lassen Sie uns einen kleinen Spaziergang machen.« Er wollte es vermeiden, der Witwe zu begegnen und schlug den Weg zwischen den beiden angrenzenden Weinbergen ein. »Wird ein guter Wein dieses Jahr.«

»Die Winzer sind sich gar nicht so sicher.«

»Klar, das Wetter kann ihnen noch einen Strich durch die Prognose machen, und ein bisschen Jammern gehört auch zum Geschäft, um die Götter des Neids zu besänftigen.«

Breuer lächelte.

»Ich bin aber sicher, dass Sie nicht über die Weinlese mit mir sprechen wollen?«

»Natürlich nicht«, erwiderte der Kommissar. Nach zwei, drei ewig langen Minuten blieb er stehen. »Wer ist Frau Osters Liebhaber?«

Breuer, der annahm, dass der Kommissar wegen des Drohanrufs zu ihm gekommen war, zeigte sich sichtlich überrascht.

»Sie stellen mir Fragen.«

»Wenn ich Ihnen, der Sie auf der Etage von Frau Oster wohnen, diese Frage stelle, und zwar nicht aus Neugierde, sondern weil sie der Aufklärung eines Mordes dient, so ist meine Frage nur folgerichtig und – legitim.« Das klang wie der Vortrag eines Gesetzestextes. Dann setzte er sich wieder in Bewegung.

Breuer lief stumm neben ihm her.

Mal gespannt, wer das länger durchhält, du oder ich, dachte der Kommissar.

»Ich fürchte, dass ich Ihnen nicht weiterhelfen kann. Eva und ich führen privat ein völlig getrenntes Leben. Tut mir sehr leid.«

»Schade. Dann lassen Sie uns mal umkehren.«

Nach ein paar Schritten meinte Burgstaller: »Wir haben es leider mit einem ziemlich gerissenen Täter zu tun. Solange der frei herumläuft, macht mir das große Sorgen. Ihnen wahrscheinlich auch, oder?«

Auf der Fahrt nach Freynheim fragte er sich, wie glaubwürdig Breuer war. Es erschien ihm unwahrscheinlich, dass er von Eva Osters Liebhaber nichts bemerkt haben wollte.

»Sag mal, Maria, kannst du dir vorstellen, dass die Oster einen Lover hat und der Breuer …«

»Und wie ich mir das vorstellen kann!«

»Jetzt mal ohne Witz, bitte … und der Breuer, der auf demselben Stockwerk wohnt, merkt nichts davon?«

»Warum nicht? Wenn sie es diskret anstellen?«

»Wenn aber eine Frau draußen vorbeigeht und Kampflärm hört?«

»Mein Gott, bist du gewöhnlich, Pierre.«

»Jetzt sag endlich!«

»Also du glaubst, dass der Breuer sich dumm stellt, oder?«

»So ist es.«

»Man kann das auch anders sehen.«

»Nämlich?«

»Dass der Breuer gar nichts davon wissen wollte, um seine Unbefangenheit zu bewahren. Verstehst du? Auch gegenüber seinem Freund Heribert, zudem er ja selber kein Interesse an ihr hat.«

Wieder einmal bedauerte er, dass Maria nicht doch Polizistin geblieben ist, zudem sie einige Widerstände hatte überwinden müssen, um ihren Berufswunsch überhaupt durchsetzen zu können. Damals, kurz vor dem Abitur, als sie die Eltern damit überraschte, Kriminalbeamtin werden zu wollen, erntete sie nur verständnisloses Kopfschütteln.

Ihr Vater meinte, ob sie denn nicht Lust hätte, Eisenbieger zu werden, das sei doch auch ein ehrenwerter Männerberuf, und ihre Mutter warf sich vor, dass sie die Tochter als Kind zu oft hat Krimis gucken lassen. Da Maria aber nicht von ihrem Entschluss abzubringen war, machte sich ihr Vater beim Polizeichef des Orts, mit dem er am Stammtisch saß, schlau, ob denn eine Frau überhaupt für diesen Beruf zugelassen würde. »Aber selbstverständlich«, hatte der erwidert. »Laut Grundgesetz Artikel 3 sind Männer und Frauen gleichberechtigt.« Laut Grundgesetz! Marias Vater hatte verstanden: Das Gesetz steht auf Marias Seite! Aber doch nicht die Männerwelt des Polizeidienstes, oder? Maria schlug die Warnung in den Wind. Sie hatte es sich nun mal in den Kopf gesetzt, Kripo-Beamtin zu werden. Ihre Freundinnen fanden das echt cool, während sich ihre Klassenkameraden amüsierten: »Endlich mal ein Bulle mit Titten!« Maria blieb hartnäckig und bestand auch die Aufnahmeprüfung. Nach einem Jahr Polizeischule machte sie ein Praktikum bei der Mordkommission, wo sie ihm begegnete. Schon als sie das erste Mal ins Büro kam und ihn sah, wusste sie: Den oder keinen! Zumindest hat sie es ihm später so erzählt. Er, der es gewohnt war, der Ratio den Vortritt zu lassen, und nicht seinen Emotionen, ließ sich Zeit, wenn auch nicht allzu lange. Nach einem dreiviertel Jahr waren sie verheiratet, noch bevor sie die Polizeischule erfolgreich absolviert hatte. Als Maria dann ihren Dienst begann, mussten sie feststellen, dass sie sich häufiger nicht sahen, als dass sie sich sahen; zu oft hatte er Dienst, wenn sie keinen Dienst hatte und umgekehrt. So reifte in Maria die Erkenntnis, »dass von zwei Bullen einer zu viel ist«. Sie quittierte den Polizeidienst und beschloss, ihre Passion, das Fotografieren, zum Beruf zu machen. Da es ihre eigene Entscheidung war, war sie nicht unglücklich damit. Das einzige, was sie bedauerte, war, dass sie in der braven Pfalz lebte und nicht im verruchten New York, wie ihr großes Vorbild Weegee, der in den dreißiger und vierziger Jahren Opfer und Täter von Verbrechen mit der Kamera festhielt, und nebenbei noch den ganz normalen New Yorker Alltag ablichtete. Ihr blieb nur der ganz normale Pfälzer Alltag, den sie hin und wieder an Magazine und Zeitungen verkaufte. Auch Ausstellungen ihrer Arbeiten gab es, die wohl nichts einbrachten, aber dem Ego guttaten. Das ging ihm durch den Kopf, bis Maria ihn aus seinen Gedanken holte: »Du wolltest heute deinen berühmten Sugo machen, oder?«

»Wollte ich? Dann wird der Maître mal zur Sache schreiten.«

Er hackte vier Knoblauchzehen, einen Peperoncino, eine Handvoll Petersilie und setzte eine kleine Pfanne mit Olivenöl auf.

»Hast du mal darüber nachgedacht, wie die Oster das sieht, Pierre?«

»Wie?« Er hörte nur halb hin, weil er sich auf den Herd konzentrieren musste.

»Die Oster geht doch bestimmt davon aus, dass der Breuer weiß, wer ihr Liebhaber ist, oder?«

»Das liegt nahe.«

In das sprudelnde Wasser gab er einen gehäuften Esslöffel Meersalz und die Spaghetti. Knoblauch und Peperoncino gab er ins heiße Öl, und ganz am Schluss die Petersilie dazu.

»Und was machst du als nächstes, Pierre?«, frotzelte Maria.

»Schön, dass du fragst.«

Sein aglio olio hatte sich im Lauf der Jahre zu einer Kultveranstaltung entwickelt, die immer gleich ablief.

»Kurz bevor die Spaghetti al dente sind, gieße ich – aufgepasst! – einen Schöpflöffel Nudelwasser in den sugo. Fünfundsiebzig Prozent aller italienischen Hausfrauen machen das falsch, wie ich von meinem Küchenfreund Guglielmo erfahren habe.«

»Und wieso?«

»Ganz einfach: Sie geben kein Nudelwasser dazu. Und deswegen schmecken ihre Spaghetti klebrig bis pampig.«

»Und deine so, wie sich's gehört.«

Sie nahm seinen Kopf zwischen ihre Hände und verpasste ihm einen Kuss auf den Mund.

»Jetzt setz' dich. Wir essen. Prost!«

»Prost!«

Marias Gedanke, dass die Witwe wahrscheinlich überzeugt war, Breuer würde ihren Liebhaber kennen, beunruhigte ihn. Denn angenommen, sie war mit ihrem Liebhaber in ein Komplott gegen ihren Mann verwickelt, so wäre Breuer in höchstem Maße gefährdet. Wohl hielt er ein Komplott für ziemlich unwahrscheinlich, es aber als Möglichkeit wegwischen, das konnte er auch nicht.

Sie schwiegen, bis Maria das Gespräch wieder aufnahm: »Cui bono? Wem nutzt es?«

Er wollte sie unterbrechen, aber sie stoppte ihn mit einer resoluten Handbewegung.

»Die Frage ist doch: Wer hat einen Nutzen vom Tod des Heribert Oster? Eva, natürlich! Sie braucht keinen Benz zu finanzieren und muss auch seine Wochenendtouren nach Frankfurt nicht mehr bezahlen. Aber glaubst du denn wirklich, dass die so dämlich ist, sich mit ihrem Lover auf ein Komplott einzulassen? Sie hätte doch ihren Mann einfach rausschmeißen können. Wer hätte ihr das verübelt? Keiner! Im Gegenteil, jeder hätte gesagt: Recht geschieht's ihm!«

»Einverstanden, Maria. Aber ...«

»Sag mal, Pierre, einen Racheakt ziehst du gar nicht mehr in Betracht?«

»Es ist das einzige Motiv, das wir haben.«

»Und jetzt kommt Dein aber!«

»Richtig. Es gibt da ein paar Ungereimtheiten, die mir zu denken geben.«

»Ich habe übrigens noch eine Neuigkeit für dich, mon chéri.«

»Raus damit.«

»Lautern hat doch gestern gegen Ahlen gespielt.«

Er war plötzlich hellwach.

»Verdammt noch mal, ich krieg' doch nichts mehr mit! Und?«

»Drei zu zwei.«

»Wie? Was? Für wen?«

»Für Lautern.«

»Endlich mal ne positive Nachricht!«

Er gab ihr einen Kuss, als wäre sie es gewesen, die das entscheidende Tor geschossen hat.

neun

Die Gedanken an den kommenden Tag hatten die ganze Nacht durch an seinen Nerven gezerrt und ihm einen unruhigen Schlaf beschert.

Als er ins Büro kam, saß der Praktikant schon am Rechner.

Eigentlich konnte er sich über keinen seiner Praktikanten beklagen, alle waren sie interessiert und bemüht, so viel mitzunehmen, wie es nur ging. Aber an einen wie den, der sich mit einer solchen Verve reinkniete, konnte er sich nicht erinnern.

»Ist der Kandidat schon da?«

Der Praktikant sah auf seine Uhr. »Noch acht Minuten.« Grinsend meinte er: »Hab ne gute Nachricht für Sie, Chef.«

»Das freut mich aber.«

Der Praktikant schlug die Zeitung auf und las vor: »›In unseren Ermittlungen sind wir der Lösung einen entscheidenden Schritt näher gekommen. Die Vermutung, die wir seit einigen Tagen haben, dass der Täter aus dem regionalen Umfeld des Opfers stammt, hat sich fast zur Gewissheit erhärtet.‹ Polizeipräsident Olbrich zeigte sich zuversichtlich, dass der Mordfall Oster schon in den nächsten Tagen aufgeklärt sein könnte.« ... Ich will ja nicht despektierlich sein, Chef, aber fällt denen nicht auf, dass der Präsident immer dasselbe sagt?«

»Was der sagt, ist denen wurscht. Entscheidend ist, dass er was sagt. Nur so halten sie das Thema warm. Aber wehe, wir haben den Fall nicht bald aufgeklärt!«

»Was dann?«

»Dann verliert der geneigte Leser das Interesse.«

»Und dann?«

»Dann werden sie uns als Versager hinstellen, um das Thema wieder zum Kochen zu bringen. Mit der Folge, dass der Alte etwas tun muss, um seinen Arsch aus dem Schussfeld zu ziehen.«

»Und das wäre?«

»Einen Schuldigen suchen.«

»Sie meinen ...«

»... er wird sich auf unsere Kosten einen schlanken Fuß machen«, ergänzte Dressler, der gerade ins Büro kam. »So sind nun mal die Bräuche. Also geben Sie sich nicht allzu rosigen Vorstellungen hin. Noch können Sie sich ja für den Streifendienst melden.«

Burgstallers Handy summte. Er wollte es schon wegdrücken, als sein Blick auf die Nummer fiel.

»Na, Herr Burgstaller, wie geht's, wie steht's?«

»Die Lage hat sich nicht verändert. Das heißt, wir werden, so wie es aussieht, morgen den DNA-Test durchführen.«

»Sie klären das mit dem Staatsanwalt, damit das rechtlich wasserdicht ist, ja?«

Burgstaller sah ihn vor sich, wie er mit den Hufen scharrte, in Erwartung der kommenden Ereignisse, von denen er sich erhoffte, aus der Anonymität seines Polizeipräsidentendaseins ins Rampenlicht der Öffentlichkeit katapultiert zu werden. Dann nämlich wird die Partei nicht mehr umhin können, ihm, der dem Killer von Daixheim das Handwerk gelegt hat, einen sicheren Listenplatz zu reservieren. Das ging Burgstaller durch den Kopf, als er die Stimme des Präsidenten wie aus der Ferne hörte.

»Sind Sie noch dran?«

»Ja, natürlich, Herr Präsident. Ich werde nachher den Staatsanwalt anrufen.«

»Und bitte halten Sie mich auf dem Laufenden, ja?«

»Vor sechs Jahren, Herr Schönhoff«, der Kommissar blätterte in dem Ordner, der vor ihm lag, »sind Sie wegen unerlaubten Waffenbesitzes verurteilt worden. Das hat Sie aber nicht gehindert ...« Statt den Satz zu Ende zu führen, nickte er Schönhoff aufmunternd zu.

»Ich habe mich bedroht gefühlt.«

»Was Sie nicht sagen!« Der Kommissar machte eine lange Pause. »Könnte es sein, dass Sie vielleicht jemanden bedrohen wollten?«

»Das ist eine Unterstellung!«

Als korrigierte er die grammatikalische Fehlleistung eines Schülers, erwiderte er: »Nein, eine Frage ist das.«

»Ich habe niemand bedroht!«

»Vielleicht Oster?«

»Das verbitte ich mir!«

»Passen Sie mal auf, Herr Schönhoff«, der Kommissar war drauf und dran, aus der Haut zu fahren, zumindest erweckte er den Eindruck, »Sie haben sich nichts zu verbitten, Sie haben gefälligst meine Fragen zu beantworten!« Seine Stimme wurde jetzt schneidend: »Haben Sie Heribert Oster bedroht?«

»Nein.«

»Von wem haben Sie sich bedroht gefühlt?«

»Das lässt sich nicht so einfach ...«

»Doch! Das lässt sich!«

Schönhoffs Mundwinkel zuckten nervös.

»Es war die Situation, als Oster aus dem Knast kam.«

»Und die war wie?«

Jetzt ist er angeschlagen, dachte der Praktikant und war ein wenig stolz auf die Richtigkeit seiner Einschätzung, als Schönhoff antwortete: »Ich mache von meinem Recht Gebrauch, die Aussage zu verweigern.«

Burgstaller entgegnete ruhig und gelassen: »Bitteschön. Und ich, ich mache von meinem Recht Gebrauch, Sie wegen Mordverdachts vorläufig festzunehmen.«

Schönhoff erbleichte.

»Herr Kommissar ...«

»Hiermit breche ich die Vernehmung ab. Notieren Sie das!«, wies er den Praktikanten an und erhob sich.

Der Praktikant schaute total verdutzt drein. Das war so schnell gegangen, Schlag auf Schlag, dass er im Kopf nicht mitkam, noch weniger mit den Fingern, obwohl die ganz schön flink waren.

»Bitte, Herr Kommissar ...«

»Ich bin heute für Späße nicht aufgelegt!«

»Bitte, Herr Kommissar, ich möchte aussagen!«

Burgstaller schwieg eine ganze Weile, dann ging ein Ruck durch seinen Körper, und er setzte sich wieder. Er sprach kein Wort, während er die Hände ganz langsam zu einer einladenden Geste öffnete, die zu sagen schien: Jetzt aber mal Butter bei die Fische!

»Ich hatte ein Verhältnis mit Frau Oster.«

Der Praktikant zuckte zusammen und blickte zu seinem Mentor, der völlig unbeeindruckt reagierte, als wäre ihm das längst bekannt gewesen: »Und?«

»Als Oster aus dem Knast kam ...«

»... ging Ihnen die Düse?«

»Für den wär's doch ein Leichtes gewesen, sich in Frankfurt einen zu besorgen, der ...«

»Wusste er denn, dass Sie mit seiner Frau?«

»Wir waren wohl vorsichtig, aber wer weiß?!«

Schönhoff wirkte plötzlich gelöst.

Burgstaller war jetzt klar, dass sein schnöseliges Auftreten vom Samstag nichts weiter war als eine Fassade, hinter der er seine Affäre mit Eva Oster versteckte.

»Wo waren Sie in der Nacht, als Oster ermordet wurde?«

»Zuhause.«

»Wer kann das bestätigen?«

»Niemand.«

Der Kommissar schüttelte bedenkenschwer den Kopf.

»Das sieht nicht gut aus, Herr Schönhoff, wirklich nicht.« Er stellte mit Genugtuung fest, dass er Graf Rotz jetzt da hatte, wo er ihn hinhaben wollte.

»Ich weiß«, antwortete Schönhoff handzahm, »aber ich bin nun mal Single.« Nach einer Pause meinte er:

»Sie glauben doch wohl nicht im Ernst, dass ich den Oster ...«

»Was ich glaube, ist unerheblich«, unterbrach ihn Burgstaller.

Er stützte sein Kinn auf die übereinandergeschlagenen Hände und blickte gedankenverloren unter sich. Pierre, du hast zugenommen, erkannte er, als ihm die Wölbung über dem Gürtel ins Auge fiel.

Kein Laut durchbrach die Stille, nur ab und zu war ein tiefer Atemzug zu vernehmen.

Damals, als er von der Polizeischule kam, lernte er von seinem Bärenführer: »Die Vernehmung ist eines unserer wichtigsten Instrumente, was aber ohne schauspielerische Begabung nicht so recht funktioniert.« Da ihm das Talent für die große Geste abging und auch seinem Wesen widersprochen hätte, entwickelte er einen ihm gemäßen Stil, indem er mit einem kaum merklichen Ausschlag der Stimme sprach, linear wie die Zeilen einer Buchseite. Das hat den Vorteil, wie er sehr schnell erkannte, dass schon eine kleine Regung, gezielt eingesetzt, eine ziemlich große Wirkung entfalten kann. Nicht anders war es mit seinem Gesichtsausdruck, den er aufs Äußerste reduzierte.

»Dann lassen Sie uns mal gemeinsam zusehen, wie Sie da rauskommen. Wissen Sie, wer nach Ihnen Frau Osters Liebhaber war?«

Schönhoff schüttelte langsam und ausdauernd den Kopf.

»Wahrscheinlich wissen Sie nichts Genaues«, ermunterte er ihn, »aber?«

Schönhoff sah den Kommissar stumm an.

»Keine Vermutung?«

Der Kommissar war sich nicht sicher, ob er ihm glauben konnte.

»Falls Ihnen noch etwas einfällt, was uns weiterbringen könnte, melden sie sich. Mit jedem Hinweis machen Sie sich das Leben leichter«, sprach er und verließ den Raum.

Als Schönhoff gegangen war, fragte sich der Praktikant, was den Chef bewegt haben könnte, grußlos, als wenn einer hinter ihm her wäre, das Büro zu verlassen. Ob er noch verärgert war über Schönhoffs schnöselhaften Auftritt? Oder war es ein psychologischer Trick? Wahrscheinlich das! Er versuchte sich in die Hirnwindungen seines Mentors zu versetzen, aber zu einem Ergebnis kam er nicht.

Kurz danach war Burgstaller zurück.

»Glauben Sie ihm, Steffen?«

»Nicht so recht.«

»Begründen Sie!«

»Ich hatte das Gefühl, dass da noch eine starke Bindung zur Oster besteht. Mir war so, als wollte er sie schützen.«

»Interessant, was Sie da sagen. Wir gehen mal zur Oster«, entschied er.

»Nur eine Frage, Chef: Vorhin, war das ein psychologischer Trick oder waren Sie noch angefressen?«

»Wie meinen Sie das?«

»Weil Sie so plötzlich aufgestanden sind und raus gingen?«

»Ich musste urinieren.«

Seinen ersten Blick, als er in Eva Osters Wohnzimmer kam, lenkte er an die Stelle, wo ihm am letzten Montag der verwaiste Nagel aufgefallen war. Er deutete hin, um sie zu fragen, was es mit dem fehlenden Bild auf sich hat, als sie ihm lächelnd zuvorkam: »Es ist nicht das erste Bild, das meine Putzfrau auf dem Gewissen hat. Ich muss es neu verglasen lassen.«

Na so was, dachte er und begann in einem klagenden Ton, als bereitete ihm der Gedanke, den er auszusprechen beabsichtigte, Leibschmerzen: »Wir brauchen Ihre Hilfe, Frau Oster.«

»Wenn ich Ihnen helfen kann?«

»Seit Tagen laufen wir im Kreis.« Mit der Rechten deutete er eine Kreisbewegung an, um ganz plötzlich und unvermittelt hervorzustoßen: »Darf ich Sie fragen, Frau Oster, wer Ihr Liebhaber ist?«

Ihre Nasenflügel zitterten einen kurzen Augenblick, dann hatte sie sich wieder gefangen.

»Dürfen Sie. Aber Sie kriegen keine Antwort, denn das ist meine Privatsache. Unabhängig davon, Herr Kommissar«, sie setzte ihr unwiderstehlichstes Lächeln auf, »gibt es keinen.«

Ihr Charme prallte an Burgstaller ab wie ein Ball an der Häuserwand.

»Doch es gab einen, oder?«

»Das ist lange her.«

»Tja, wenn dem so ist, Frau Oster?« Er sah den Praktikanten an, als wollte er sagen: Die hält uns für Idioten, bevor er sich wieder Eva Oster zuwandte: »Sollten Sie jedoch feststellen, dass sie sich geirrt haben ... Sie haben ja meine Rufnummer.«

Die Witwe musste erkennen, dass ihr eben der Krieg erklärt worden war.

Burgstaller schlug vor, das Hirn durchzupusten, was, wie der Praktikant inzwischen wusste, nichts anderes hieß, als einen ausgiebigen Gang durch die Gemarkung zu machen.

Er wählte den Weg in Richtung Freynheim, vorbei an der Straußwirtschaft Mosbacher und der evangelischen Kirche, vor der eine Schar sonntäglich gekleideter Männer und Frauen standen, die sich angeregt und gutgelaunt unterhielten. Die letzten Orgelklänge, die aus dem geöffneten Portal ins Freie drangen, ließen darauf schließen, dass eine Hochzeit oder eine Kindstaufe eben ihren Abschluss fand. Als die Leute die beiden Beamten kommen sahen, grüßten sie freundlich, um gleich wieder ihr Gespräch fortzusetzen.

»Was glauben Sie, über was die jetzt reden?«

»– ja!«, antwortete der Praktikant lachend.

Die Reaktion gefiel dem Kommissar.

Beide liefen sie schweigend nebeneinander her und stellten sich dieselben Fragen: Fürchtet sich Schönhoff, ihren derzeitigen Liebhaber zu nennen? Kennt er ihn überhaupt? Oder hat er eine Vermutung? Alles Fragen, auf die es keine Antworten gab.

Nach einer guten halben Stunde sprach der Kommissar in einem resignierten Tonfall: »Glauben Sie mir, Steffen, einem Bären den Arsch zu wischen, ist leichter.«

Der Praktikant wusste gar nicht, was er sagen sollte. So hatte er den Chef noch nicht erlebt. Aber er kannte ihn ja auch erst ein paar Tage.

»Das hindert uns aber nicht, was Anständiges essen zu gehen«, schlug der Kommissar vor, und sie traten schnellen Schrittes den Rückweg zur Straußwirtschaft Mosbacher an.

Er war sich sicher, dass es jetzt zwischen viertel nach zwölf und halb eins war. Dazu brauchte er keine Uhr. Nur ganz selten, wenn es auf die Minute ankam, schaute er auf sein Handy, um sich zu vergewissern. Im Allgemeinen konnte er sich auf sein Zeitempfinden verlassen. Wenn Mittagessenszeit war, sowieso. Dann meldete sich der Hunger, präzise wie ein Uhrwerk.

»Die hatten recht, die Peripatetiker: Das räumt wirklich den Kopf auf«, stellte der Praktikant fest.

»Von den Alten kann man einiges lernen. Voraussetzung ist aber ...«

»... dass man immer auf bekannten Wegen geht,« ergänzte der Praktikant.

»Richtig!«

»Damit der Kopf neue Wege gehen kann.«

Glücklicherweise war der Katzentisch frei. Burgstaller trug einige Notizen aus dem Gespräch mit der Witwe in sein blaues Büchlein ein, um dann die ihm so vertraute Speisekarte zu studieren. Dem Praktikanten empfahl er Leberwurst mit Gequellten, er selber bestellte sich eine kleine Portion Spundekäs, in der Hoffnung, keinen Handkäs serviert zu bekommen.

»Gestern Abend habe ich in Kallstadt ein ganz hervorragendes *Kanzlersteak* gegessen.«

»Sie meinen Saumagen?«

»Nein, Kanzlersteak!« beharrte der Praktikant.

»Wenn Sie die Pfälzer Meinung über Saarländer bestätigen wollen, dann essen sie weiter Ihr Kanzlersteak. Ansonsten hören Sie bitte mal zu: Es gab einmal einen Bundeskanzler, der hieß Helmut Kohl. Alle Staatsoberhäupter, die der Kanzler in die Pfalz eingeladen hat – Gorbatschow, Thatcher, Mitterrand, auch der König von Spanien –, alle bekamen sie Saumagen vorgesetzt. Dadurch ist der Saumagen eine Weltberühmtheit geworden. Das ist ein sehr, sehr großes Verdienst des Exkanzlers, und das wird ihm die Pfalz auch nie vergessen. Aber ist das ein Grund, diese Perle der Pfälzer Küche, die seit Menschengedenken Saumagen heißt, neuerdings Kanzlersteak zu nennen? Oder sehen Sie das etwa anders?!«

Der Praktikant musste dem Chef recht geben.

Die schnippische Aushilfsserviererin, eine drallhübsche Brünette, stellte ihnen das Essen auf den Tisch.

Irgendwann wird sie die Stunde verfluchen, in der sie sich das Arschgeweih hat pieksen lassen, dachte der Kommissar, während er ihr nachblickte.

»Im Übrigen, Steffen, bin ich ein großer Freund der banalen Küche. Gucken Sie nicht so, ich meine das ernst. Nur, gut muss sie sein. Versteh'n Sie? Eine gute Kartoffel, die Quarta oder die Leyla, und ein anständiges Stück Pfälzer Leberwurst, oder, als nicht zu verachtende Alternative, ein Stück Fassbutter. Was wollen Sie mehr?«, sprach er mit einem genießerischen Lächeln. »Was nicht heißen soll, dass ich was gegen die Finessen unseres westlichen Nachbarn hätte.«

Während der Praktikant mit der Gabel eine dampfende Kartoffel teilte und ein Stück Leberwurst hineindrückte, nickte er zustimmend. »Wo Sie recht haben, Chef, haben Sie recht.«

Sie aßen mit großem Appetit. Mosbachers kulinarisches Angebot gehörte nun mal zum Besten, was die Pfalz zu bieten hat. Maria pflegte zu sagen: »Vom Feinsten, aber reichlich.« Gestern bekam sie den Auftrag, Fotos für einen Prospekt zu machen, der französische Touristen in die Pfalz locken soll. »Ein tolles Konzept«, hat sie sich gefreut, »le Palatinat, le beau jardin du Bon Dieu.« Die Pfalz, des lieben Gottes schöner Garten. Wegen des idealen Lichts machte sie sich heute schon in aller Herrgottsfrühe auf den Weg.

»Vielleicht ist ja die Liaison wieder entflammt, jetzt, wo es keinen Ehemann mehr gibt?«, durchbrach der Praktikant das Schweigen. »Es ist ja nicht so, dass der Schönhoff sie satt hatte.«

Der Kommissar deutete ungerührt auf den Spundekäs.

»Einen besseren kriegen Sie in der ganzen Pfalz nicht. Genau richtig, nicht zu fest und nicht zu weich.«

»Vielleicht gibt es ja gar keinen aktuellen Lover?« hakte der Praktikant nach.

»Glaub ich nicht«, erwiderte der Kommissar und strich sich den Rest Spundekäs auf ein Stück Brezel.

»Sind Sie da sicher, Chef?«

»Bin ich Lena Odenthal?«

Er war gerade im Polizeiposten angekommen, als Staatsanwalt Förtner anrief: »Wenn nichts gravierend Neues passiert, machen wir morgen den DNA-Test. Sie können also alles in die Wege leiten.«

Dressler telefonierte daraufhin mit den Winzern und Gisbert Schönhoff, um die Termine zu vereinbaren. Poschmann fuhr zur Kriminalinspektion, um das notwendige Material für die Untersuchung zu holen.

Zu gern hätte Burgstaller jetzt die Situation genutzt, um seinen Gedanken freien Lauf zu lassen, aber er kam über den Vorsatz nicht hinaus. Sein Hirn war wie vernagelt. Nur eine einzige Frage bohrte sich durch und wiederholte sich immer wieder – die Frage nach dem Motiv: War es die schiere Rache, der Hass eines betrogenen Winzers? Oder war es vielleicht ein ganz anderes Motiv, an das bislang keiner dachte? Wer das Motiv kennt, kennt den Täter! Wie eine Beschwörungsformel wiederholte er die alte kriminalistische Weisheit, um schließlich zu erkennen: Getretener Quark wird breit, nicht stark.

Da die Hitze etwas nachgelassen hatte, beschloss er, noch einen kleinen Gang durch die Weinberge zu machen, vielleicht würde ihm das ja weiterhelfen. Jedenfalls war alles, was immer er tun würde, besser, als hier herumzusitzen und zu grübeln.

Zuerst fuhr er seinen Wagen zum Château, wo er Maria die Nachricht hinterlegte, dass er auf dem Weg in Richtung »Augenweide« war.

Am Horizont verdichteten sich die Wolken, es sah nach Gewitter aus. Die schwarze Wand begann sich aber, je höher er kam, langsam aufzulösen. Auf dem Kamm des Weinbergs angelangt, setzte er sich auf die Bank, die die Gemeinde neben dem Bildstock installiert hatte, einem steinernen *Marterl* aus bayerischen Zeiten, dessen Inschrift fast gänzlich verwittert war. Wie er in einer Chronik gelesen hatte, erinnerte der Bildstock an einen Mord, der am helllichten Tag anno 1871 geschah, kurz nach dem siegreichen Feldzug gegen Frankreich. Der Verdacht, der sofort aufkam, dass es ein Franzos war, der dem Schullehrer Kennreich den Schädel mit einer Hacke einschlug, verdichtete sich innerhalb kürzester Zeit zur Gewissheit. Aber der Beweis ist nie erbracht worden. Vielleicht, weil jeder zu wissen glaubte, dass es nur der Erbfeind gewesen sein konnte, war eine andere Möglichkeit nicht einmal in Erwägung gezogen worden. Wer weiß, vielleicht hatte ja Kennreich eine Affäre mit der Frau eines höheren Beamten oder der Verlobten eines Offiziers, und es war der Gehörnte, der ihn aus dem Weg räumte? Kennreich, Feldwebel im II. bayerischen Corps, gehörte, wie so viele damals, der liberalen Bewegung an, die den deutschen Nationalstaat herbeisehnte. Dass so einer den Hass eines Franzosen auf sich zog, genauer gesagt, den eines Elsässers, der, als Folge des verlorenen Kriegs, die Nationalität wechseln musste und darunter litt, jetzt ein Deutscher sein zu müssen, erschien den Leuten nur folgerichtig, zudem Kennreich in der siegreichen Schlacht bei Weißenburg an vorderster Front dabei war. Der ganze Ort war stolz auf seinen Lehrer, der unter dem Befehl von

Kronprinz Friedrich Wilhelm von Preußen in der 3. Armee focht, dem ersten gesamtdeutschen Heer, in dem alle Gaue vereinigt waren. Noch heute erinnert der Kennreich-Weg an den tapferen Mann. Diese Gedanken gingen dem Kommissar durch den Kopf, während er das Marterl betrachtete. Ein Segen, dass es nur noch im Fußball Erbfeinde gibt, dachte er mit Vorfreude an das Länderspiel gegen England, Ende des Monats in Berlin.

Vor dem Anwesen des Musikers, am Fuße des großen Weinbergs, tollte der schwarzgefleckte Hund herum, der am Samstag die ganze Gesellschaft amüsiert hatte.

Kein Wölkchen trübte mehr den azurblauen Himmel, nur ein paar gazeartige Streifen bewegten sich zum Horizont. Jetzt in Les-Saintes-Maries-de-la-Mer sein, eine schöne Seezunge auf dem Teller und einen kühlen Entre-deux-Mers im Glas ... In diesem Augenblick meldete sich sein Handy, als wollte es ihn von weiteren nichtsnutzigen Gedanken abhalten. Es war Maria. Sie sei gerade ins Château gekommen und würde sich jetzt auf den Weg machen.

Nach gut einer halben Stunde sah er sie von weitem winken.

»Alle Aufnahmen im Kasten. Wunderschöne Motive.«

Maria war richtig aufgekratzt, während er dachte: Wenn doch ich nur ein Motiv hätte und wüsste, dass es das richtige ist.

»Ich schlage der Agentur vor, Dörings ›Augenweide‹ als Aufmacherbild zu nehmen. Da steckt doch die ganze Pfalz drin, in ihrem Farbenreichtum und ihrer Üppigkeit, meinst du nicht?«

Verdammt noch mal, jetzt sei doch nicht so wortkarg, rügte er sich und erwiderte: »Das kann ich mir gut vorstellen, sehr gut sogar! Und was denkst du, wie das den Döring freut, und wie das seinen Nimbus hebt? Eine wirklich gute Idee!« Er war selber überrascht, wie exzellent ihm die Begeisterung gelang.

Sie hakte sich unter und grinste ihn kokett an.

»Meinst du nicht, dass ich jetzt einen schönen Weißburgunder verdient hätte?«

»Bonjour, Monsieur! Bonjour, Madame! Was darf's denn sein?« Lawall war mal wieder voll auf der Franzosennummer. Das ist er immer dann, wenn der Umsatz stimmt, hat Döring gesagt. Und der stimmte mal wieder. Alle Tische waren besetzt, so dass sie mit dem Katzentisch vorliebnehmen mussten.

Noch bevor Maria antworten konnte, ergriff Pierre das Wort: »Bonjour, Monsieur. S'il vous plaît, transmettez nos meilleures salutations à Madame Lawall. Et maintenant, pour mon épouse, un quart de votre excellent Pinot Blanc et pour moi une choppe dans le Dubbeglas, s'il vous plaît.«

Lawall stand da wie geplättet. Dann begann sein Gesicht zu leuchten.

»Nachdem ich mal mitgekriegt habe, dass Sie Pierre heißen, hab ich mich immer gefragt, ob Sie auch Französisch können. Und Sie können!«

»Aber nicht viel mehr, Herr Lawall.«

»Seien Sie mal nicht zu bescheiden.«

Als er gegangen war, meinte Maria: »Könntest ruhig mal deine welsche Seite offenlegen, chéri, schließlich ist deine Mutter Französin. Das kommt hier gut an.«

»Sie ist Lothringerin, ein Stiefkind von La France.«

Lawalls Weine waren wirklich extraordinäre. Nicht nur sein Dornfelder und sein Spätburgunder, auch seine Weißweine, Silvaner, Riesling und Weißburgunder, konnten sich sehen lassen. Und was ihm besonders hoch anzurechnen war: Neben Walter Döring war er der erste Winzer im Ort, der trotz aller Unkenrufe mutig genug war, sich vom Korken zu verabschieden, zugunsten des Drehverschlusses. Als Winzer genoss er allergrößten Respekt bei den Leuten, ansonsten aber hielten sie ihn für einen Hannebambel, weil seine Frau die Hosen anhätte. Sie wäre es, die bestimmt, wo's langgeht. Er würde sich nie einen Widerspruch getrauen. Na und?, dachte Burgstaller, sieht er frustriert aus? Nein, tut er nicht. Ist er nervös? Gereizt? Fettleibig? Ist er auch nicht. Also!

»Der ist richtig gut, Herr Lawall«, freute sich Maria und setzte noch einen kleinen Schluck nach, als wollte sie sich vergewissern, ob ihr Urteil einer Überprüfung standhält.

»Das hört man gern. Schönen Gruß von meiner Frau. Sie lässt fragen, ob die Herrschaften einen hausgemachten Keschdesaumagen ...«

Maria ließ ihn nicht einmal ausreden: »Mit Kraut, bitte! Ist das möglich?«

»Für Sie immer, Frau Burgstaller. Den richtigen Wein haben Sie ja schon. Weißburgunder und Saumagen, das ist perfekt.«

zehn

Ausnahmslos pünktlich erschienen die Winzer im Viertelstundentakt. Der Praktikant nahm die Personalien auf und ließ sie die Einwilligungserklärung unterzeichnen. Dressler führte den Test durch. Dazu musste ein Wattestäbchen zwischen Backe und Zahnfleisch gerieben und anschließend in ein Glasröhrchen gesteckt und gekennzeichnet werden; ein sehr einfaches Prozedere.

Burgstaller saß scheinbar unbeteiligt am Rechner, in Wirklichkeit verfolgte er aufmerksam, wie sich die Probanden verhielten. Auch wenn er nicht daran glaubte, dass ihn seine Beobachtungen weiterbrächten, wollte er es doch nicht unversucht lassen.

Stumm und ohne emotionale Regung ließen die Winzer den Test über sich ergehen, um anschließend genauso wortlos wieder zu verschwinden. Burgstaller konnte ihrer Reaktion nicht entnehmen, ob sie verärgert waren, verdächtigt zu werden, oder ob sie es still akzeptierten. Um sich ein Bild zu verschaffen, fragte er den Winzer Bertram, den er flüchtig kannte, ob er Verständnis habe für die Untersuchung.

»Na klar! Sie machen den Test ja bei allen, die in Frage kommen.«

Die in Frage kommen, interessante Formulierung, dachte der Kommissar. Wahrscheinlich denkt jeder der Winzer, dass einer der anderen in Frage kommt, bis auf den, der weiß, wer in Frage kommt.

Nur Schönhoff warf im Hinausgehen dem Kommissar einen freundlichen Blick zu. Fast gelöst wirkte er.

Zwischendrin rief Reisner an, um Burgstaller mitzuteilen, dass sich seine Vermutung bewahrheitet hat: Die Katze war von einem Hund getötet worden. Fingerabdrücke waren nicht feststellbar.

»Alles für die Katz'«, kommentierte er sein Ergebnis.

Warum eigentlich meinen so viele Menschen, sie müssten bei allem und jedem noch ein Witzchen dranhängen, fragte sich Burgstaller, dem Witze im Allgemeinen, heute aber im Besonderen auf den Senkel gingen.

Gegen elf war die Untersuchung zu Ende.

Schildberg fuhr die Röhrchen zur Direktion nach Landau, von wo sie umgehend zur Auswertung ins Landeskriminalamt gebracht wurden.

Burgstaller rief den zuständigen Kollegen Eicher an, um zu hören, wann mit den Ergebnissen zu rechnen sei.

»Ich weiß, lieber Pierre, dass es wieder mal furchtbar pressiert. Trotzdem, ein paar Tage ...«

»Ich bitte dich, Erich!«

»... brauchen wir normalerweise,« fuhr Eicher unbeirrt fort, »aber, da die Ganoven, wie es aussieht, derzeit auf Urlaub sind, kommst du gleich dran. Wenn alles gut geht, kriegst du morgen telefonisch Bescheid.«

Damit war für Burgstaller dieser Teil abgeschlossen. Jetzt hatte er den Kopf frei. Er nahm sein blaues Büchlein und sah sich seine Randbemerkungen an. Neben den Aufzeichnungen zur letzten Befragung der Witwe war die Sache mit dem Bild notiert. Er beschloss, dem nachzugehen. Er rief Altbürgermeister Rebholz an, von dem er sich Auskunft über Osters Putzfrau erhoffte. Rebholz kannte sie und nannte Burgstaller ihre Adresse.

Burgstaller überlegte kurz, ob er die Putzfrau aufsuchen sollte, entschied sich aber, Dressler hinzuschicken, da Dressler im Ort kaum in Erscheinung getreten war. Er selber machte sich auf den Weg nach Freynheim zum Château.

Maria war schon seit heute Morgen in der Agentur, um ihre Fotos zu präsentieren. Am Nachmittag würde sie zurück sein. Da sie zuhause essen wollten, kaufte er unterwegs Wurst, Käse und eine Flasche Grauburgunder ein.

Er beschloss, zunächst eine Stunde zu üben. Das würde ihm gut tun. Und so war es auch. Sein Kopf wurde frei und seine trübe Stimmung hellte sich auf.

Er schenkte sich ein Piffchen Riesling ein und begann den von Maria so sehr geschätzten *Winzersalat à la Pierre* zuzubereiten: Schwartenmagen, Fleischwurst, Blutwurst und Bergkäse in dünne Streifen schneiden, Schnittlauch, Petersilie, Kerbel, Estragon und Schalotten hacken und das Ganze mischen und mit einer Vinaigrette übergießen, wie er sie von seiner Mutter kannte, aus Olivenöl, Weißweinessig, Pfeffer, Fleur de Sel, einer Prise Zucker, Dijonsenf und, nicht zu vergessen, einem halben Piffchen Riesling.

Toll, was Maria in dem nur ein paar Quadratmeter großen Gärtchen alles angepflanzt hatte; er musste sich immer wieder wundern. Neben den profanen Küchenkräutern lachten ihn grüne, gelbe und rote Peperoncini an, scharf wie des Teufels Dreizack, und nicht zu vergessen, ein riesiger Strauch Rosmarin und natürlich Salbei, ihr Lieblingskraut.

Maria freute sich immer, wenn er kochte. »Bist ein seltenes Exemplar Mann«, lobte sie ihn. Dabei empfand er das nie als Mühe, im Gegenteil, er genoss es zu kochen. Nur mit seinem Instrument konnte er sich noch besser entspannen. Er war natürlich klug genug, das für sich zu behalten.

Gegen vier hörte er sie anfahren.

Schon als sie reinkam, sah er, dass ihr Tag so gelaufen war, wie er laufen sollte.

»Kannst stolz sein auf deine Frau«, sprach sie strahlend. »Die Aufnahmen sind aber auch ... man soll sich ja nicht selber loben.«

»Wieso nicht?«

»Einverstanden. Die Aufnahmen sind phantastisch.«

»Das habe ich nicht anders von dir erwartet«, schmeichelte er ihr.

»Hab ne Überraschung für dich.«

Sie nahm ihn wortlos an der Hand, führte ihn ins Schlafzimmer und schloss die Tür.

Nach kaum fünf Minuten läutete das Telefon und wollte nicht aufhören. Aber keiner ging ran.

Nach einer Stunde schließlich schaute Pierre nach.

»Tut mir leid, Heinz, ich habe eben erst gesehen, dass du angerufen hast. Ich musste eine Dachziegel austauschen.« Etwas Gescheiteres war ihm nicht eingefallen.

»Hauptsache, dir ist nichts passiert. Jetzt hör mal zu: Ich habe mit der Putzfrau gesprochen. Die war richtig empört. Sie hätte noch nie ein Bild kaputtgemacht, hat sie gesagt. Von einem Lover wusste sie allerdings nichts.«

Er war dabei, den Tisch zu decken, als Maria hereinkam. Schmunzelnd meinte sie: »Die Überraschung kommt noch. Aber lass' uns zuerst mal was essen.«

Schon nach dem ersten Bissen schwelgte sie: »Das macht dir wirklich keiner nach. Prost!«

»Prost! Was nun?«

»Alles zu seiner Zeit«, lachte sie.

Als sie mit dem Essen fertig waren, holte sie ihre Digitalkamera und suchte nach einer Aufnahme.

»Hier!«

Sie hielt ihm die Kamera hin. Das Bild zeigte einen großgewachsenen Mann mit einer verkehrt aufgesetzten Baseballmütze auf dem Kopf, und vor ihm, halb verdeckt, eine Frau, die ihm die Hand reichte.

Nach einem kurzen Zögern sah er Maria etwas ungläubig an.

»Das ist doch die Oster, oder?«

Maria lachte.

»Das ist die Oster.«

»Und der Typ?«

Maria zuckte mit den Schultern.

»Wie bist du zu der Aufnahme gekommen?«

»Ich war schon vor zwei Stunden hier. Gerade als ich vorm Château einparkte, kam mir die Oster entgegen. Ich weiß nicht warum, aber ich hatte das Gefühl, ich sollte ihr folgen. Also fuhr ich hinter ihr her. In Wachenheim parkte sie am Bahnhof und ging in Richtung Zentrum. Bis ich nen Parkplatz hatte, war sie weg. Auf gut Glück lief ich in dieselbe Richtung, und siehe da, plötzlich tauchte sie vor der Winzergenossenschaft auf und gab dem Typ hier die Hand. Dann waren die beiden wie vom Erdboden verschluckt. Nach einer halben Stunde kam sie zurück. Leider ohne ihn.«

»Zeig mal die anderen.« Er studierte eine Aufnahme nach der anderen. »Schade, keine Aufnahme von vorne. Wie bist du nur darauf gekommen, ihr zu folgen?«

»Lieber Pierre, denkst du denn, dass der Fall nicht auch mich beschäftigt?«

Irgendwie, auch wenn er dieses Wörtchen hasste, diesen Ausfluss von Denkfaulheit, irgendwie wurde ihm die Witwe immer rätselhafter. Aber Maria auch.

»Glaubst du immer noch, dass der Breuer ahnungslos ist?«

»Wenn er nicht schwul wäre, könnte ich mir das nicht vorstellen. Schließlich ist sie eine Frau, auf die jeder Mann steht.«

»Na, na!« Natürlich hatte sie recht. Aber er würde einen Teufel tun, ihr nicht zu widersprechen.

»Ich weiß«, sie fuhr ihm lächelnd übers Haar, »mein Pierre hat nur Augen für mich.«

Natürlich glaubte sie ihm kein Wort. Aber sie tat so als ob, und er, er tat so, als ob er nicht merkte, dass sie so tat als ob. Manchmal dachte er, das sei eines der Geheimnisse einer funktionierenden Ehe.

elf

»Würde mich mal interessieren, wann die Herrschaften vom LKA sich bequemen ...«

»Jetzt sei mal nicht ungeduldig, Pierre«, beruhigte ihn Dressler, »du weißt ganz genau, dass der Eicher verlässlich ist.«

Wie bestellt kam Schildberg mit dem Telefon in der Hand herein.

»Landeskriminalamt.«

Burgstaller griff sofort zu.

»Schieß los, Erich!«

Eicher sagte zuerst einmal laut und deutlich: »Dann woll'n wir mal«, gefolgt von einer nicht enden wollenden Pause. »Also, Pierre, wir haben sieben Speichelproben vorliegen.« Mein Gott, das weiß ich doch! »Die konnten wir in der kurzen Zeit natürlich nicht alle analysieren. Aber«, er hustete, »wir hatten Glück. Anders kann man das nicht nennen. Schon die zweite Probe war der Treffer, hörst du?«

»Aber ja, Erich, das darf man Glück nennen. Jetzt sag schon: wer ist es?«

Er stellte das Telefon laut.

»Augenblick!« Man hörte das Rascheln von Papier. »Hörst du?«

»Ja, natürlich!«

»Der Name lautet: Riethmüller, Georg, wohnhaft in …«

»Is schon gut, Erich, danke, vielen Dank!«

»Kriegste morgen schriftlich. Übrigens, am Freitag gegen TuS Koblenz. Mein lieber Herr Gesangverein!«

»Lautern fegt die vom Platz, Erich, da kannste sicher sein«, erwiderte Burgstaller und dachte: Wenn du wüsstest, wie scheißegal mir das jetzt ist.

Nachdem er aufgelegt hatte, klopfte ihm Dressler auf die Schulter. »Die Kuh ist vom Eis.«

Auch der Praktikant freute sich. »Und jetzt, Chef?«

»Jetzt gehen wir zuerst mal was essen. Danach nehmt ihr den Riethmüller fest und bringt ihn hierher. Ihr könnt schon mal vorgehen. Ich muss noch den Staatsanwalt anrufen.«

»Dann ist ja der Fall gelöst?«

»Herr Staatsanwalt, ich verfolge noch eine weitere Spur.«

»Wie das?« erwiderte Förtner überrascht. »Da müssen Sie aber sehr gute Gründe haben.«

»Die habe ich!«

Natürlich waren es keine guten Gründe, und sehr gute schon mal gar nicht. Er hatte nur das sichere Bauchgefühl, dass irgendetwas nicht stimmte. Aber komm mal einem Staatsanwalt mit Bauchgefühlen.

»Na gut«, erwiderte Förtner, der in Eile war. »Dann folgen Sie mal Ihrer Spur. Aber informieren Sie mich, wenn sich was tut.«

Förtner war ein Achtundsechziger, der sich in seiner Studentenzeit in Heidelberg politisch exponiert hatte. Manche seiner Freunde konnten deshalb nur den Kopf schütteln, als sie hörten, dass er in den Staatsdienst wollte. »Wie kann man sich nur als Linker zum Büttel des Staats machen?« Waren sie doch davon ausgegangen, dass er sich als Anwalt für die Unterdrückten und Entrechteten einsetzen würde. Dass Förtner sich aber treu geblieben war, und sich von Anfang an bis zum heutigen Tag immer wieder mit seinen Oberen anlegte, nötigte ihnen dann doch Respekt ab. Weshalb ihn die beiden Polizisten einem Alkoholtest unterzogen, letztes Jahr, als er spätnachts aus der Mitgliederversammlung seines dörflichen Fußballvereins kam und auf dem Weg nach Hause war, liegt auf der Hand. Seine Freunde jedenfalls wunderte es nicht, sie sind noch heute felsenfest davon überzeugt, dass die beiden in höherem Auftrag handelten. Bestimmt hatten sich ihre Auftraggeber eine 1 vor dem Komma gewünscht, aber es waren nur 0,9 Promille. Förtner nahm's sportlich, auch wenn es ihn eine saftige Geldstrafe und einen Monat Führerscheinentzug kostete. Burgstaller hatte von Anfang an gern mit ihm zu tun gehabt, schon weil er nie – wie so mancher seiner Kollegen – raushängen ließ, dass die Polizei nur die Erfüllungsgehilfin der Staatsanwaltschaft ist.

»Bitte verbinden Sie mich mit dem Präsidenten.«

»Aber gerne, Herr Burgstaller«, säuselte die Vorzimmerdame, die unüberhörbar die Order erhalten hatte, ihn besonders zuvorkommend zu behandeln.

Und schon war der Präsident in der Leitung.

»Was gibt es?«, fragte er atemlos. »Sagen Sie schon!«

Jetzt war Burgstaller am Drücker, und jetzt war er es, der sich Zeit ließ: »Wir haben, wie Sie wissen, gestern sieben Proben entnommen.«

»Das weiß ich ja!«

»In der kurzen Zeit konnten die natürlich nicht alle analysiert werden. Sie wissen ja, wie das ist, Herr Präsident«, sprach er mit ruhiger, fast gelangweilter Stimme weiter.

»Ich verstehe.«

Der Präsident fiel hörbar in sich zusammen.

Ungerührt fuhr Burgstaller fort: »Man hat nur zwei Proben analysieren können.«

»Zwei Proben«, wiederholte er tonlos.

»Aber wir hatten Glück, Herr Präsident.«

»Was sagen Sie da?« Er schrie es fast heraus.

»Ich sagte: Wir hatten Glück.«

»Jetzt kommen Sie doch endlich zur Sache, Mann!«

»Die zweite Probe war der Treffer.«

Am liebsten hätte er ihn noch stundenlang an der Leine geführt.

»Mensch Burgstaller! Das ist ja phantastisch! Gratuliere! Ich wusste doch ...« In diesem Augenblick fiel ihm wahrscheinlich ein, dass der Erfolg ja nicht alleine Burgstaller zu verdanken war, sondern, bei Licht besehen, eigentlich ihm. Schließlich war doch er es, und kein anderer, der die Fäden zog und diesen, zugegebenermaßen, nicht unbefähigten Hauptkommissar eingesetzt hat. »Sie glauben ja nicht, was die Presse für einen Druck gemacht hat. Was unsereiner sich alles anhören musste, und das schon seit Tagen, das können Sie sich nicht vorstellen«, lamentierte er. »Was werden Sie jetzt tun?«

»Wir werden ihn vorläufig festnehmen.«

»Sie halten mich auf dem Laufenden?« sprach er beschwörend.

»Aber gewiss doch, Herr Präsident.«

Dressler und der Praktikant waren schon fast fertig mit dem Essen, als Burgstaller erschien.

Wortlos setzte er sich dazu.

»Kennst du den Riethmüller, Pierre?«

»Nein. Aber Steffen kennt ihn.«

»Habe die Ehre!«

Burgstaller bestellte ein Mineralwasser und eine Franzosensuppe.

»Welchen Eindruck hatten Sie denn von Riethmüller?«

»Tja, was soll ich da sagen?«, begann der Praktikant nachdenklich.

»Wenn ich das wüsste, würde ich Sie nicht fragen!«, fuhr ihn Burgstaller an.

»Entschuldigung.«

Der Praktikant ärgerte sich über seinen dämlichen Pausenfüller. Er schlug sein grünes Büchlein auf, das er sich nach dem Vorbild seines Mentors angeschafft hatte, um dann so präzise wie möglich seinen Eindruck wiederzugeben, so wie es ihm auf der Polizeischule beigebracht wurde: »Georg Riethmüller, 45 Jahre alt, etwa einsachtzig groß, dichtes braunes Haar, kräftige Statur, verheiratet, zwei Kinder, ein Sohn von dreizehn und eine Tochter von sieben, betreibt in der fünften Generation Weinbau. Ein ruhiger, wortkarger Mann, dem man die Würmer aus der Nase ziehen muss. Nach eigener Aussage ist er finanziell aus dem Gröbsten raus, auch wenn er noch immer bei der Bank verschuldet ist.«

»Ein Wasser. Zum Wohle!«

Der Praktikant fuhr fort: »Dass der mal die Fassung verliert, kann ich mir kaum vorstellen. Nur ne Frage, Chef: Gibt es denn an dem DNA-Ergebnis überhaupt keinen Zweifel?«

»Doch! Vorausgesetzt, die Erde ist eine Scheibe.«

Der Praktikant war froh, dass Mosbacher zum Kassieren kam und er sich mit Dressler auf den Weg machen konnte.

Erst als er den leeren Teller vor sich sah, wurde ihm bewusst, dass er eben gegessen hatte. Nicht die Spur eines Gedankens war durch seinen Kopf gegangen. Wie nach einem tiefen Schlaf kehrte er langsam in den Wachzustand zurück.

Maria, die eben gekommen war, rückte einen Stuhl zurecht und setzte sich.

»Es sieht so aus, als hätten wir ihn.«

Er berichtete ihr und bat sie, gleich bei Walter Döring vorbeizugehen, um zu hören, was er von Riethmüller wusste.

Kaum dass er im Büro war, rief Dressler an: »Musst dich noch gedulden. Er ist im Wingert und macht sich jetzt auf den Weg nach Hause. Ich denke, in ner Stunde sind wir da.«

Burgstaller war es nur recht, dass ihm noch etwas Zeit blieb. Vor einer Vernehmung dieser Tragweite versuchte er stets, sich in eine möglichst ausgeglichene Stimmungslage zu versetzen.

»Herr Poschmann, ich bin mal eben für ne Stunde weg. Sollte meine Frau vorbeikommen, sagen Sie ihr, dass ich auf dem Weg zur Augenweide bin, sie weiß dann Bescheid.«

Wenn sich eindeutig steigern ließe, dachte er, würde der Täter so eindeutig feststehen, wie es eindeutiger nicht geht. Dennoch, er war alles andere als überzeugt. Nicht ein einziger brauchbarer Fingerabdruck, weder an der Leiche noch im Auto, nicht einmal eine DNA-Spur, wo es doch nach Lage der Münze so gewesen sein muss, dass der Täter auf dem Beifahrersitz saß. Plötzlich fiel ihm wieder sein Traum von letzter Woche ein.

»Pierre!«

Es war Maria, die von weitem rief.

Er ging ihr entgegen.

»Der Döring hat sich nur positiv über Riethmüller ausgelassen. Solide Familienverhältnisse, seriöses Geschäftsgebaren, kein Streit mit irgendwem, Mitglied in mehreren Vereinen, Kassierer vom Gesangverein und im Vorstand der evangelischen Kirchengemeinde.«

Pierre nickte. »Biedermann und Brandstifter.«

Als Burgstaller zurückkam, war Schildberg gerade dabei, eine Anzeige wegen Beleidigung aufzunehmen. Der Knollenschreiber vom Ordnungsamt war noch immer empört über den Autofahrer, der ihn einen unterbezahlten Volltrottel genannt hatte. Auf seinen Hinweis, dass das eine Beamtenbeleidigung sei, hätte der geantwortet: »Dann nehme ich das mit Bedauern zurück und behaupte das Gegenteil: Sie sind ein überbezahlter Volltrottel!« Der Kommissar erinnerte sich an den Knollen, den er vor kurzem in Bad Dürkheim bekommen hatte und ging grinsend in sein Büro. Er nahm sein Handy und rief Schildberg an, der noch dabei war, die Anzeige zu schreiben: »Sagen Sie dem Volltrottel, dass es den Straftatbestand der Beamtenbeleidigung schon zu Wilhelms Zeiten nicht mehr gab. Vielleicht regt er sich dann ab.«

Gleich darauf öffnete sich die Tür, und Dressler kam als erster herein, gefolgt von Riethmüller mit einer Reisetasche in der Hand, und dem Praktikanten, dem es sichtlich schwerfiel, den Raum wieder zu verlassen, aber der Chef hatte es so angeordnet.

Riethmüller, ein Mann, der aussah, als könnte er jeden Morgen mühelos einen Hektar Wald abholzen, wirkte sehr gefasst.

Nachdem er Platz genommen hatte, wies ihn Burgstaller auf seine Rechte hin, was Riethmüller mit einer Handbewegung wegwischte: »Fragen Sie mich, was Sie wollen, Sie kriegen auf alles eine Antwort. Ich habe nichts zu verbergen.«

Da Dressler ihn nicht über das Ergebnis der DNA-Analyse informiert hatte, klärte Burgstaller ihn auf.

»Herr Kommissar«, entgegnete Riethmüller in einem ruhigen, festen Ton, »es muss sich um einen Irrtum handeln!«

Burgstaller überhörte seinen Einwand.

»Verfügen Sie über eine Waffe?«

»Natürlich!«

»Das ist überhaupt nicht natürlich!«, herrschte er ihn an, um gleich ein deutliches Zeichen zu setzen. »Was soll daran natürlich sein?!«

Riethmüller zuckte zusammen.

»Entschuldigung, ich wollte damit nur sagen, dass ich Jäger bin und deshalb Waffen habe. Eine Schrotflinte und eine Büchse.«

»Revolver? Pistole?«

»Nein.«

»Wo war'n Sie in der Mordnacht? Das war ...«

»... Samstag auf Sonntag vorletzter Woche«, unterbrach ihn Riethmüller, um sofort ein »Entschuldigung!« nachzuschieben. »Ich war an dem Tag mit meiner Frau im Wingert und anschließend in der Straußwirtschaft essen. Danach sind wir nach Hause gegangen. Am Sonntag um die Mittagszeit bekam ich dann den Anruf, dass der Oster ...«

»Von wem?«

Riethmüller überlegte kurz.

»Ich glaube, das war der Bergler, der mich angerufen hat.«

»Sie glauben? Ein Mord ist doch nichts Alltägliches, als dass man nicht wüsste, wer einem das mitgeteilt hat?«

»Entschuldigung, aber das ging wie ein Lauffeuer durch die Gemarkung. Einer hat den anderen angerufen. Ich hab bestimmt acht, neun Anrufe bekommen. Da weiß man nachher nicht mehr, wer der erste war.«

»Gehen wir davon aus, dass Sie ein handfestes Alibi haben.« Der Kommissar sprach jetzt jedes Wort überdeutlich aus, als hätte er einen vor sich, der der deutschen Sprache nur unzureichend kundig ist: »Wie erklären Sie sich, dass im Fahrzeug des Mordopfers eine DM-Münze gefunden wurde, die DNA-Spuren trägt, die mit denen identisch sind, die wir Ihnen gestern entnommen haben?«

Riethmüller zuckte mehrmals mit den Schultern, gefolgt von einem verzweifelten Kopfschütteln.

Der Kommissar wusste, dass weiteres Insistieren sinnlos war. Die Vernehmung würde sich im nur Kreis drehen. Er entschloss sich deshalb, die Strategie zu ändern: »Herr Riethmüller«, er machte eine unendlich lange Pause, »lassen Sie uns versuchen, gemeinsam herauszufinden, wie Ihre Münze in Osters Wagen gelangt sein könnte.«

Natürlich war das ein Trick, aber ein fairer Trick. Denn wenn Riethmüller darauf einging und sich erkennbar bemühte, Licht ins Dunkel zu bringen, vielleicht würde es sich dann erweisen, dass die Münze eine gelegte Spur war. Sollte aber Riethmüller der Täter sein, würde er sich, dessen war sich der Kommissar sicher, kurz oder lang in Widersprüche verwickeln.

»Das ist Ihre einzige Chance. Also nutzen Sie mein Angebot, vorausgesetzt, Sie sind unschuldig. Im anderen Fall empfehle ich Ihnen ein Geständnis. Das würde sich strafmildernd auswirken.«

»Um Himmels willen!«

»Aber wie kommt's, dass Hautabrieb und Schweißspuren zweifelsfrei darauf hinweisen, dass die Münze in Ihrer Hand war?«

»Herr Kommissar, ich habe«, dabei griff er in seine Jackentasche, »ich habe immer so ein Ding dabei. Hier!« Er hielt Burgstaller ein Mark-Stück hin. »Egal wo ich einkaufe, ob im Supermarkt oder beim Winzerbedarf, überall ...«

»Wie viel haben Sie denn davon?«

»Das kann ich Ihnen nicht sagen. Vier oder fünf, ich weiß es wirklich nicht. Vielleicht sind es auch sechs.«

»Wer könnte denn da rankommen?«

Riethmüller schüttelte den Kopf. »Wie soll einer da rankommen?«

»Gibt es nicht Situationen ...«

»Doch, ja«, warf er nachdenklich ein, »wenn wir Singstunde haben, oder beim Stammtisch, da zieht man die Jacke schon mal aus und hängt sie an den Kleiderhaken. Aber ...«

Theoretisch könnte also jeder von seinem Gesangverein die Münze entwendet haben, auch jeder seiner Stammtischbrüder, dachte der Kommissar. Auch einer der Gäste könnte ihm mit einem schnellen Griff die Münze aus der Tasche gezogen haben. Dass kein verwertbarer Fingerabdruck daran haftete, war halt ein unglücklicher Zufall. Oder der Täter trug einen Handschuh.

Riethmüller schien Burgstallers Gedanken zu erraten: »Nein, Herr Kommissar, ich halte das für abwegig, dass einer ... nein!«

Der Kommissar schickte den Praktikanten zu Riethmüllers Frau, um die Liste der Mitglieder des Gesangvereins zu holen, während er mit Riethmüller über die einzelnen Stammtischbrüder sprach. Es war keiner dabei, der mit Oster in irgendeiner Weise zu tun hatte, weder geschäftlich noch privat. Auch die Liste der Sänger und Sängerinnen, die der Praktikant anbrachte, gab nichts Brauchbares her.

Burgstaller verließ kurz den Raum.

Er beauftragte Schildberg, im Dorf in Umlauf zu bringen, dass ein Winzer wegen Mordverdachts festgenommen wurde.

»Sie wissen, wie man das am geschicktesten anstellt?«

»Klar«, erwiderte Schildberg grinsend, »unter dem Siegel strengster Verschwiegenheit.«

Als Burgstaller zurückkam, sah ihn Riethmüller mit einem verzweifelten Gesichtsausdruck an.

»Ich könnte natürlich eins verloren haben.«

»Und zufällig kommt einer des Weges daher, sieht das Markstück, steckt es ein und sagt sich: So, und jetzt bring ich den Oster um!« Der Kommissar schwieg eine Weile. »Gibt es denn Leute, die wissen, dass Sie ...«

Riethmüller überlegte lange und schüttelte schließlich den Kopf.

»Es kann natürlich sein, dass ich das mal gesprächsweise erwähnt habe, aber«, er überlegte und überlegte, »ich wüsste nicht bei wem.«

»Sie halten es demnach nicht für möglich, dass Ihnen jemand während Ihres Stammtischs in die Tasche gegriffen hat?«

»Ausgeschlossen! Der Kleiderhaken ist an der Wand direkt hinter unserem Tisch. Schon weil ich mein Portemonnaie in der Brusttasche lasse, würde ich die Jacke nie an den großen Kleiderständer hängen.«

Vielleicht kam ja dem Täter beim Aushecken der Tat Riethmüllers Gewohnheit in den Sinn, und er wartete auf eine günstige Gelegenheit, um ihm die Münze zu entwenden. Das musste aber jemand sein, der so unverdächtig ist, dass Riethmüller ihn nicht einmal im Entferntesten in Betracht zog. Einen anderen Reim konnte sich Burgstaller nicht machen. Er unterbrach die Vernehmung und ging mit Dressler in den Vorraum.

»Was meinst du, Heinz?«

»Ich glaube nicht, dass der so gerissen ist. Da muss einer schon sehr ausgekocht sein.«

Burgstaller nickte nachdenklich.

»Und er muss ein Motiv haben, das ihn antreibt. Und ob Rache noch nach Jahren eine so starke Triebfeder ist, dass er die Gefahr eingeht, alles zu verlieren und im Knast zu landen? Kannst du dir das vorstellen?«

»So, wie ich den einschätze, nein!«

Sie kehrten in den Vernehmungsraum zurück.

»Ist Ihnen in der Zwischenzeit etwas eingefallen?«

Riethmüller schüttelte stumm den Kopf.

»Dann schließen wir die Vernehmung jetzt ab.«

»Heißt das, dass ich ...?«

»Ich muss Sie vorläufig festnehmen«, unterbrach ihn der Kommissar.

Riethmüller zuckte zusammen.

»Solange es keinen überzeugenden Hinweis gibt, dass Sie als Täter nicht in Frage kommen, sind Sie des Mordes verdächtig.« Er schlug den Ordner zu und erhob sich. »Falls Ihnen etwas einfallen sollte, was uns weiterhelfen kann, sagen Sie Polizeihauptmeister Poschmann Bescheid, er wird mich sofort benachrichtigen.«

Riethmüller schüttelte verzweifelt den Kopf. »Und das nennen Sie Gerechtigkeit?«

»Gerechtigkeit kriegen Sie im Himmel. Hier auf Erden müssen Sie zufrieden sein, wenn Sie Ihr Recht bekommen. Und das werden Sie bekommen!«

Burgstaller verließ den Raum und wies Poschmann an, Riethmüller in die Arrestzelle zu führen. Mit Dressler und dem Praktikanten setzte er sich zu einer Besprechung zusammen.

»Hier, Pierre, ein Fax von der Enslein. Horch, was der Alte heute Mittag im Radio von sich gegeben hat.« Dressler las vor: »Polizeipräsident Olbrich brachte seine Zufriedenheit zum Ausdruck, dass die polizeilichen Ermittlungen im Mordfall Heribert Oster kurz vor ihrem Abschluss stehen. Olbrich verwies darauf, dass er sich aus rechtlichen Gründen zum derzeitigen Zeitpunkt nicht dezidierter äußern kann.«

»Sehr gut«, erwiderte Burgstaller, »spätestens jetzt kann der Täter sich beruhigt zurücklehnen.«

»Falls er Radio gehört hat«, warf Dressler spöttisch ein.

»Ich habe Schildberg beauftragt, im Dorf zu lancieren, dass wir ihn haben. Und wer es ist, dürfte wohl kein Geheimnis mehr sein. Oder glaubst du, dass keiner mitbekommen hat, wen Ihr hierher gebracht habt?! Das heißt, der Täter kann davon ausgehen, dass ...«

»... die Erde keine Scheibe ist«, warf der Praktikant ein.

Der Kommissar ging mit einem Schmunzeln auf die kecke Anspielung des Praktikanten ein: »So sehe ich das auch.«

Das Telefon klingelte.

»Polizeiposten Daixheim Schildberg ... Herr Lauffer? Ich bedauere, Herr Burgstaller ist ...«

Burgstaller winkte ihm durch die offene Tür zu.

»Augenblick! Herr Burgstaller kommt gerade ins Büro.«

»Ach, der Herr Lauffer«, meldete sich Burgstaller gutgelaunt und stellte das Telefon laut.

»Herr Kommissar, ich hab vorhin gehört, dass der Mörder ...«

»Irgendwann kriegen wir sie alle«, lachte Burgstaller ins Telefon.

»Gratuliere, Herr Kommissar.« Nach mehrmaligem Räuspern kam er zu seinem Anliegen: »Stimmt es denn, Herr Kommissar, dass ... also es heißt, dass es der Riethmüller war?«

»Ich kann Ihnen das leider nicht bestätigen«, erwiderte Burgstaller, um in verschwörerischem Tonfall anzufügen: »Wenn Sie wissen, was ich meine?«

»Danke, Herr Kommissar, ich hab verstanden!« Lauffer war selig, dass sein Vertrauensverhältnis zum Kommissar schon so weit gediehen war.

Burgstaller schmunzelte zufrieden und meinte: »So, Kollegen, jetzt muss der Täter nur noch einen Fehler machen.«

Sie verließen gemeinsam den Polizeiposten.

Wie nach einem erfolgreichen Geschäftsabschluss standen sie draußen noch eine Weile zusammen, lachten und scherzten miteinander, damit auch jeder ihre gute Laune mitbekam, bevor sie in ihre Autos stiegen und sich auf den Weg machten.

Kurze Zeit später fuhr ein Peterwagen an. Schildberg öffnete die Tür und ließ die beiden uniformierten Beamten eintreten. Gleich darauf führten sie Georg Riethmüller, dem sie auf Anweisung von Burgstaller Handfesseln angelegt hatten, heraus, verbrachten ihn in ihr Fahrzeug und fuhren davon.

Kaum hatte der Polizeiwagen das Dorf verlassen, kamen die Leute vor der Bäckerei zusammen. Allem Anschein nach hatte sich Riethmüllers Verhaftung in Windeseile herumgesprochen. Keiner wollte glauben, dass dieser redliche Mann der Mörder sein sollte. Immer wieder murmelten sie in ihrer Ratlosigkeit den Satz vor sich hin, den der Bäcker Schwefel als erster ausgesprochen hatte: »Das kann doch nicht wahr sein!« Bis endlich der Schullehrer Keym die Litanei beendete: »Da sieht man mal wieder«, donnerte er, vom heiligen Zorn gepackt, »wohin ein Verbrecher wie der Oster einen anständigen Mann treiben kann! Nicht nur um sein Geld hat er ihn beschissen, nein, auch zum Mörder hat er ihn noch gemacht!« Der Lehrer Keym hatte genau das ausgedrückt, was die meisten empfanden.

Burgstaller fuhr ins Polizeipräsidium. Mit eiligen Schritten ging er ins Büro, in der Hoffnung, nicht dem Präsidenten oder seiner Vorzimmerdame in die Arme zu laufen.

Gerade war er dabei, die Vermerke abzuzeichnen, die ihm Frau Enslein auf den Schreibtisch gelegt hatte, als die beiden Beamten mit Riethmüller erschienen.

Nachdem die Beamten gegangen waren, wandte er sich Riethmüller zu: »Kommen Sie!«

Sie gingen in den Nebenraum. Er machte die Tür hinter sich zu und informierte Riethmüller über sein Vorhaben. Dann schwieg er und blickte nachdenklich vor sich hin, um plötzlich, ohne jede Vorwarnung, Riethmüller anzufahren: »Der Teufel soll Sie holen, wenn Sie mich gelinkt haben!«

Riethmüller zuckte zusammen.

»Herr Kommissar, ich schwöre Ihnen bei allem, was mir heilig ist ...«

»Is ja schon gut«, sprach der Kommissar in einem ruhigen Ton und erhob sich. »Dann wollen wir mal.« Irgendwie, er hätte es nicht begründen können, war er sich jetzt sicher, nein, ganz sicher, dass er Riethmüller vertrauen konnte.

Sie verließen das Kommissariat und fuhren in Richtung Frankreich.

Unterwegs summte Burgstallers Handy. Mit einem kurzen Blick erkannte er, dass es die Nummer des Präsidialbüros war. Du fehlst mir gerade noch, dachte er. Da die Mailbox ausgeschaltet war, wollte das Summen nicht aufhören.

Riethmüller sah ihn verständnislos an.

»Auch ein Polizist macht sich strafbar«, brummte der Kommissar und schaltete das Handy ab, als es endlich zu summen aufgehört hatte.

Drei Stunden später war er zurück im Château.

Maria saß gebannt vor dem Fernseher.

»Ist das nicht furchtbar, Pierre, wie das Krokodil den Fisch frisst?«, schauderte sie sich.

»Soll es den vorher braten, oder was?«, brummte er misslaunig.

Sie warf einen langen Blick zum Himmel, ersparte sich aber einen Kommentar.

»Mir auch«, rief sie ihm nach, als sie hörte, wie er den Kühlschrank öffnete.

Er kam mit zwei Gläsern und einer Flasche Wasser aus der Küche und gab ihr einen flüchtigen Kuss auf die Stirn.

»Entschuldige.«

Es war heute nicht sein Tag.

zwölf

Gleich in der Früh rief er den Staatsanwalt an.

»Da betreten wir aber dünnes Eis«, gab Förtner zu bedenken, nachdem Burgstaller ihm die Sachlage geschildert hatte.

Immerhin, er hat wir gesagt, dachte Burgstaller.

»Sollte Ihre Hypothese zutreffen, bedeutet das, dass wir es mit einem Profi zu tun haben. Stimmen Sie mir da zu?«

»Die Tat selber spricht dafür.«

»Was spricht dagegen?«

»Es gibt ein paar Indizien ...«

»Zum Beispiel?«

»Die nächtlichen Schüsse aus dem Auto. Das macht kein Profi.«

»Trittbrettfahrer?«

»Möglicherweise.«

»Und warum sollte es nicht der Täter sein, der verunsichert ist und ablenken will?«

»Die Waffe hat im Übrigen neun Millimeter wie die Tatwaffe.«

»Gängiges Kaliber«, gab der Staatsanwalt trocken zurück.

»Auch der Anruf bei Breuer kann von einem Trittbrettfahrer stammen. Allerdings, bei dem Katzenkadaver frage ich mich: Geht ein Trittbrettfahrer dieses Risiko ein?«

So, das war's! Der Kommissar war mit seinem Latein am Ende. Mehr gab's nicht zu sagen. Er wartete angespannt, was jetzt kommen würde.

Nicht den leisesten Laut geben diese Digitalapparate von sich. Ihm war, als verwandelten sich die Sekunden in Minuten.

»Einverstanden! Gehen Sie der Spur nach. Riethmüller ist ja frei?«

Burgstaller musste sich beherrschen, um nicht hörbar durchzuatmen; Förtner sollte schließlich nicht das Gefühl haben, er sei von seiner Entscheidung überrascht.

»Ja, Riethmüller hält sich freiwillig in Obernai auf.«

Er überlegte kurz, ob er den Präsidenten in Kenntnis setzen sollte, entschied sich aber, für heute einfach abzutauchen. Entscheidend war schließlich der Staatsanwalt, und der hatte sein Placet gegeben. Jetzt wollte er sich zuerst einmal vergewissern, dass mit Riethmüller alles in Ordnung war. Er rief Jacques an, der ihm versicherte, es gäbe keinen Grund zur Beunruhigung.

»Tout va bien.«

Als Burgstaller die Idee gekommen war, Riethmüller aus dem Verkehr zu ziehen, beriet er sich mit Jacques Deleuze. Jacques schlug einen mit ihm befreundeten Winzer aus Obernai vor, der Zimmer an Touristen vermietete. Mit dem konnte Jacques offen und vertrauensvoll reden. Und Obernai war ideal gelegen – nicht zu weit weg, aber doch weit genug, um keinem Bekannten über die Füße zu stolpern. Der Zufall wollte es, dass Riethmüller seinen Gastgeber von gemeinsamen Weinmessen her flüchtig kannte, was die Sache zusätzlich vereinfachte.

Über sein Gespräch mit Jacques schrieb er einen Vermerk in den Computer, als er plötzlich durch die geschlossene Tür einen Mann brüllen hörte: »Falschparker aufschreiben, das können Sie!« Schildberg erwiderte etwas, und dann brüllte wieder der andere etwas, was Burgstaller nicht verstehen konnte. Dann antwortete wieder Schildberg und dann war der andere wieder dran: »Das gibt eine Dienstaufsichtsbeschwerde! Verlassen Sie sich drauf!« Dann schlug eine Tür zu.

Die armen Kerle hier auf dem Land, wo jeder jeden kennt, müssen sich schon einiges gefallen lassen, dachte der Kommissar, dem der nette Schildberg leid tat.

Er ging in den Vorraum, wo der Beamte hinter dem Tresen saß und in den Rechner schrieb.

»Na, das war aber ein aufgebrachter Zeitgenosse.«

Schildberg zuckte mit den Schultern.

»Ich kann den ja verstehen«, sagte er, »aber was sollen wir tun?! Zwei Katzen in einer Woche ist natürlich ein bisschen viel.«

Burgstaller war plötzlich hellwach.

»Was ist mit zwei Katzen?«

»Letzten Freitag ist eine seiner Katzen spurlos verschwunden. Montags drauf ist er hier aufgetaucht und wollte Anzeige erstatten. Poschmann hat ihm das ausgeredet, schon weil er fest behauptet hat, das könnte nur dem Moser sein Hund gewesen sein. Und heute seine zweite Katze, tot gebissen im Wingert, ganz in der Nähe von seinem Anwesen. Er ist nicht davon abzubringen, dass das auch dem Moser sein Hund war. Nun muss man wissen, dass die beiden verfeindet sind.«

»Wer ist der Mann?«

»Ein Winzer hier aus dem Dorf. Albert Gerlach.«

Wie Burgstaller durch einen kurzen Anruf von Altbürgermeister Rebholz erfuhr, war es eine »Weibergeschichte«, weshalb die beiden sich spinnefeind waren. Wie zwei Kampfhähne hätten sie sich belauert und alles getan, um die Angebetete rumzukriegen. Nachdem der Moser sich einen roten Golf gekauft hätte, wäre der Gerlach zwei Wochen später mit einem Citroen vorgefahren, obwohl er sich das finanziell gar nicht hätte leisten können. Die Tragik war, dass keiner sie bekam. Sie entschied sich für einen Franzosen, der im Dorf aufgetaucht war, um einen Kollegen zu besuchen, den Dr. Scheuermann, einen Arzt, mit dem er in Heidelberg drei Semester studiert hatte. Ein paar Monate später war er wieder gekommen, hatte die schöne Inge mit nach Lyon genommen und sie geheiratet.

In einem Gässchen am unteren Ende der Dorfstraße lag Gerlachs Weingut, keine fünf Minuten vom Polizeiposten entfernt.

Gerlach, ein untersetzter Mittvierziger, war überrascht und nicht wenig beeindruckt, dass ein leibhaftiger Kriminalhauptkommissar sich um seinen Fall kümmern wollte.

»Das war letzten Freitag«, informierte er Burgstaller, »dass meine Katze verschwunden ist, die beste, die ich je hatte. Die hat das Haus sauber gehalten wie keine andere.«

Burgstaller wollte sich die abhandengekommene Katze beschreiben lassen, woraufhin Gerlach wortlos aufsprang und in die Küche rannte.

»Hier!« Er hielt Burgstaller das gerahmte Foto einer Katze hin, die einen Wollknäuel zwischen den Vorderpfoten hielt und angriffslustig in die Kamera blickte. »Das war sie. Spurlos verschwunden!«

Burgstaller betrachtete das Foto eingehend. Ob sie mit dem Kadaver auf dem Auto der Witwe identisch war, dessen war er sich nicht sicher, auch wenn beide ein schwarzweiß geflecktes Fell hatten.

»Darf ich das Foto mitnehmen?«

»Wenn Ihnen das weiterhilft?«

»Und heute?«

»Vor 'ner Stunde kam die Frau Enders. Die kennen Sie sicher, die Grumbeerfraa?«

»Ja, natürlich.« Er durfte nicht vergessen, später bei der Frau Enders einen Kürbis einzuholen. Maria wollte heute Abend eine Kürbissuppe machen.

»Die hat mich in unsern Wingert geführt, wo sie ne tote Katze entdeckt hat. Es war die unsere.«

»Und Sie vermuten, dass es ...«

Gerlach unterbrach ihn in einem Ton, der keinen Zweifel aufkommen ließ: »Was heißt hier vermuten? Das war dem Moser sein Köter! Das ist ein Katzenkiller, das weiß jeder!«

»Meinen Sie?«

»Meine Katzen sind nicht die einzigen, die der massakriert hat, dieser Sauhund!«

Burgstaller ging mit Gerlach in den Garten, um sich den Kadaver zeigen zu lassen.

Er hatte zu wenig Erfahrung mit Bisswunden, als dass er sich ein Urteil hätte anmaßen können, aber wie es schien, waren die Wunden im Genickbereich nicht anders als bei dem Kadaver auf Eva Osters Motorhaube. Ob nicht jeder Hund auf diese Weise tötet?, fragte er sich.

»Gut, Herr Gerlach, ich werde den Herrn Moser aufsuchen und hören, was er zu sagen hat.«

Plötzlich wurde Gerlach unruhig.

»Herr Kommissar, beweisen kann ich ja nicht, dass es dem Moser sein Hund war. Leider! Verstehen Sie? Ich kann es halt nur vermuten, leider nur vermuten.«

»Ich werde Herrn Moser sagen, dass Sie das nur vermuten«, erwiderte Burgstaller knochentrocken und dachte: Das ist doch immer das gleiche! Wenn's zum Schwur kommt, ziehen sie alle den Schwanz ein, diese Hosenscheißer, weil keiner der Katz die Schell anhängen will. Auf die Art werden Verdächtigungen und Gerüchte von Generation zu Generation weitervererbt, ohne dass je einer den Mut findet, die Dinge offen anzusprechen. Gerlach würde sicher einwilligen, wenn er ihm jetzt den Vorschlag machte, die Sache auf sich beruhen zu lassen.

»Also wissen Sie«, Gerlach setzte mehrfach an, etwas zu sagen, bis er endlich die rechten Worte gefunden hatte: »Vergessen Sie's, Herr Kommissar! Ich beobachte den Köter, und wehe, der reißt mir noch eine meiner Katzen! Dann aber!« Drohend hob er die geballte Faust, begleitet von einem grimmig vorgeschobenen Kinn. »Dann ...!«

»Tut mir Leid«, antwortete Burgstaller, unbeeindruckt von Gerlachs Schmierenkomödie, »ich werde die Sache verfolgen.« Er setzte ein kaum hörbares »müssen« nach.

Mosers Weingut war nur ein Steinwurf entfernt, keine dreißig Meter, auf der gegenüberliegenden Seite, ein großzügiges Anwesen, das verriet, dass sein Besitzer zu den vermögenderen Winzern des Dorfes gehörte. An der Eingangstür warnte ein Schild:

VORSICHT! BISSIGER HUND!

Burgstaller klingelte.

Eine nicht sehr einladende Männerstimme meldete sich an der Gegensprechanlage.

»Wer da?«

»Hauptkommissar Burgstaller. Ich möchte Herrn Moser sprechen.«

Der Türöffner wurde ausgelöst.

»Kommen Sie!«

»Mal langsam!«, rief Burgstaller, der durch einen schmalen Spalt, den die Türbretter offen ließen, einen stattlichen Schäferhund sah, der frei im Hof herumlief. »Was ist mit Ihrem Hund?«

»Der tut Ihnen nichts.«

Na gut, dachte Burgstaller, wenn auch argwöhnisch, denn die Erfahrungen, die er mit Hofhunden gemacht hatte, waren nicht immer die besten.

Er öffnete die Tür und der Hund kam langsam auf ihn zu.

»Aus!«, rief der Mann, der aus dem Haus kam, und der Hund machte sofort kehrt.

Auch Moser schätzte er auf Mitte vierzig, aber im Gegensatz zu seinem Nebenbuhler war er schlank und ein paar Zentimeter höher gewachsen.

»Kommen Sie rein.«

Burgstaller folgte ihm in einen Raum, in dem ein großer, eleganter Weinkühlschrank aus dunklem Holz stand.

»Ihr Probierraum?«

Moser nickte.

»Darf ich Ihnen ein Glas anbieten?«

»Nein, danke«, erwiderte Burgstaller, »nicht im Dienst. Ansonsten sehr gerne.«

»Was führt Sie zu mir?« Sein Ton war jetzt verbindlicher.

Burgstaller presste mit einem sorgenvollen Blick ein »Also!« heraus, und fuhr gelöst fort, als wäre er mit seinem »Also!« einen Brocken losgeworden, der ihm den Hals versperrt hatte: »Kurz gesagt: Ich suche nach einem Hund, der Katzen tötet.«

»Und da führt Sie Ihr Weg zu mir?«, erwiderte Moser mit einem amüsierten Lächeln.

»So ist es«, erwiderte Burgstaller unbeeindruckt. Er verspürte keine Lust, mit Moser zu witzeln oder sich mit ihm auf ein Wortgeplänkel einzulassen.

Moser, der vergeblich darauf wartete, dass der Kommissar sich jetzt erklären würde, durchbrach schließlich das Schweigen: »Ich vermute, dass dem Gerlach mal wieder eine Katze abhanden gekommen ist? Richtig?«

»Richtig!«, bestätigte Burgstaller, Mosers spöttischen Unterton ignorierend.

»Ich darf also davon ausgehen, dass mein Hund verdächtigt wird?«

»Und ich dachte, ich könnte Sie damit überraschen.«

Moser lachte.

»Herr Kommissar, wir sind hier in einem Dorf. Und ein Dorf hat tausend Ohren und tausend Augen. Da wissen die Leute immer, was passiert ist, und oft schon, bevor es passiert ist.«

»Sie wollen damit sagen, dass Ihr Hund nichts damit zu tun hat?«

»Genau! Mein Hund soll den Hof bewachen. Vor der Tür hat er nichts zu suchen.«

»Und das weiß auch Ihr Hund?«

Moser spürte, dass jetzt Schluss war mit lustig.

»Zugegeben: Vor nem halben Jahr hat einer die Tür offen gelassen, meine Frau oder einer der Buben, so was kann schon mal passieren. Da ist er ausgebüxt und hat eine Katze ...«, er sprach das böse Wort nicht aus.

»Ansonsten aber hat Ihr Hund nie ...« Der Kommissar brach den Satz jäh ab und blickte sein Gegenüber fragend an.

Moser zeigte Wirkung.

»Ich weiß nicht, wie Sie zu der Annahme kommen.«

»Ein Dorf hat tausend Ohren und tausend Augen.«

Moser merkte, dass die Duldsamkeit des Kommissars erschöpft war.

»Zugegeben«, erwiderte er mit leiser Stimme, »das Hoftor ...«

»Jetzt aber mal Schluss mit diesen Mengenkes!«, unterbrach ihn der Kommissar, der jetzt endgültig die Faxen dick hatte, einmal war es seine Frau oder einer seiner Buben, und jetzt war wahrscheinlich das kaputte Hoftor dran schuld. »Ihr Hund ist im ganzen Dorf als Katzenkiller bekannt, oder vielleicht nicht?«

»Wir mussten ja erst einmal dahinterkommen«, gab er jetzt kleinlaut von sich, »irgendwann habe ich dann einen automatischen Türschließer angebracht.«

»Wann?«

»Das ist schon ne Weile her.«

»Was heißt das – ne Weile?«

Moser überlegte.

»Sie haben doch bestimmt eine Quittung?«

»Soll ich sie suchen?«

»Bitte!«

Moser kehrte nach ein paar Minuten mit der Quittung in der Hand zurück.

Burgstaller sah sich das Datum an. Von wegen – ne Weile her! Moser hatte den Türschließer genau vor einer Woche am Donnerstag gekauft. Ein Tag bevor Gerlachs Katze verschwand. Würde er ihn jetzt fragen, wann er das Ding eingebaut hat, würde er mit Sicherheit sagen: Gleich am Donnerstag, und seine Frau würde noch drei Eide darauf schwören.

Nachdenklich verließ er das Mosersche Weingut. Die Vorstellung, dass der Täter zufällig daherkam, das tote Tier sah und plötzlich den glorreichen Einfall hatte …? Der Gedanke schien ihm allzu absurd, als dass er geneigt war, ihn weiterzudenken. Der Täter macht uns eine lange Nase, fluchte er in sich hinein.

»Sieh dir das Foto an, Heinz.«

Während Dressler das Foto betrachtete, holte Burgstaller aus der Oster-Akte das Bild, das Reisner von dem Kadaver gemacht hatte.

»Könnten die identisch sein?«

Dresslers löste das Foto aus dem Rahmen und scannte es ein. Anschließend vergrößerte er identische Ausschnitte der beiden Fotos und legte sie auf dem Bildschirm nebeneinander.

»Kuck mal, Pierre!«

Burgstaller ließ seine Augen hin- und herwandern.

»Passt, oder?«

»Zur Sicherheit nehmen wir noch die beiden hier.« Er bestimmte zwei weitere Ausschnitte zum Vergleich. »Was sagst du jetzt?«

»Wohl dem, der sich eines derart scharfsichtigen Kollegen erfreuen darf«, erwiderte Burgstaller und klopfte ihm auf die Schulter.

»Grüß Gott, Herr Burgstaller.«

»Wie geht's, Frau Enders?«

»Mer werd net jünger.«

Seit Menschengedenken handelte die Frau Enders mit Kartoffeln. Faltig und gebeugt von den Jahren, das Haar zu einem Knötchen festgesteckt, empfing sie ihre Kunden mit einem heiteren *Grüßgott*, einer Reminiszenz aus ihrer Jugendzeit, als Bayern noch zur Pfalz gehörte. Und weil Vater und Mutter Königstreue waren, ist auch sie es geblieben. Keinem, mit Ausnahme von Franz Joseph Strauß, brachte sie soviel Sympathien entgegen wie König Ludwig I. von Bayern, der sich ach! so wohlgefühlt hatte in der Pfalz. Jeden morgen stapelte ihr Sohn nach ihren Anweisungen sackweise Kartoffeln zu beiden Seiten des geöffneten Hoftors, um sie anschließend mit bunten Blumen als Blickfang für vorbeifahrende Touristen zu drapieren. Verlangsamten die erst einmal ihr Tempo und fiel ihr Blick in den Hof, lockten große und kleine Kürbisse, die sich auf Tischen türmten, zum Kauf. Die kleinen Herzchen, die sie im Frühsommer in die Kürbisse ritzte, wuchsen sich bis zur Ernte zu attraktiven Herzen aus. Dieses Jahr gab es sogar Herzen mit Amorpfeil. Die Idee hatte der Sepp, ihr dreizehnjähriger Enkel, der mit seinem neuen Schweizer Messer nichts Besseres zu tun wusste. »Dieser Masik!«, hat sie geschimpft. Aber siehe da – schon nach zwei, drei Tagen waren die Amor-Kürbisse weg. Ausverkauft! Der Sepp freut sich jetzt schon auf nächstes Jahr, wenn er mit Omas Erlaubnis in ganz viele Herzen Pfeile schneiden darf.

»Eine Kürbissuppe will Ihre Frau machen? Da empfehle ich Ihnen einen französischen Muskatkürbis. Den hier.« Sie nahm einen gerippten beigen Kürbis in die Hände und legte ihn auf die Waage. »Das passt doch. Fast zwei Pfund.«

»Haben wir denn keinen aus der Region?«

»Aber, Herr Burgstaller«, lachte die Frau Enders, »natürlich kommt der von hier. Meinen Sie denn, ich kauf meine Kürbisse in Frankreich?! Das ist doch nur eine französische Züchtung.«

Sie redete ihm zusätzlich noch hundert Gramm geröstete Kürbiskerne und ein Fläschchen Kürbiskernöl ein. Damit könne er sich bei seiner Frau sehr beliebt machen.

»Wenn Sie das sagen, Frau Enders.«

»So isses«, bestätigte sie und schob nach: »De Männer muss mer alles saache.«

Der Praktikant, dem der Kommissar für heute Morgen freigegeben hatte, kam bestens gelaunt ins Büro.

»Tach, Chef! Ich hab Ihnen was Interessantes zu berichten«, sprudelte es aus ihm heraus.

»Da bin ich aber gespannt«, antwortete Burgstaller abwesend.

»Sie werden sich wundern.«

Burgstaller, der nicht die geringste Lust verspürte, sich aus seinem Gedankengebäude, in dem er sich gerade einzunisten begann, vertreiben zu lassen, presste ein knappes »So?« heraus und schaltete den Empfang ab.

Der Praktikant setzte sich unbeeindruckt an seinen Schreibtisch, fuhr den Rechner hoch und stellte ein deutliches »Tja!« in den Raum, gefolgt von einer ausgiebigen Pause. Irgendwem hatte er abgelauscht, dass dieser kleine Einwurf, im richtigen Augenblick an der richtigen Stelle eingesetzt, wie ein Geschoß in den Hirnkasten des anderen eindringt und Unruhe stiftet. Und richtig, auch der

Chef war nicht gefeit davor. Unwirsch brummte er: »Was jetzt?«

Der Praktikant, überzeugt von der Wirkung, die sein Bericht auslösen würde, begann in einem Tonfall, der dem einer Rosenkranzlitanei ähnelte: »Heute Morgen, so gegen fünf, vielleicht auch etwas früher, bin ich aufgewacht, vielleicht war's auch etwas später. Ich hatte nen ganz komischen Traum, nen wirklich merkwürdigen Traum.« Plötzlich schoss es aus ihm heraus: »Ich bin zur Oster gefahren. Keine zehn Minuten später ging die Tür auf und ein Typ kam raus. Gut einsachtzig groß, mit ner Basecap auf.« Er haspelte die letzten Sätze herunter, als wäre er auf der Flucht.

Wie elektrisiert fuhr Burgstaller von seinem Stuhl hoch.

»Und?«

»Er stieg auf das Fahrrad, das unter der Überdachung stand, und weg war er.«

»Sie sind ihm gefolgt?«

»Keine Chance, Chef. Bis ich zu meinem Auto kam, war der über alle Berge.«

»Würden Sie ihn wiedererkennen?«

»Bestimmt.«

»Bestimmt?«

»Bestimmt!«

Burgstaller rief Maria an und bat sie, die Aufnahmen von der Witwe und ihrem Begleiter vorbeizubringen.

Dass ein junger Kerl aus freien Stücken seinen Arsch um fünf aus dem Bett hebt, beeindruckte Burgstaller nicht wenig.

»Was schlagen Sie vor, Steffen?«

»Ich habe mir gedacht, dass ich heute auf gut Glück die Gegend abfahre, mit dem Mountainbike. Vielleicht taucht er ja irgendwo auf?«

»Machen Sie das. Warten Sie aber noch bis meine Frau kommt.«

Der Praktikant, der Maria zum ersten Mal sah, errötete. Linkisch deutete er eine Verbeugung an und reichte ihr die Hand.

Maria dachte: Was für ein wohlerzogener junger Kerl, während ihr Mann sich fragte: Was hat der sich eigentlich vorgestellt, wie meine Frau aussieht? Weil er spürte, dass er nahe dran war, ein Gefühl von Eifersucht zu entwickeln, brach er den Gedanken ab.

»Zeig mal Herrn Sander die Bilder.«

Während Steffen eines nach dem anderen studierte, wurde Burgstaller klar, dass eine attraktive Frau wie Maria nun mal jeden Mann verunsichert. Es sei denn, er ist keiner. Steffen scheint einer zu sein.

Ausgiebig betrachtete er ein Foto nach dem anderen.

»Ich bin ziemlich sicher, Chef – das war der Mann!«

Der Praktikant machte sich mit seinem Mountainbike auf den Weg, während Maria und Pierre ins Château fuhren.

Maria hatte einen Salat vorbereitet, was in Anbetracht der Hitze, die heute herrschte, genau das Richtige war.

»Weißt du eigentlich«, sprach sie schmunzelnd nach dem Essen, »dass in China jeder Bürger das gesetzlich verbriefte Recht hat, seinen Mittagsschlaf ...« Sie stockte, weil ihr kein passendes Verbum einfiel. Statt weiterzusuchen stand sie auf, nahm ihn beim Arm und führte ihn ins Schlafzimmer.

»Bin ich Chinese, oder was?«

Maria schloss wortlos die Tür.

Nach einer Stunde stand Pierre auf. Als er durch die Spalten der geschlossenen Fensterläden die flirrende Luft über den Weinbergen sah, entschied er sich, eine kalte Dusche zu nehmen, obwohl er wusste, dass das gegen die Hitze mindestens so wirkungsvoll ist wie das Betrachten eines Fotos der Antarktis.

Um Maria nicht zu wecken, verzichtete er darauf, Licht anzumachen. Blind griff er in den Schrank nach einem frischen Hemd. Er konnte sicher sein, dass jedes Hemd, ganz gleich, welches ihm in die Finger fiel, auf jedes seiner Jacketts und auf jede seiner Hosen farblich abgestimmt war. Dieses ausgeklügelte Baukastensystem hatte sich in seiner Junggesellenzeit wie von selbst entwickelt. »Kunststück«, meinte Maria dazu, »wenn man nur Jeans und blaue Jacketts trägt!« Was aber nicht ganz stimmte, er besaß noch zwei dunkelblaue, anständige Hosen, die er jedoch nur zu schwerwiegenden Anlässen – Hochzeit, Taufe, Beerdigung oder Mutters Geburtstag – aus dem Schrank holte.

Nicht, dass er sich von seinem Besuch bei Frau Riethmüller viel erwartete, aber es gehörte zu seinen Grundüberzeugungen, dass sich nur aus dem Ganzen die Wahrheit filtern lässt. Und dieses Steinchen war eines, das noch in seinem Mosaik fehlte.

Nachdem er geklingelt hatte, dauerte es eine Weile, bis er jemanden auf die Tür zukommen hörte.

Eine junge, schlanke Frau öffnete die Tür.

Wahrscheinlich hält sie mich für einen Weinkunden, dachte er und hielt ihr seine Dienstmarke hin.

»Burgstaller. Wir haben uns noch nicht kennengelernt, Frau Riethmüller.«

Sie schaute ihn irritiert an.

»Bitte kommen Sie rein.«

Sie führte ihn in ein Zimmer, in dem vor einer Eckbank ein größerer Tisch und drei Stühle standen. Die gegenüberliegende Wand war vollgehängt mit gerahmten Kammerpreismünzen in Gold und Silber und Auszeichnungen der einschlägigen Fachzeitschriften.

Still bedauernd, dass er dienstlich und nicht degustatorisch hier war, wollte er gerade sein Anliegen schildern, als ihn Gitarrenklänge, die aus dem Nebenzimmer kamen, aufhorchen ließen.

»Da spielt aber einer schön!«

»Der Bub übt. Stört es?«, sprach sie in einem leisen, fast ängstlichen Ton.

»Nein, nein, im Gegenteil.«

Er erläuterte ihr die Misere, in der sich ihr Mann befand, und schilderte ihr auch in aller Offenheit das Risiko, das er als Ermittler eingegangen war, sich über die Beweiskraft eines genetischen Fingerabdrucks hinwegzusetzen.

»Aber vielleicht können Sie mir ja weiterhelfen, Frau Riethmüller.«

Er stellte ihr alle die Fragen, die er schon ihrem Mann gestellt hatte, in der Hoffnung, vielleicht einen zusätzlichen Hinweis von ihr zu bekommen.

Als sie eher nebenbei erwähnte, dass ihr Mann aus Gewohnheit sein Kleingeld und alles andere, was er in den Hosen- und Jackentaschen mit sich trägt, an den unmöglichsten Stellen ablegt – auf der Fensterbank im Wohnzimmer, in der Küche oder sonst wo –, wurde er hellhörig. Ihm das abzugewöhnen, wäre ihr leider nie gelungen. Maria war es auch nicht gelungen, ihm diese Angewohnheiten abzugewöhnen, dachte er und lächelte verständnisvoll. »Musst du denn überall deine Nester bauen?«, hatte Maria am Anfang ihrer Ehe gemurrt. Nachdem sie aber erkannt hatte, dass ihre erzieherischen Maßnahmen nichts fruchteten, hat sie es irgendwann aufgegeben.

»Es kommen aber doch Leute zu Ihnen?«

»Nur in diesen Raum hier, wo wir die Weinproben machen. Aber hier«, sie zuckte hilflos mit den Schultern, »hier hat er noch nie was abgelegt. Noch nie.«

Er bat Frau Riethmüller eine Liste anzulegen, auf der sie alle Personen, auch Verwandte und Freunde aufführen sollte, die in den letzten Wochen und Monaten in ihrer Wohnung waren. Sie sollte das möglichst umgehend erledigen.

Gerade hatte er vorm Polizeiposten geparkt, als ihm Pfarrer Nau über den Weg lief, ein mittelgroßer Mann mit rosigen Wangen und einem mächtigen Ranzen, der direkt unter dem Doppelkinn ansetzte und in einem weiten Bogen knapp über dem Schritt endete. Immer, wenn er dem Herrn Pfarrer begegnete, dachte er mit Respekt an die Leistungsfähigkeit unserer Textilindustrie, die diesem gut genährten Mannsbild Klamotten von der Stange zu liefern in der Lage war. Es hieß, dass der Herr Pfarrer im Sommer und Herbst sein Normalgewicht auf die Waage brächte. Wenn es auf die Fastenzeit zuginge, würde er noch einmal kräftig hinlangen, um dann langsam auf geschätzte hundertzehn bis hundertfünfzehn Kilo abzuschmelzen, was bei seiner Körpergröße noch immer kein anorexieverdächtiges Gewicht war. Dass er nicht zu denen gehörte, die *vorm volle Glas verdorschde,* machte ihn in einer Region, die vom Wein lebt, nicht gerade unsympathisch. Beim letzten Traubenblütenfest hatte er im Festzelt zum Thema Mäßigung eine seiner berühmten Ansprachen gehalten. Ganz egal, ob Katholiken oder Protestanten, alle waren wieder einmal von seiner Redekunst tief beeindruckt gewesen. Denn wie sagte doch Hochwürden so überaus treffend? »Wem der Herr die Gnade gegeben hat, einen Liter Wein trinken zu können, und er trinkt ein Piffchen weniger, der ist mäßig.« Stehende Ovationen hatte er für dieses rhetorische Glanzstück geerntet.

Während er Burgstaller die Hand reichte, sprach er mit sanfter Stimme: »Bei der Gelegenheit darf ich Sie herzlich zu unserem ökumenischen Gottesdienst einladen, den ich morgen gemeinsam mit meinem Amtsbruder Pastor Drewing abhalte, direkt nach der Beisetzung unseres Gemeindemitglieds Heribert Oster.«

Obwohl der Pfarrer wusste, dass Burgstaller schon vor Jahren aus der Kirche ausgetreten war, versäumte er es nie, wenn sie sich begegneten, ihn auf die eine oder andere kirchliche Veranstaltung hinzuweisen. Immerhin, dachte Burgstaller, er bemüht sich, das verlorene Schaf in den Stall Christi zurückzuführen, andere kassieren ihr Gehalt und lassen den lieben Gott einen guten Mann sein.

»Ich rechne mit Ihrem Kommen, Herr Kommissar.«

Jetzt sprichst du mich korrekt an, dachte Burgstaller, denn wenn, dann kommt der Herr Kommissar und nicht der Herr Burgstaller.

»Wo ist denn Steffen?«, fragte er Dressler. »Der weiß doch, dass wir jetzt Besprechung haben?«

»Tut mir leid, Chef!« Der Praktikant kam nassgeschwitzt ins Büro gestürmt.

»Schon gut.« Burgstaller blickte ihn fragend an.

»Ich war bis eben im Sattel, aber ...«

Er machte mit den Händen eine Geste des Bedauerns.

Burgstaller wollte Dressler bitten, das Protokoll zu führen, als der schon nickte. Wie bei einem alten Ehepaar ...

Er war noch dabei, den Kollegen von seinen Begegnungen mit Frau Riethmüller, Gerlach und Moser zu berichten, als Poschmann erschien und ihm das Telefon entgegenhielt: »Präsident!«

Auch das noch, dachte Burgstaller, nahm das Telefon und ging hinaus. Er wollte nicht, dass der Praktikant das Gespräch mitbekam. Der würde es falsch verstehen, wenn er hörte, wie er dem Alten um den Bart strich.

»Dass ich Sie mal erreiche«, klang es vorwurfsvoll aus dem Hörer. »Haben Sie Ihr Handy verloren, oder was?«

»So könnte man's nennen«, schrammte sich Burgstaller an der Wahrheit vorbei.

»Hoffentlich hat der neue Besitzer nicht gerade ne Erbtante in Australien. Es ist immerhin Ihr Diensttelefon! Was gibt es denn Neues im Fall Oster?«

Burgstaller berichtete ihm von seinem Gespräch mit dem Staatsanwalt und setzte ihn von seinem weiteren Vorgehen in Kenntnis.

»Schade«, bedauerte der Präsident, »schade, dass die DNA Sie nicht überzeugen konnte.«

»Sicher, aber ob das gerichtsfest wäre?«

Jetzt erst merkte der Präsident, was ihm da über die Lippen gekommen war.

»Ist doch klar, Herr Burgstaller«, unterbrach er ihn, »ich meinte damit natürlich nicht ... also ...«

Burgstaller erlöste ihn aus seiner vergeblichen Suche nach dem, was er natürlich nicht meinte: »Ich hab Sie schon richtig verstanden, Herr Präsident.«

»Was könnte ich denn ...«

Burgstaller hörte nicht mehr hin, weil er genau wusste, was der Alte jetzt fragen würde. Er nutzte die Zeit, um sich was einfallen zu lassen.

»Ihr letztes Kommuniqué im Radio, das war«, er machte eine wirkungsvolle Pause, bevor er scheinheilig fragte: »Gestern?«

»Ja, gestern«, erwiderte der Präsident, der sich wieder einmal in seiner Meinung bestätigt sah, dass das Radio erheblich effizienter ist als die Zeitung. Selbst der Kommissar, der doch gewiss nicht die Zeit hat, Zeitung zu lesen oder gar Fernsehen zu gucken, hat sein Kommuniqué im Radio mitbekommen, wahrscheinlich ganz en passant. Das gesprochene Wort ist halt dem geschriebenen weit überlegen, da gibt es nun mal kein Vertun.

Burgstaller fiel nichts, aber auch nichts ein, womit der Präsident die Presse hätte füttern können.

»Passen Sie auf«, meldete sich der Präsident wieder. »Ich habe denen doch gesagt, dass der Täter aus der Region stammt. So! Und jetzt werde ich ihnen sagen, dass er aus dem unmittelbaren Umfeld des Opfers stammen könnte. Verstehen Sie? Aus dem unmittelbaren Umfeld. Was sagen Sie dazu?«

»Ich kann Ihnen das natürlich nicht garantieren.«

»Müssen Sie auch nicht. Angenommen, es stellt sich heraus, dass es ein Auftragskiller aus Corleone war ... na und? Dann waren es eben polizeitaktische Erwägungen, weshalb ich mich so geäußert habe, verstehen Sie?«

»Sehr gut, Herr Präsident«, lobte ihn Burgstaller, froh, dass das Gespräch dem Ende entgegenging. »Das überzeugt.«

»Na also. Aber bitte, Herr Burgstaller, Sie halten mich auf dem Laufenden?«

»Gewiss doch, Herr Präsident.«

»Und sehen Sie zu, dass Sie wieder zu Ihrem Handy kommen.«

Ganz bestimmt, dachte der Kommissar, und ging zurück ins Büro.

Sie diskutierten den Stand der Dinge und beschlossen, dass Steffen zur Beerdigung gehen sollte, und, wenn notwendig, auch zum anschließenden Gottesdienst, vielleicht würde er ja fündig werden.

Maria war noch unterwegs, als er ins Château kam. Er überlegte kurz, ob er die Zeit zum Üben nutzen sollte, legte aber stattdessen, in Anbetracht der Hitze, Miles Davis' »Kind of Blue« auf. Obwohl er die Platte bestimmt schon hundertmal gehört hatte, war sie jedes Mal schöner als das vorige Mal. Über welche Musik kann man das schon sagen?

Er goss sich ein Piffchen Riesling ein und begann den Kürbis zu schälen. Verdammt noch mal, geht's mir gut! Miles Davis hören, Riesling trinken und Kürbis schälen, was braucht der Mensch mehr? dachte er und war beruhigt, dass niemand diese blödsinnige Gedankenkette mitbekam. Wieso blödsinnig? Bevor er sich ernsthaft mit der Frage auseinandersetzen konnte, was er eh nicht getan hätte, kam Maria.

»So mag ich das«, lobte sie ihn und begann die Suppe zuzubereiten. Sie erhitzte Butter und dünstete darin zwei kleingeschnittene Kartoffeln, ein Stückchen Ingwer und die gehackten Kürbisstücke, goss anschließend einen dreiviertel Liter Gemüsebrühe auf und ließ das Ganze auf kleiner Flamme garen, bis das Kürbisfleisch und die Kartoffeln weich war. Dann würzte sie mit Pfeffer, Salz und Thymian. Schließlich rührte sie etwas Sahne und kleingehackten Kümmel unter und pürierte das Ganze mit dem Zauberstab.

»Das ist ja ne Überraschung«, freute sie sich, als sie die Kürbiskerne und das Fläschchen Kürbiskernöl sah.

Selbstverständlich behielt er für sich, dass das die Idee der Grumbeerfraa war. Und sie behielt für sich, dass sie wusste, dass das nie seine Idee gewesen sein konnte.

Maria träufelte eine Linie Kürbiskernöl über die Suppe und streute die angerösteten Kerne und frischen Dill darüber.

»Mahlzeit!«

dreizehn

Es war ein sonniger Morgen, der sengende Hitze versprach. Kein vorbeifahrendes Auto störte die Ruhe, kein Vogelruf war zu hören, kein menschlicher Laut. Die Hunde lagen dösend im Schatten, zu träge, um ordentlich zu bellen.

Mit dem Gefühl, noch gut eine Stunde schlafen zu können, kroch Pierre aus dem Bett und nahm eine kalte Dusche, während Maria schon am gedeckten Tisch saß und die RHEINPFALZ las.

»Die Bäckersfrau meint, es gibt eine große Beerdigung«, sprach sie ohne aufzublicken.

»So?« kommentierte er abwesend und gab ihr einen flüchtigen Kuss auf die Wange.

»Die Bäckersfrau meint, die Neugier treibt die Leute auf den Friedhof.« Sie schlug die nächste Seite auf. »Sollte der 1. FC Kaiserslautern nicht drei Punkte gegen TuS Koblenz holen ...«

»Du willst mir den Tag versauen?«

»Ich werd' mich hüten«, spöttelte sie und fuhr ihm zärtlich mit der Hand übers Haar. »Ich sage dir, die schaffen das!«

»Was? Abzusteigen?«

Während sie Butter auf das Baguette strich, bemerkte sie beiläufig: »Du ziehst nicht ne anständige Hose an?«

Wie er diesen Ausdruck hasste, den sie von seiner Mutter übernommen hatte, auch wenn sie ihn ironisch gebrauchte. Anständige Hosen, wie oft hatte er sich das anhören müssen, sonntags, wenn er für die Messe herausgeputzt wurde, als wäre der Heilige Vater persönlich im Anmarsch. Und wehe, er passte nicht auf. »Das nächste Mal ziehst du die Hose nach dem Frühstück an, hörst du?« rügte ihn dann Mémé, wie er seine Großmutter nannte, und fiel mit einem feuchten Tuch über den Kakaoflecken her. Mein Gott, wie hatte er seine Kumpel beneidet, die herumlaufen durften, wie sie wollten. Erwachsene machen sich überhaupt keine Vorstellung, worunter ein Kind leiden kann; das einzige, was ihnen dazu einfällt, ist ein überhebliches Lächeln, als wollten sie sagen: Kind, Kind, deine Probleme möchte ich mal haben! Als er dreizehn war, muckte er schließlich auf. Zu Hilfe war ihm der Pfarrer gekommen, der im Katechismusunterricht seine Schüler ermahnt hatte, Gottgefälligkeit würde sich nicht durch Äußerlichkeiten erweisen, sondern durch tätige Reue und Nächstenliebe. Das teilte er brühwarm seiner Mémé mit, die sich als fromme Frau fortan jedes Kommentars enthielt, wenn man von ihren herabwürdigenden Blicken absah. Nur sein Vater schüttelte hin und wieder den Kopf und brummte: »Der Kerl zieht auf wie die Wacht am Rhein!«

»Es bleibt also bei Jeans?«, hakte Maria nach.

»Bin im Dienst!«, erwiderte er kurzangebunden.

Er trank seinen Kaffee aus und erhob sich.

»Ich mache nen Satz.«

Gerade beendete er das Gespräch mit Jacques, als Steffen ins Büro kam. Der sieht ja aus wie's Leiden Christi, dachte er. Ungeachtet dessen war sein Ton unbeschwert wie immer: »Moin, Chef!« Dann allerdings schüttelte er betrübt den Kopf und berichtete, dass er die ganze Nacht bis halb sieben vor Eva Osters Anwesen ausgeharrt hatte. Sie war zuhause, dessen war er sich sicher, aber von ihrem Liebhaber – keine Spur.

Burgsstaller verwunderte das nicht, denn egal, was die Leute über den Weinkommissionär Oster dachten, sie brächten gewiss kein Verständnis für seine Witwe auf, wenn sie erführen, dass sie sich ein paar Stunden vor der Beerdigung ihres Mannes mit ihrem Liebhaber im Bett vergnügt hätte.

Es ging langsam auf zehn Uhr zu. Der Kommissar machte sich mit dem Praktikanten auf den Weg zum Friedhof.

Schon von weitem sah er die Vermutung der Bäckersfrau bestätigt: Der Platz vor der kleinen Kapelle reichte nicht aus, um alle Trauergäste aufzunehmen, viele standen abseits zwischen den Gräbern.

Er wollte seinen Augen nicht trauen, als er am Rande der Menschenmenge Maria im Gespräch mit Altbürgermeister Rebholz sah. Als wenn sie mir das nicht hätte sagen können, ärgerte er sich über ihre Geheimniskrämerei.

Ein paar Grabstellen weiter stand Walter Döring neben Frau Oster, Frau Elsässer und einer jungen Frau, die ein kleines Mädchen an der Hand hielt. Sicher Osters Geliebte und sein Töchterchen, dachte Burgstaller.

Langsam senkte sich der Geräuschpegel, und wie auf ein Zeichen hin bewegten sich die Leute bedächtigen Schrittes durch das Hauptportal in die Kapelle.

Dem alten Herrn, der neben ihm stand, war anscheinend entgangen, dass die Gespräche verstummt waren. Weithin hörbar flüsterte er seiner Frau ins Ohr: »Dem Gerechten regnet es aufs Grab!« Sie rammte ihm den Ellbogen in die Rippen und zischte: »Schorsch!!!«

Mit Beginn des Geläuts bildete sich eine schmale Gasse, durch die, vom Hauptweg her, einige Personen kamen, vorneweg die Witwe und Tore Breuer. Unmittelbar hinter ihnen schritten mit amtlicher Trauermiene der Bürgermeister und sein Beigeordneter. Langsam, es hatte den Anschein einer perfekten Choreographie, folgten ihnen die Köpfe der Menschen, die noch auf dem Platz und zwischen den Gräbern verblieben waren, bis die Witwe und ihre Entourage sich in der Kapelle verloren hatten.

Jetzt verebbte das Geläut zugunsten des Pfarrers, der die Trauergemeinde aufforderte, in das Lied Nummer 3 einzustimmen. Das quäkende Harmonium, auf dem der Organist ein kurzes Präludium spielte, ging anschließend im Gesang der Trauergemeinde unter.

Burgstaller, der vor langem schon den Entschluss gefasst hatte, sein eigenes Begräbnis vorzubereiten, war nun aber fest entschlossen, seinen Vorsatz in die Tat umzusetzen. Dass man das selbst regeln muss und nicht den Hinterbliebenen überlassen darf, war ihm bei der Beerdigung seines Kollegen Henning, der einem Verkehrsunfall zum Opfer gefallen war, bewusst geworden. Ein Harmonium, das wie dieses hier geklungen hatte, und dazu eine Sängerin, die von der Empore herunter das Ave Maria brüllte, waren die peinlichen Höhepunkte des traurigen Ereignisses. Als dann noch der Pfarrer spekulierte, der so tragisch ums Leben Gekommene sähe vielleicht auf uns herab, hatte er nur den einzigen Wunsch, der Pfarrer möge sich irren, zumindest möge Henning nicht gehört haben, was ihm eben zugemutet worden war, denn der liebe Kollege, Gott hab ihn selig!, war ein sehr musikalischer Mensch gewesen, er hatte Thelonious Monk und Coltrane tief verehrt, und sein Klavierspiel war für einen Amateur beachtlich.

Nach dem Lied begann der Pfarrer ein nicht enden wollendes Gebet zu sprechen, in dem er immer wieder den Namen des Protagonisten Oster beschwörend nannte.

Burgstaller, der in seiner frühen Jugend hatte Mönch werden wollen, bis er Renate kennenlernte, musste daran denken, wie er als Messdiener den Weihrauch schwenkte. Auch an die Trinkgelder erinnerte er sich, die bei Hochzeiten und Kindstaufen besonders üppig ausgefallen waren. Dass er in der Sakristei seinen ersten Schoppen zur Brust genommen hatte, nachdem der Pfarrer zu einer Letzten Ölung davongeeilt war, daran dachte er immer dann, wenn er im Wirtshaus saß und beobachtete, wie sich junge Kerle in die Welt der erwachsenen Männer hineinzutrinken begannen.

Die sonore Stimme des Pfarrers riss ihn aus seinen Gedanken:»Brüder und Schwestern im Herrn!«

»Chef!« Der Praktikant stupste ihn auf die Schulter und grinste augenzwinkernd.

Burgstaller drückte sich mit einem ständigen leisen »Entschul ...! Entschul ...!« aus der Menschenmenge heraus in Richtung Hauptweg, gefolgt von dem Praktikanten.

»Sie sind sicher, Steffen?«

»Absolut!«

»Ich kann Sie allein lassen?«

»Aber Chef!«, erwiderte der Praktikant leicht eingeschnappt.

Burgstaller winkte beschwichtigend ab.

»Wir treffen uns beim Mosbacher.«

»Was darf's denn sein, Herr Burgstaller?«

Wie gerne hätte der Winzer den Kommissar gefragt, ob es denn stimmt, was so im Dorf erzählt wird. Doch nach seiner letzten Erfahrung mit ihm, zog er es vor, sich auf die Zunge zu beißen.

»Eine Weinschorle, tiefgespritzt.«

»Und zu essen?«

»Nix«, brummte er. Maria glaubte heute Morgen wieder einmal feststellen zu müssen, dass sein Hemd spannt.

Am Nebentisch saß ein Paar, das der Sprache nach aus Norddeutschland stammte und sich ungeniert laut unterhielt. Er, ein gemütlicher Dicker, dem es so richtig schmeckte, meinte lachend: »Alla hopp! Hast du das eben gehört? Man könnte meinen, man wäre in einem muslimischen Land.« – »Ach was«, fuhr ihn seine modisch aufgebrezelte Begleiterin mit ihrer dunklen, herrischen Stimme an, »alla, das kommt von aller! Das ist französisch – gehen.« – »Ja glaubst du denn, ich weiß das nicht?«, erwiderte er gekränkt. »Muss ich denn ein Schild vor mir hertragen ... Vorsicht Ironie, oder was?«

Wie kann man es nur mit so einer Beißzange aushalten, dachte Burgstaller und warf ihr einen Blick zu, der ihr anscheinend spürbar ins Kreuz fuhr, denn sie drehte sich um und suchte kurz aber intensiv nach dem Werfer. Geistesgegenwärtig wandte er den Kopf auf die andere Seite, um nicht in Verdacht zu geraten. Die hat bestimmt ihre Puppen mit strenger Hand erzogen.

»Eine Apfelsaftschorle, Herr Mosbacher.« Maria zog sich einen Stuhl bei und setzte sich. »So, mon chéri.«

Etwas pikiert unterbrach er sie: »Was hat dich eigentlich bewegt ...«

Er musste gar nicht weiterreden, sie hatte längst verstanden, was er sagen wollte.

»Dasselbe wie dich. Nur, dass meine Bemühungen von Erfolg gekrönt sind«, grinste sie und gab ihm übermütig einen Kuss auf die Wange.

Wer ist hier eigentlich der Kommissar, ich oder sie?

»Es ist«, sie griff wortlos nach seiner Schorle, um nach einem tiefen Schluck weiterzugrinsen.

»Wer jetzt?«

»Es ist der Musiker, der Gitarrist. Wie heißt er noch mal?«

»Wurscht, wie er heißt! Du bist sicher? Ganz sicher?«

»Absolut!«

»Na, also«, brummte er zufrieden.

Nein, eitel war er nicht. Im Gegenteil, er war stolz auf sie, stolz, dass er so eine ausgeschlafene Frau hatte. Er konnte sowieso nicht verstehen, wenn Männer sich bei ihren Frauen aufmandelten, als seien sie die Größten. Er war allerdings ehrlich genug, sich einzugestehen, dass es nicht nur Noblesse war, es war auch ein gerüttelt Maß an Bequemlichkeit, was sein Verhalten steuerte. Denn würde er sich als der Größte aufspielen, stünde er doch notwendigerweise in der Pflicht, auch die Dinge in die Hand nehmen zu müssen, die ihm lästig waren, nur um den Nimbus der Überlegenheit zu wahren. So hatte er noch nie eine Banküberweisung ausfüllen müssen, und vom Kontostand hatte er auch keine Ahnung.

Der Praktikant ging auf wie ein Hefekloß, als er an den Tisch kam und Maria sah.

»Sie sind eingeladen, Steffen.«

»Vielen Dank, Chef.«

Die Vorfreude über die Reaktion des Chefs auf das, was er ihm jetzt mitteilen würde, stand ihm ins Gesicht geschrieben.

»Ich habe das Kennzeichen notiert und es Poschmann zur Identifizierung des Fahrzeughalters weitergegeben«, sprach er im Tonfall eines vortragenden Legationsrats. Er nahm sein grünes Büchlein aus der Tasche, schlug es auf und las: »Gasch, Roger, wohnhaft ...«

»Gasch heißt er!« Jetzt fiel es Maria ein.

»Sie fragen mich gar nicht, ob ich denn sicher bin?«, wunderte sich der Praktikant.

»Danke, dass Sie mich daran erinnern.«

Der Praktikant sah irritiert zu Maria, die ihn anlachte und meinte: »Jetzt wird zuerst mal gegessen, Steffen.«

Sie reichte ihm die Speisekarte.

»Danke«, wehrte er ab, »ich esse, was Sie essen.«

Das hat er nun davon, von seiner Schwärmerei, dachte der Kommissar, nicht ganz ohne Schadenfreude, als er sah, wie der Praktikant die halbe Portion Spundekäs, die ihm der Winzer hinstellte, mit einem ungläubigen Blick bedachte; eine geradezu lächerliche Portion für einen ausgewachsenen Mann in jungen Jahren.

Nach dem Essen fuhr Burgstaller mit dem Praktikanten zum Osterschen Anwesen. Sie stellten das Fahrzeug ein Stück vor dem Parkplatz auf einem Feldweg ab.

Ein monotoner Geräuschteppich, der in der Luft lag, entschlüsselte sich beim Näherkommen als die Gespräche vieler Menschen, in die sich fröhliches Lachen und das Geklapper von Besteck mischten.

Der Praktikant deutete auf einen alten Renault, der auf dem Parkplatz stand.

»Dem Gasch seiner.«

Sie gingen den Wingert hoch, von wo sie, verdeckt durch die Rebstöcke, die Gartenwirtschaft überblicken konnten, ohne selbst gesehen zu werden. Das halbe Dorf war erschienen.

»E schee Leich«, sagte Burgstaller anerkennend. Dem Praktikanten, der ihn fragend ansah, erklärte er: »Eine schöne Leiche. Das ist, wenn viele Leute zur Beerdigung gekommen sind, der Pfarrer den Dahingeschiedenen zu einer Lichtgestalt verklärt hat, und wenn es zu guter Letzt noch was Anständiges zu essen und zu trinken gibt.«

»Sehen Sie!« Alarmiert deutete der Praktikant auf einen Tisch, an dem vier Männer saßen.

»Ja, ja, der Blondschopf«, fiel ihm Burgstaller ins Wort.

Der Praktikant war sichtlich erstaunt, dass der Kommissar den Musiker kannte, von dem er doch bis vorhin nicht die Bohne wusste.

Soll er mal, dachte der Kommissar, ein Chef muss immer ein Geheimnis haben, das macht ihn interessant.

Statt pampiger Schnittchen, wie es üblich ist, wenn die ganze Gemeinde eingeladen wird, gab es die abgespeckte Version vom vergangenen Samstag: gegrillte Schweinesteaks, Schälrippchen und Bratwürste, dazu Kartoffelsalat und gegrilltes Gemüse.

Drei Kellnerinnen eilten von Tisch zu Tisch, mit Wasser und Wein auf den Tabletts. Die Speisen holten sich die Gäste an der Grillstation ab, wo sie wie an der Kinokasse anstanden.

»Kommen Sie.«

Burgstaller fuhr den Praktikanten zum Büro, wo sein Fahrrad abgestellt war.

»Wenn ich Sie brauche, rufe ich Sie an, Steffen.«

Gerade, als er im Begriff war, zu wenden, kam Poschmann heraus gerannt und winkte ihm zu.

»Frau Riethmüller hat ein Kuvert für Sie abgegeben. Es sei dringend, hat sie gesagt.«

Burgstaller nahm es an sich und las:

AN KOMMISSAR BURGSTALLER.

Hoffentlich hilft es.

Freundliche Grüße

Na hoffentlich, sprach er vor sich hin, und fuhr zum Château.

Er goss sich ein Glas Sprudel ein, setzte sich in den Sessel und entfaltete das Blatt, das in dem Kuvert steckte. Sorgfältig mit der Hand geschrieben, standen Namen untereinander, mit jeweils einer Klammer dahinter, in der Cousin, Onkel, Tante oder sonst ein Verwandtschaftsgrad aufgeführt war.

Schon wollte er es auf die Seite legen, als sein Blick auf den untersten Namen fiel. Ein leises, langgezogenes »Leck–mich–am–Arsch!« kroch ihm über die Lippen, während er gebannt auf das Blatt starrte.

»Sieh mal, Maria.«

Maria, die am Rechner saß und Fotos bearbeitete, kam und las: »Gasch Roger Gitarrenlehrer.« Sie sah Pierre an, als hätte sie eben festgestellt, dass sie ihr Portemonnaie verloren hat. »Saach blooß!«

»Weißt du, wo das verdammte Handy ist?«

Es lag hinter der »verdammten Vase«.

Frau Riethmüller berichtete, dass ihr Bub seit zwei Jahren bei Gasch Gitarre lernt. Da es keinen passenden Busverkehr nach Daixheim gäbe, habe sich Gasch erboten, ihn bei Riethmüllers zu unterrichten. Vor einem Viertel Jahr etwa habe er jedoch angefragt, ob es nicht möglich sei, den Bub zum Unterricht nach Daixheim zu bringen, er hätte die Stunden seiner Schüler auf den Mittwoch gelegt, und da würde ihm die Fahrerei den Tag zerreißen. Seitdem führe sie den Bub mittwochs gegen fünf Uhr hin, und zurück käme er direkt nach dem Unterricht mit dem letzten Bus um halb sieben.

»Kaffee?«, rief Maria aus der Küche.

»Ja.«

Wahrscheinlich hat Gasch alle Möglichkeiten, Oster ins Jenseits zu befördern, durchgespielt und zunächst alles verworfen, was ihm in den Sinn gekommen war, schon weil er wusste, dass eine winzige Hautabschürfung, ein Schweißtropfen, ein Haar ausreichen kann, den Täter zu identifizieren. Und dass der Justizapparat nicht davor zurückschreckt, genetische Rasterfahndungen durchzuführen, wusste er auch; stand ja oft genug in der Zeitung. Und dass sie mittlerweile sogar Männer aus den Altersheimen holen, die zwanzig, dreißig Jahre lang überzeugt waren, den perfekten Mord begangen zu haben, ist ihm sicher auch nicht entgangen. Also vergiss es, wird er sich gesagt haben. Denn selbst wenn ihm die Paradoxie gelänge, alle Unwägbarkeiten auszuschließen, es bliebe die Angst, die jahrelange, nagende Angst, dass sich doch noch eine Spur fände, vielleicht mit einer Methode, die heute noch keiner kennt. Und dann – ganz plötzlich! – sieht er die Münze, die auf der Fensterbank liegt ... und alle seine Gedanken, die ihn über Wochen und Monate beschäftigt haben, verdichten sich in diesem kurzen Augenblick zu dem zündenden Einfall, dass hier der Personalausweis des Täters liegt, wer immer es sein wird, vielleicht er selbst oder ein anderer, der es in seinem Auftrag tun wird! Während der Bub sich auf seine Etüden konzentrierte, nahm er die Münze mit einem Tuch in der Hand auf, schlug sie ein und steckte sie in die Tasche – den Lohn monatelangen, intensiven Nachdenkens. So, und nicht anders, muss es gewesen sein, dachte Burgstaller.

»Sag mal, Pierre, hältst du es für ausgeschlossen, dass die Oster vielleicht doch ...?«

Sie sah ihn fragend an.

»Ich erinnere mich, dass ich das erwogen habe, du aber völlig anderer Meinung warst.«

»Schon, aber ...«, sie schenkte Kaffee ein und blickte stumm ins Leere. »Ich hab einen verrückten Gedanken, Pierre«, begann sie zögerlich. »Weißt du, als Frau denkt man vielleicht doch etwas anders.«

»Das ist wahr.«

Sie ignorierte seinen ironischen Einwurf, woraus er schloss, dass es ihr sehr ernst war mit dem, was ihr durch den Kopf ging.

»Hältst du es für denkbar, dass sie den Gasch gesteuert hat, ohne dass dem das überhaupt bewusst war?«

»Warum sollte sie das tun?«

»Na ja ... dass sie ihren Mann gern losgeworden wäre, davon kann man doch ausgehen, oder?«

»Wieso das?«

Sein Einwurf überraschte sie.

»Was hatte sie denn von ihm?!«

»Ach so«, erwiderte Pierre, »der Mohr hat seine Schuldigkeit getan, der Mohr kann geh'n. Meintest du das, von wegen Frauen denken etwas anders?«

»Pierre«, sie war stinksauer, »was willst du damit sagen?«

»Ich habe dich nur zitiert, mon amour«, erwiderte er mit freundlicher Gelassenheit. Er konnte ziemlich gemein sein, wenn er es darauf anlegte.

»Nenn' mich nicht mon amour, wenn du es nicht meinst!«, fauchte sie ihn an.

Als er sah, dass sie feuchte Augen hatte, stand er auf und umarmte sie.

»Warum sagst du das?«, sprach sie mit erstickter Stimme, »du weißt ganz genau, dass ich dich nie im Stich lassen würde.«

Er küsste sie und flüsterte ihr ins Ohr: »Deswegen bist du ja mon amour.«

Sie war noch immer gekränkt, aber er spürte, dass sie wieder zu ihren Gedanken zurückkehrte.

»Was wirst du tun?«

»Keine Ahnung.«

Maria wusste, dass er jetzt vorschlagen würde, das Hirn durchzupusten. Und so war es auch.

Bevor sie sich auf den Weg machten, rief er Frau Riethmüller an, sie könnte ihren Mann in Obernai abholen. Poschmann veranlasste er, der Bäckerin zu stecken, dass sich alle Verdachtsmomente gegen Riethmüller in Luft aufgelöst hätten.

Sie liefen an Dörings »Augenweide« vorbei in Richtung Daixheim. Oben setzten sie sich auf die Bank neben dem Marterl und schauten hinunter auf Gaschs Anwesen.

Keine zehn Minuten später fuhr ein Renault in den Hof. Gasch stieg aus, öffnete die Haustür und ließ den Hund ins Freie. Kurz darauf fuhren zwei Autos an, aus denen drei dunkelgekleidete Männer stiegen. Einer griff eine Bassgitarre vom Rücksitz, ein zweiter holte aus dem Kofferraum ein Tenorsaxophon, wie Burgstaller an der Form der Instrumentenkoffer erkennen konnte.

»Wir sind entre chien et loup«, sprach er nachdenklich vor sich hin.

»Wie meinst du das?«

»In der Dämmerung, wo man sich nicht sicher sein kann, ob es ein Hund ist oder ein Wolf«, dozierte er. »Sozusagen der Moment«, fuhr er fort, »bevor der große Elefant sein Wasser lässt.«

Da bringt er so ein schönes Bild und macht es im nächsten Moment wieder kaputt, aus lauter Angst, es könnte pathetisch klingen, dachte sie.

Sein Telefon summte. Als er die Rufnummer sah, begann sein Denkapparat nach Futter für die Presse zu suchen.

»Ich kann Ihnen jetzt voll und ganz bestätigen, Herr Präsident, was Sie bereits verlautbart haben« – verlautbart haben, das gefällt ihm bestimmt –, »wir verfügen über eine erdrückende Vielzahl an Indizien, die uns in den nächsten Tagen den Zugriff erlauben werden. Das heißt«, er machte eine Kunstpause, »der Täter stammt aus dem unmittelbaren Umfeld des Opfers.« Um seinen Worten Nachdruck zu verleihen, wiederholte er: »Aus dem unmittelbaren Umfeld des Opfers.«

»Das kann ich als gesichert weitergeben?«, freute sich der Präsident.

»Ohne Einschränkung«, erwiderte Burgstaller mit fester Stimme.

Maria, die normalerweise das Gespräch sarkastisch kommentiert hätte, ging mit keinem Wort darauf ein.

Kurz vor fünf verließ Burgstaller das Château und fuhr zum Polizeiposten nach Daixheim.

Der Praktikant saß am Computer, während Dressler, der zum wiederholten Mal die Ergebnisse der Spurensicherung studierte, den Kopf schüttelte und fluchte: »Gewidderherrschaftsdunnerkeil!! Do kennt mer doch die Gääßegichtere krie!« Als er das ratlose Gesicht des Praktikanten sah, schob er die Übersetzung nach: »Es ist zum Verrücktwerden!«

Sie schwiegen eine Weile still vor sich hin, bis Burgstaller seine Hypothese, dass die Witwe die heimliche Strippenzieherin gewesen sein könnte, vortrug. Marias Anteil daran erwähnte er nicht, verbuchte ihn aber auf der Habenseite ihres Kontos.

»Hört sich plausibel an«, meinte Dressler. »Glaubst du denn, sie wird ihn, wenn es Spitz auf Knopf steht, ins Messer laufen lassen?«

»Versetzen wir uns lieber in seine Situation.« Er sah den Praktikanten an. »Was meinen Sie, Steffen?«

»Wenn er keinen Mitwisser hat, ist er auf der sicheren Seite«, antwortete der Praktikant und ergänzte: »gewesen! Denn seit Riethmüller wieder auf freiem Fuß ist, muss er damit rechnen, einen Fehler gemacht zu haben.« Nachdenklich setzte er nach: »Interessant ist doch auch die Frage, wie er mit seiner Tat fertig wird? Er ist ja kein gelernter Camorrista.«

Immer diese Psychologisiererei! Was interessieren mich denn dem seine moralischen Blähungen, wenn er überhaupt welche hat?

»Ich weiß nicht, wie ich darauf komme, aber«, Dressler sprach mehr zu sich als zu den Kollegen, »könnte es denn nicht sein, dass es Gaschs Hund war, der die Katzen gerissen hat?«

»Ach was!«, erwiderte Burgstaller. Plötzlich grinste er. »Fragen wir ihn doch. Steffen, versuchen Sie mal Ihr Glück.«

Nach einer halben Stunde war der Praktikant zurück.

Gasch war, wie Steffen berichtete, erstaunt, dass sein Hund überhaupt in Betracht gezogen würde, Katzen zu reißen. Nein, nein, vor seinem Hund müssten sich weder Mensch noch Vieh fürchten, der sei völlig aggressionsfrei. Ob das eine Routinebefragung im Ort sei, bei jedem, der einen größeren Hund hat, hatte er wissen wollen. Der Praktikant war einer klaren Antwort ausgewichen.

»Jetzt kommt der zweite Streich, Steffen. Sie gehen nachher wieder zu Gasch, und Sie fragen ihn, ob er vielleicht einen Drohanruf bekommen hat.«

Der Praktikant grinste.

»Klar, Chef! Und morgen früh frage ich ihn, ob er etwas über die nächtlichen Schießübungen weiß, oder?«

»Wollen Sie jetzt einen auf witzig machen?«, raunzte ihn Burgstaller an.

Alles in allem nicht unzufrieden, war es doch ein ganz passabler Tag, fuhr Burgstaller zum Château, wo ihn Maria erwartete.

»Hätte ich gewusst, wann du kommst, gäb's was zu essen.«

»Mosbacher?«

»Nicht zum Lawall?«

»Der Mosbacher grillt heute.«

Trotzdem es noch früh am Abend war, fand sich im Hof kein freier Tisch. Drinnen sah es kaum besser aus. Von den zwei Tischen, die nicht belegt waren, entschieden sie sich für den kleineren Vierertisch.

»Heute würde ich mir gerne ein, zwei Schoppen genehmigen«, sprach er mit Vorfreude in der Stimme und sah Maria dabei an, als würde von ihrer Antwort sein Seelenheil abhängen.

»Ja und?«

»Fährst du?«

»Ach so! Bei der Hitze trink ich höchstens ne Weinschorle.«

Er dachte an den berühmt gewordenen Fall des rheinhessischen Polizeipräsidenten, den die Partei hatte loswerden wollen, der aber freiwillig nicht ging. Aus Sicht seiner Parteifreunde hatte er eine kaum zu knackende Stärke: Er war bei seinen Untergebenen und bei der Opposition gleichermaßen beliebt. Aber eine Schwachstelle hatte er auch: Er trank gerne einen zu viel. Also gab man den Kollegen von Hessen einen Wink, als er wieder mal auf die eebsch

Seit kam. Das war's dann: Er musste seinen Schreibtisch räumen. Natürlich erkannte jeder die politische Ranküne, aber 1,7 sind nun mal 1,7 und keine 0,7.

Da er mittags enthaltsam gewesen war, entschied er sich für eine gegrillte Schweinshaxe. Maria ließ es bescheiden angehen – verschiedene Gemüse am Spieß gegrillt und dazu eine Kräutersauce.

Gegen den Durst trank er eine kleine Schorle fast in einem Zug aus, um sich dann einem puren Schoppen Weißburgunder hinzugeben.

Inzwischen waren alle Tische besetzt.

Der Bäcker Schwefel stand mit seiner Frau am Eingang und ließ seinen Blick immer wieder von Tisch zu Tisch schweifen, als ob er sich erhoffte, zwei Plätze freigucken zu können.

Maria winkte ihnen zu.

Schwefel stieß seine Frau an und deutete mit dem Kinn in Richtung Burgstaller. Sie fackelte nicht lange und setzte sich in Bewegung, gefolgt von ihm, der mit schweren Schritten hinter ihr her trottete.

»Das is aber nett von Ihne«, freuten sie sich.

»Wer en Hinnere hot, find en Platz«, sprach Maria in breitestem Pfälzisch. Pierre wusste, dass sie, immer wenn sie die Leutselige gab, was im Schild führte. Aber auch er wollte seinen Beitrag leisten zur Entkrampfung der Schwefels, die wie festgenagelt vor ihm standen: »Was suchen denn die Freynheimer hier in Daixheim?« Mit einer einladenden Handbewegung forderte er sie zum wiederholten Mal auf, sich zu setzen.

»Wir beliefern doch Mosbachers«, antwortete die Bäckerin und zog geräuschvoll einen Stuhl für sich und einen für ihren Mann bei, »da muss man sich hin und wieder sehen lassen. Abgesehen davon isst man hier sehr gut.«

»Und man bekommt was auf den Teller«, ergänzte Maria, die damit die Gemütslage der Schwefels voll getroffen hatte.

»Das stimmt«, freuten sie sich.

Maria wusste natürlich, dass die Frau Schwefel »Daachblatt« genannt wurde. Aus dem einfachen Grund, weil ihr, und da waren sich alle einig, nichts, aber auch nichts verborgen blieb. Wer was hören wollte und Ohren hatte, verließ stets umfassend informiert ihren Laden, und wer was loswerden wollte, konnte sicher sein, dass seine Mitteilung bei ihr auf fruchtbaren Boden fiel. Zustatten kam ihr, dass sie nicht Fabrikware verkaufte, sondern »ff Backwaren aus eigener Backstubb«, wie ein Plakat im Schaufenster stolz verkündete. So gesehen gab es für niemanden einen plausiblen Grund, seine Backwaren woanders einzukaufen. Die weiß alles, hatte Altbürgermeister Rebholz gesagt, der den Weg nach Freynheim gerne auf sich nahm, um sein Brot bei ihr zu holen, obwohl es vor seiner Haustür einen Minimarkt gab, der Schwefels Backwaren im Angebot hat.

»Sie hatten richtig vermutet, Frau Schwefel, dass es eine große Beerdigung wird«, begann Maria das Eis aufzutauen.

»Das war zu erwarten«, antwortete sie nicht ganz ohne Stolz. »Es war ja auch kein normaler Todesfall.«

»Das kann man wohl sagen«, erwiderte Maria bedeutungsschwer nickend.

Nachdem sie das Essen bestellt hatten, nahm die Bäckerin das Thema wieder auf: »Ich bin ja nur froh, dass der Riethmüller wieder frei ist. Das ist doch so, Herr Burgstaller, oder?«

»Allerdings.«

»Hat ja auch keiner so richtig geglaubt, dass der Riethmüller ... nein, der bestimmt nicht.«

»Sagen Sie mal, Frau Schwefel«, schaltete sich Maria wieder ein, »wir sind gestern an dem kleinen Anwesen am Dorfausgang vorbeigegangen ...«

»Wo der Gasch wohnt, der Musiker?«

»Richtig! Da wurde Musik gemacht.« Maria hatte ihren Köder ausgeworfen und musste jetzt nur noch mit der Angel wackeln: »Ein Glück, dass der keine Nachbarschaft hat.«

Ja, der Gasch, der hätte vor vier Jahren das Häuschen gekauft, verlockt von der Aussicht, dort Tag und Nacht mit seiner Kapelle üben zu können. Er hätte es fer en Klicker un en Knopp erworben, es aber selber herrichten müssen. »Musiker sind ja meistens arme Deiwel, wenn's net grad de Heino is.«

»Oder die Kastelruther Spatzen oder de Hansi Hinterseer.«

Die Bäckersfrau war sichtlich beeindruckt von Marias musikalischer Bildung.

»Sie hätten mal das Gelärch sehen soll'n, damals. Heute ist das ein Schmuckstück«, schwärmte sie. Allerdings sei er hochverschuldet. »Der peift auf'm letzte Loch. Es heißt, dass die Bank ihm e Frist gesetzt hat, von wegen Zwangsversteigerung.«

Nein, verheiratet sei der nicht. Bis vor zwei Jahren hätte er eine Freundin gehabt, eine Lehrerin aus Kaiserslautern, die manchmal am Wochenende bei ihm wohnte, wenn er nicht mit seiner Kapelle unterwegs war.

»Davor hat er ne andere gehabt. Halt'n Musiker«, lächelte die Bäckersfrau vielsagend.

»So sind sie halt, die Musiker«, pflichtete Maria ihr lachend bei, während Pierre wieder einmal staunte, wie schamlos seine Frau Klischees absondern konnte, und wie erfolgreich sie damit war, denn jetzt legte die Bäckerin erst richtig los.

Der Gasch hätte so manch eine um ihr Sparkonto erleichtert. Natürlich würde viel gebabbelt, »aber wenn die Hälft stimmt«, raunte sie, »ist das immer noch genug«. Im Übrigen gäbe es auch hier in Daixheim eine, die ein Verhältnis mit ihm gehabt haben soll. »Vielleicht ham'n Sie ja davon gehört?«

»Schon. Aber meinen Sie nicht, dass das nur ein Gerücht ist?«, hakte Maria scheinheilig nach.

Und prompt biss die Bäckerin an: »Ehrlich gesagt, ich glaub's auch net so ganz, dass die Oster ...«

»Ich auch net«, fiel ihr Maria ins Wort, um den Eindruck zu verstärken, dass ihr das längst bekannt war.

»Es werd halt viel gebabbelt«, meinte der Bäcker, der ansonsten stumm wie ein Fisch der Unterredung der beiden Frauen beiwohnte.

»... wenn de Daach lang is«, ergänzte Maria. Ein halblaut hingeworfenes »obwohl« sollte die Bäckerin locken, beim Thema zu bleiben.

»Mer wääß es net«, gab die Bäckerin achselzuckend von sich.

»... mer munkelt nur«, fügte Maria an und dachte: Aber es wird weitergeforscht!

Der Kommissar setzte eine unbeteiligte Miene auf, als würde er die Unterhaltung der beiden Frauen gar nicht zur Kenntnis nehmen. Muss denn gerade jetzt das Essen kommen, ärgerte er sich.

»Das is ja eine mords Haxe«, staunte der Bäcker und rückte seinen Stuhl krachend an den Tisch ran.

Seine Frau freute sich nicht minder. Ihr Rippchen war auch nicht von schlechten Eltern.

»Na, das is aber auch en Kawenzmann«, lobte der Bäcker die Haxe des Kommissars.

»Das kann man wohl sagen«, erwiderte der.

»Un gar net so fett«, fuhr der Bäcker fort.

»Allerdings«, meinte der Kommissar.

»Wo kriegen Se schon so'n Brocken zu dem Preis?«, freute sich der Bäcker.

Jetzt reicht's aber, dachte der Kommissar, nahm Messer und Gabel auf und begann sein Werk.

Kein Wort fiel. Jeder konzentrierte sich ganz auf seinen Teller.

Der Bäcker, der wahrlich kein Kostverächter war, rieb sich zufrieden den Bauch, als er den letzten Bissen intus hatte.

»Ich kann net mehr babb saache, so satt bin ich«, stöhnte er und blickte mit Wohlwollen auf den blanken Knochen, der auf seinem Teller lag.

»Ob das alles so stimmt, was erzählt wird?« Maria nahm den Faden wieder auf, denn lange bleiben die bestimmt nicht mehr, sagte sie sich, schließlich fängt in ein paar Stunden für den Bäcker der Tag an.

Anscheinend hatte die Bäckerin auf Marias Lockruf gewartet: »Da gibt's noch so'n Gerücht.« Sie lächelte vielsagend und sah sich um, als wollte sie sich versichern, dass kein Lauscher hinter ihr steht. »Es heißt, der Breuer, der hätt' was mit der Oster.« Fast flüsternd fügte sie an: »Annere saache, er wär' bi.«

Maria ließ nicht einmal die Spur von Überraschung erkennen, im Gegenteil, sie nickte die Äußerung der Bäckerin wortlos ab, als sei ihr auch das schon seit Jahr und Tag bekannt.

»Eigentlich ganz praktisch«, kommentierte der Bäcker.

Seine Frau warf ihm einen strafenden Blick zu, beließ es aber dabei.

»Alla dann«, sprach sie, »mein Mann muss ja schon bald wieder aufsteh'n.«

Gerade hatten sie das Ortsschild von Daixheim passiert, als sie von der Streife überholt und auf die Seite gewinkt wurden. Einer der Beamten kam an die Fahrertür, der andere stand hinter ihm, die Hand an der Schusswaffe.

»Fahrzeugkontrolle! Darf ich bitte Ihre Papiere sehen?«

Maria hielt ihm den Führerschein hin, den Fahrzeugschein holte Pierre aus der Ablage.

»Den Fahrzeugschein sollten Sie nicht im Auto aufbewahren«, belehrte ihn der Beamte. Er warf einen flüchtigen Blick auf die Papiere. »Haben Sie Alkohol getrunken?«

»Eine Weinschorle den ganzen Abend.«

Warum sagt sie denn nicht – keinen Tropfen? Sie muss doch wissen, dass der jetzt verpflichtet ist, sie einem Alkoholtest zu unterziehen. Das kostet den Staat doch nur Geld und uns Zeit, dachte er und fragte sich überrascht, wie ihm ein so blödsinniger Gedanke in den Sinn kommen konnte ... das kostet den Staat doch nur Geld! Ja und? Bin ich denn schon einer Staatsdienstverblödung zum Opfer gefallen? Oder hab ich einen in der Krone?

»Sind Sie damit einverstanden, dass ...«

Maria schnitt ihm gereizt das Wort ab: »Natürlich!« Sie stieg aus und ließ sich von dem Beamten das Röhrchen geben. »Ich kenne mich aus.«

Der Beamte prüfte das Ergebnis und sprach: »Alles in Ordnung, Frau Burgstaller. Gute Fahrt.«

In der Zwischenzeit war Burgstaller ausgestiegen. Er hielt dem verdutzten Beamten seine Marke hin und fragte ihn, was ihn veranlasst habe, sie anzuhalten.

»War es die Fahrweise meiner Frau?«

»Nein, Ihre Frau ist korrekt gefahren«, gab der Beamte beflissen von sich, »völlig korrekt. Wir haben einen anonymen Anruf bekommen. Der Anrufer nannte uns Ihr Fahrzeugkennzeichen und die Straußwirtschaft, in der Sie sich aufhielten. Der Anrufer behauptete, er hätte Sie – nicht Ihre Frau! – torkelnd angetroffen.«

»Sie haben nur Ihre Pflicht getan.«

Maria setzte sich wütend ans Steuer und fuhr los.

»Ich möchte mal wissen, wer das war. Meinst du der Gasch?«

»Dann ist er entweder meschugge ...«

»... oder er will dir beweisen, dass er der Chef ist im Ring!«

Es war, als schlüge eine Bombe ein, gefolgt von einer Reihe kleinerer Schläge, die den nächsten schweren Donnerschlag ankündigten. Jetzt wird aber scharf geschossen, dachte er, während Maria schon tief und fest schlief. Wütende Windstöße schlugen das Gartentor gegen den Rahmen.

Er stand auf, ging in die Küche und schenkte sich ein Glas Wasser ein. Es war kurz vor zwei, und es goss jetzt wie aus Eimern.

Er öffnete die obere Schublade des Schränkchens, in der früher für Notfälle immer ein Päckchen Zigaretten deponiert war. Nicht einmal eine Krume Tabak legte mehr Zeugnis ab von seinem alten Laster. Maria hatte klar Schiff gemacht. Nur der Tabakduft hatte sich gehalten. Er nahm eine Nase voll und dachte: Wenn mir einer garantieren könnte, dass ich mit einem halben Päckchen am Tag auskäme, meilenweit würde ich jetzt laufen für eine einzige Zigarette.

Maria war unbemerkt hereingekommen. »Was ist mit dir?« Sie fuhr ihm mit der Hand übers Haar. »Kannst nicht schlafen?« Sie nahm sein Glas und trank einen Schluck.

»Das ist mein schwerster Fall, das darfst du mir glauben.«

»Das sagst du jedes Mal«, tröstete sie ihn.

Er schwieg lange, bevor er bedächtig ansetzte: »Mag sein, aber ...«

»... ich werde ihn kriegen, diesen Bastard. Das wolltest du doch sagen, oder?«

Pierre musste lachen.

»Aber nicht jetzt! Jetzt wird geschlafen! Komm ins Bett!«

Maria schlief sofort wieder ein, während er hellwach dalag und die Donnerschläge zählte. Fünf waren es, dann folgte ein entferntes Grollen, und dann war Ruhe. Er räkelte sich und atmete tief durch, um die lästigen Gedanken zu vertreiben.

Der Regen hatte nachgelassen und fiel jetzt sanft und kaum hörbar auf das Vordach. Das Gartentor gab keinen Mucks von sich. Er schlief ein.

Plötzlich schreckte er hoch.

Noch während er überlegte, ob es ein Gewitter war, erkannte er, dass jemand an die Haustür bollerte.

Poschmann stand vor der Tür. »Tut mir leid, Chef, aber Sie sind nicht ans Handy gegangen. Ich hab einen Anruf von Breuer bekommen. Jemand hat in sein Schlafzimmer geschossen.«

»Fahren Sie hin! Ich komme nach.«

Burgstaller ging zurück ins Schlafzimmer und zog sich im Dunkeln an. Als er im Begriff war, das Zimmer zu verlassen, wurde Maria wach.

»Pierre?«

»Schlaf weiter, ich bin bald zurück. Es hat einer in Breuers Schlafzimmer geschossen.«

»Jesses, Maria! Steck deine Waffe ein! Hörst du?«

Schon von weitem sah er die Lichter im Bistro und im ersten Stock brennen. Poschmann stand mit Breuer und der Witwe vor der Eingangstür.

»Bitte, Herr Kommissar!« Breuer, der über dem Schlafanzug einen Kimono trug, ging voraus.

Bevor der Kommissar ihm folgte, wies er Poschmann an, zurückzufahren.

In Breuers Schlafzimmer lagen ein paar Glasscherben auf dem Boden, das Projektil steckte in der Zimmerdecke. Ansonsten hatte das Geschoß nichts angerichtet.

»Sie waren zu dem Zeitpunkt im Bett?«

»Ja, ich schlief.«

Der Kommissar nahm sein blaues Büchlein zur Hand, setzte sich an den kleinen Tisch, der neben der Tür stand und machte sich Notizen.

»Das war um wie viel Uhr?«

»Drei Uhr siebenundzwanzig.«

»Siebenundzwanzig«, wiederholte Burgstaller und dachte: Korinthenkacker, während er sich der Witwe zuwandte: »Haben Sie das mitbekommen?«

»Ich habe einen Knall gehört, dachte mir aber nichts dabei, bis Tore gegen meine Tür klopfte und …«

»Ist Ihnen heute Nacht irgendetwas aufgefallen? Eine Person vorm Haus, oder dass ein Fahrzeug zu hören war?«

Sie überlegten beide, sahen sich an und schüttelten den Kopf.

»Nein, nichts«, erwiderte Breuer.

Da es zum Zeitpunkt des Schusses nicht mehr regnete, wie er von Breuer erfuhr, entschied er sich, sofort die Spurensicherung zu rufen, damit mögliche Spuren nicht beim nächsten Regen verloren gingen.

Die Witwe strich Breuer, der kreidebleich und noch immer sehr aufgeregt war, über den Rücken. »Ist ja nichts passiert, Tore«, beruhigte sie ihn, wie man ein Kind beruhigt, das sich erschrocken hat.

Burgstaller nutzte die Gelegenheit, sich umzuschauen. Die rechte schmale Wandseite war bis an die Decke ausgefüllt von einem Regal voller Bücher und Fotobände. Auf zwei Sideboards verteilte sich allerlei Krimskrams – farbige Kugeln, eine goldfarbene geöffnete Hand, ein Waschbrettbauch als Torso und eine in schwarz-rot-gold gestrickte Tasse mit Unterteller. Besonders imposant fand er die drei Buddhafiguren, die wie ein Triptychon auf dem rechten Sideboard arrangiert waren. Über dem Bett hing ein großformatiges, schwarz gerahmtes Foto eines sitzenden, nackten Jünglings, der das linke Bein so geschickt winkelte, dass nicht sein Kopf mit dem Blumenkranz der Blickfang war, sondern sein stattliches Gemächt.

Breuer war die Situation sichtlich peinlich.

»Ein Foto von Wilhelm …«

»… von Gloeden«, ergänzte der Kommissar.

»Oh«, staunte Breuer, »Sie kennen sich aus?«

Von Maria wusste er, dass der homophile Adlige gegen Ende des neunzehnten Jahrhunderts Hunderte solcher Bilder mit sizilianischen Buben inszeniert hatte.

»Ich glaube, Ihre Kollegen sind da«, bemerkte die Witwe und verließ das Zimmer, um die Tür zu öffnen.

Die beiden Spurensicherer quetschten ein muffiges 'n Abend durch die Zähne und sahen Burgstaller abwartend an.

Die Jungs sind ja gut drauf, dachte der Kommissar, wahrscheinlich haben sie sich die Nacht anders vorgestellt; ich aber auch. Er schilderte ihnen die Sachlage und verabschiedete sich.

»Ich lass' Euch jetzt im Stich, Kollegen.«

Ihr stummes, nur angedeutetes Nicken sagte ihm, dass sein lockerer Spruch nicht sonderlich gut angekommen war.

vierzehn

Am Kaffeetisch musste er zunächst einmal ordnen, was letzte Nacht alles passiert war.

Das Summen des Handys riss ihn aus seinen Gedanken.

»Chef, ich komme gerade von unserm Freund Gasch. Der Typ macht ganz schön einen auf cool. Auf meine Frage, ob er einen Drohanruf bekommen hat, meinte er: Gott sei Dank nicht.«

»Der soll mal den lieben Gott aus dem Spiel lassen«, brummte Burgstaller. »In ner dreiviertel Stunde bin ich im Büro.«

Maria goss ihm die zweite Tasse Kaffee ein.

»Erzähl!«

Er berichtete ihr, was sich bei Breuer zugetragen hatte.

»Kannst du dich noch an den Mordfall Marek erinnern?«

»Der den Lehrer vom Motorrad geschossen hat?«

»Ja. Vor kurzem hab ich den Gefängnispsychologen getroffen, der den Marek betreut. Der meinte, dem sei es irgendwann nur noch darum gegangen, uns zu zeigen, dass wir ihm nicht gewachsen sind, obwohl er, und das ist das Paradoxe, im tiefsten Inneren wusste, dass wir ihn eines Tages doch zur Strecke bringen, er hat es geradezu erhofft.«

»Das versteh mal einer!«

»Der Psychologe hat mir das ganz plausibel erklärt: Der wäre mit seiner Schuld nicht fertig geworden. Aber gestehen wollte oder konnte er auch nicht. Ob allerdings der Gasch so tickt?«

Er steckte sein Handy ein und machte sich auf den Weg nach Daixheim.

Nachdem er die Kollegen über die vergangene Nacht informiert hatte, meinte Dressler: »Wir müssen den Druck erhöhen. Eine andere Chance sehe ich nicht!«

Burgstaller rollte die Augen. »Mein Gott, ja! Aber wie?«

»Soll ich gleich gehen?«, schmunzelte der Praktikant.

Steffens Witzchen ignorierend, wandte er sich an Dressler: »Geh du mal nachher zu Gasch. Frag ihn, ob ihm etwas zu Ohren gekommen ist und ob er sich vorstellen kann, wer das war. Mach dir'n Bild von ihm. Kannst dann nach Hause fahren. Ich ruf dich gegebenenfalls an. Und wir beide, Steffen, wir vertreten uns die Füße.«

In Gedanken versunken liefen sie die Dorfstraße hinunter und nach dem letzten Bauernhof rechts in die Wingert hinein.

Leider hatte er das Temperament seines Vaters geerbt, der geradezu unleidlich wurde, wenn die Dinge anders liefen, als sie es sollten. Nicht, dass er beanspruchte, der Lauf der Welt hätte sich gefälligst nach seinen Vorstellungen zu richten, aber, na ja, ein bisschen vielleicht doch. Auch wenn er sich schon als ganz junger Mann vorgenommen hatte, dieses Erbe auszuschlagen, sich eher an seiner ausgeglichenen Mutter zu orientieren, blieb er doch seines Vaters Sohn. Manchmal war ihm, als verschaffte sich dessen Mentalität mit den Jahren immer mehr Raum, statt der Gelassenheit des zunehmenden Alters zu weichen.

»Wo nehmen Sie eigentlich die Gewissheit her, Chef, dass der Gasch diese Manöver inszeniert hat? Es könnte doch einer sein, der uns zum Narren halten will?«

Burgstaller ging wortlos weiter. Dann blieb er plötzlich stehen und sah den Praktikanten an.

»Sie fragen mich, woher ich die Gewissheit nehme? Ich bin mir, ehrlich gesagt, überhaupt nicht sicher, ob das auf Gaschs Konto geht.«

Der Praktikant sah seinen Mentor überrascht an.

»Den Fall gesetzt, dass uns einer zum Narren halten will ... was ändert das? Das ändert doch nichts an unserer begründeten Annahme, dass Gasch der Täter ist, oder?«

Was sollte der Praktikant dagegen sagen?! Er nickte stumm und blickte den Kommissar erwartungsvoll an.

»Meine dritte Hypothese ...«

»Sie haben noch eine dritte?«

»Setzen wir uns.« Burgstaller deutete auf die Treppe, die zwischen zwei Trockenmauern auf die obere Terrasse des Weinbergs führte. Er blieb davor stehen und sah dem Treiben der Eidechsen zu, die in der Morgensonne über die Steine huschten, in den Ritzen verschwanden und wieder auftauchten. »Wussten Sie, dass die Eidechse, wenn sie von einem Angreifer bedroht wird, ihren Schwanz abwerfen kann?« Er verfolgte mit den Augen zwei Eidechsen, die in entgegengesetzter Richtung davonliefen. »Das Raffinierte dabei ist, dass sich der abgeworfene Schwanz unter wildem Ringeln fortbewegt und so von der eigentlichen Beute ablenkt.«

»Aber der wächst nach?«

»Schon. Aber während dieser Zeit büßt das Tier an Beweglichkeit ein, ist also anfälliger für Angreifer«, fuhr er fort. »Alles hat eben seinen Preis.«

»Sie haben noch eine dritte Hypothese?«, erinnerte er ihn.

Burgstaller wischte mit der Hand ein paar Steinchen von der Treppe und setzte sich.

»Könnten Sie sich vorstellen, dass uns jemand ganz gezielt unterstützen will?«

»Und wer?«

»Das weiß ich auch nicht. Aber wenn, dann ist es jemand, der Interesse daran hat, dass der Täter gefasst wird. Und warum? Weil unser Unbekannter möglicherweise dasselbe Interesse hat wie der Mörder.«

»Aber der agiert doch nicht einfach ins Blaue hinein?«

»Bestimmt nicht. Vielleicht kennt er ja den Mörder. Was ich aber eher glaube, ist, dass er nur eine Vermutung hat.«

Burgstaller stand auf, und beide traten den Rückweg nach Daixheim an. Nach einer Weile sprach er gedankenverloren: »Wenn sich das Meer zurückzieht, sieht man, wer keine Hose anhat.«

Der Praktikant versuchte den Sinn zu ergründen, aber der Satz des Kommissars blieb kryptisch.

»Chef, Sie haben doch zuletzt gemeint, dass der Täter ein Profi sein könnte, der den Eindruck erwecken will, er sei ein Amateur. Das geht mir die ganze Zeit durch den Kopf, aber ich kann mir keinen Reim darauf machen.«

Burgstaller blieb stehen und sah den Praktikanten nachdenklich an.

»Wenn in einem Film eine Dorfkapelle auftritt, werden Sie immer erkennen, wenn Sie genau hinhören, dass es in Wirklichkeit professionelle Musiker sind, die sich bemühen, wie Hobbymusiker zu klingen. Achten Sie mal darauf! Schon die saubere Tongebung verrät, dass ein Dorfmusiker, der einmal in der Woche sein Instrument in die Hand nimmt, das niemals könnte. Was will ich damit sagen?« Burgstaller setzte sich wieder in Bewegung. »Ich will damit sagen, dass es einem Berufsmusiker nicht gelingt, wie ein Dorfmusiker zu klingen, und wenn er sich noch so viel Mühe gibt.«

»Sie meinen, es passt nicht zusammen, die Präzision der ersten beiden Schüsse und ...«

»Das meine ich«, erwiderte Burgstaller.

»Aber«, der Praktikant lief stumm neben seinem Mentor her, bevor er fortfuhr, »weshalb tut er das?«

»Jetzt denken Sie mal nach! Es könnte doch sein, dass er von seinem Motiv ablenken wollte?«

»Sie meinen, er wollte den Eindruck erwecken, Hass sei das Mordmotiv?«

»Sie sind ein scharfsinniger Kopf, Steffen.«

Der Praktikant sah seinen Mentor verunsichert an. »Meinen Sie das jetzt ernst, Chef?«

Burgstaller nickte gedankenverloren. »Ich habe Hunger.«

Er glaubte sich zu erinnern, dass Wagners Straußwirtschaft seit ein paar Tagen wieder geöffnet war.

Richtig!

Der alte Wagner, ein Mann, so breit wie lang, strahlte übers ganze Gesicht, als er Burgstaller kommen sah.

»Das ist aber eine Ehre, Herr Kommissar!«

»Schön, dass Sie wieder geöffnet haben, Herr Wagner.«

»Ach, der Herr Kommissar!« Aus der Küche kam seine Frau gerannt und wischte sich die Hände an ihrer Schürze trocken, bevor sie ihm die rechte zum Gruß entgegenstreckte. »Das freut uns aber, dass Sie uns die Ehre geben.«

Burgstaller reichte es jetzt mit der vielen Ehre, denn der Gastraum war gut zur Hälfte voll, und alle Blicke richteten sich auf ihn, und einen rechtschaffenen Hunger hatte er auch, der in seinem Bauch zu grummeln begann und ein Knurren produzierte, das er durch synchrones Räuspern zu überdecken versuchte.

»Wo können wir denn«, er sprach den Satz nicht zu Ende, er lächelte ihn zu Ende, in der Hoffnung, dass die Wagners ihm jetzt ohne weiteres Aufheben einen Tisch zuwiesen.

»Sie haben doch gern den Zweiertisch, Herr Kommissar?«

»Dass Sie das noch wissen, Frau Wagner?«

Wagner legte jedem ein Blatt Papier hin, auf dem das sehr überschaubare Speiseangebot aufgeführt war.

»Was darf's denn sein, die Herren?«

»Zuerst mal was zu trinken.«

Sie bestellten eine kleine Weinschorle und eine Apfelsaftschorle.

Flink eilte der Winzer zum Tresen, dem Herrschaftsbereich seiner Tochter, die sich, im Gegensatz zu ihren Eltern, einer gertenschlanken Figur erfreuen durfte. Die Art, wie sie das halblange, blonde Haar mit einer knappen, markanten Bewegung aus dem Gesicht schnickte, wirkte aufreizend, verführerisch. Es kann kein Zufall sein, erkannte der Kommissar, dass die Männer alle so sitzen, dass sie ohne Verrenkungen den Tresen im Visier haben.

Gerade als seine Gedanken begannen ausschweifend zu werden, fragte der Praktikant: »Was halten Sie eigentlich vom Lügendetektor, Chef?«

»Lügendetektor?« Eben wurde ihm bewusst, dass auch er sich, ohne sich was dabei gedacht zu haben, in Blickrichtung Tresen gesetzt hatte. »Problematisch! Der Begriff suggeriert, das Gerät würde bei einer Lüge ausschlagen. Ist aber Unsinn, denn das Gerät misst keine Lügen, sondern nichts anderes als physiologische Reaktionen auf Fragen, die man einem Verdächtigen stellt. Dabei geht man von der Annahme aus, dass sich bei einem, der lügt, Blutdruck, Puls und Atmung ändern. Nun frage ich Sie aber: Was ist bei einem, der seine Tat total verdrängt hat, der also felsenfest davon überzeugt ist, dass er die Tat gar nicht begangen hat? Der wird höchstwahrscheinlich keine auffälligen Reaktionen zeigen. Das bedeutet, er verlässt als Unschuldiger den Testplatz. Nicht anders ist es bei einem notorischen Lügner. Aber noch schlimmer: Was ist mit einem Unschuldigen, der die Reaktionen eines Lügners zeigt?«

»Wie das?«, wollte der Praktikant wissen.

»Stellen Sie sich vor, Ihr Freund ist umgebracht worden, und Sie, Sie werden verdächtigt, der Täter zu sein. Es würde mich nicht wundern, wenn Ihr Puls schneller ginge und Ihnen der Schweiß ausbricht, oder?«

»Daran habe ich jetzt nicht gedacht.«

»Ich habe natürlich verstanden«, fuhr Burgstaller lächelnd fort, »was Sie mit Ihrer Frage bezwecken wollten. Meine Antwort, weshalb ich Gasch nicht einem Lügendetektor unterziehen würde, kennen Sie jetzt.«

»So, meine Herren, guten Appetit.«

Wagner stellte ihnen das Elwedritsch Gemüs', das sie beide bestellt hatten, auf den Tisch; verschiedene saisonale Gemüse und geschnetzeltes Rindfleisch in einer kräftigen Brühe gegart, die Spezialität der Chefin.

Das Ehepaar am Nebentisch, das gerade gekommen war und die Karte studierte, schaute auf Burgstallers Teller. »Sieht sehr appetitlich aus«, sagte er zu seiner Frau.

»Frag doch mal«, gab sie leise zurück.

»Entschuldigung! Darf ich Sie fragen, was das für ein Gericht ist?«

»Elwedritsch Gemüs'«, antwortete Burgstaller, nachdem er den ersten Bissen geschluckt hatte.

»Elwedritsch?«, schaltete sich seine Frau ein. »Ist das ein Dialektausdruck?«

»Ich kann es Ihnen auch in der wissenschaftlichen Fachsprache sagen«, klärte Burgstaller sie auf. »Bestia palatinensis.«

Wagner, der im Begriff war, den freigewordenen Nebentisch abzuräumen, hatte das Gespräch mitbekommen.

»Darf ich Ihnen das erklären?«, fragte er in einem zuvorkommenden Ton. »Nur, wenn es sie interessiert?«

»Natürlich interessiert uns das«, erwiderten beide wie aus einem Mund.

Wagner zog sich einen Stuhl bei.

»Wie Elwedritsche aussehen, das gucken Sie sich am Besten in Neustadt an. Da gibt's einen Elwedritsche-Brunnen. Also ...!« Er setzte eine sehr wichtige Miene auf und begann: »Elwedritsche, die gibt's hier bei uns in der Pfalz, und sonst nirgendwo. Das sind furchtbar scheue Viecher, die Sie nur in dunklen Neumondnächten fangen können. Was Sie dazu brauchen, ist'n Kartoffelsack und ne Öllampe. Und, wenn möglich, drei, vier Treiber, die laut dritsch! dritsch! kreischen und mit Knüppeln gegen Wingertspfähle schlagen, das scheucht nämlich die Elwedritsche auf. Was ich vergessen habe: Der Sack muss vorne und hinten offen sein, damit Sie an beiden Enden einen Ast reinklemmen können; so entsteht eine Art Schlauch. Wenn Sie das gemacht haben, stellen Sie an die hintere Öffnung Ihre Öllampe. Warum? Ei, weil die Elwedritsch vom Licht angelockt wird und jetzt von der anderen Seite in den Sack reinmarschiert.« Wagner war atemlos geworden. Er holte tief Luft und setzte zum Finale an: »Genau in dem Augenblick, wenn die Elwedritsch drin ist, macht der Jäger ... schwuppdiwupp! ... de Sack zu!«

»Und das hier ist Elwedritschefleisch?«, schaltete sich der Praktikant mit einem leicht angewiderten Gesichtsausdruck ein.

»Aber nein«, lachte Wagner, und der Kommissar schloss sich seinem Lachen an, »das ist Rindfleisch. Wir nennen das nur aus Reklamegründen Elwedritsch Gemüs'.«

»So ähnlich wie Kanzlersteak«, ergänzte der Kommissar.

»Also machen Sie sich nur keine Sorge«, beruhigte ihn der Winzer. »Erstens einmal ist die Fangquote von Elwedritsche stark begrenzt worden, und der Verzehr von Elwedritsche ist sowieso verboten.«

»Brüssel!«, warf der Kommissar ein und dachte: Bei dem Wagner hätte der Lügendetektor nicht die geringste Chance.

Dem Praktikanten schmeckte es jetzt wieder richtig gut, und das nette Ehepaar bestellte »zweimal Schweinekotelett, Bratkartoffeln und Wirsinggemüse«.

Nach dem Essen fuhr Burgstaller zu Schönhoff. Um seinem Besuch einen informellen Anstrich zu geben, verzichtete er darauf, den Praktikanten mitzunehmen.

»Sie?«

»Augenblick Zeit?«

»Natürlich.«

Nichts hatte sich verändert, seit er das letzte Mal hier war. Die Stühle waren noch immer oder schon wieder vollgeladen mit Zeitungen, Klamotten und sonstigen Wäschestücken, auf dem Tisch stand eine benutzte Kaffeetasse und eine Warmhaltekanne.

Mit ein paar flinken Handgriffen räumte er für den Kommissar einen Stuhl frei und sah ihn erwartungsvoll an.

»Mir ist da leider noch etwas unklar geblieben, Herr Schönhoff. Sie haben gesagt, dass Sie das Verhältnis mit Frau Oster nach der Haftentlassung ihres Mannes aufgegeben haben.« Er machte eine kleine Pause. »Sie oder Frau Oster?«

Spürte der Kommissar anfänglich eine gewisse Unsicherheit in Schönhoffs Verhalten, so glaubte er, jetzt eine gewisse Erleichterung zu erkennen, als hätte er eine Frage erwartet, die er glücklicherweise nicht gestellt bekam.

»Ich.«

»Und der Grund war die Angst, Heribert Oster könnte ...?«

»Sie dürfen mir das glauben, Herr Kommissar.«

»Ich möchte Ihnen ja glauben. Andererseits, als Mann riskiert man doch einiges, wenn es um eine Frau geht. Und Oster war ja nicht gerade einer, der seine Probleme mit Gewalt löste. Ist es vielleicht so gewesen, dass Ihre Liebe zu Frau Oster etwas«, nachdenklich wiegte er den Kopf einmal hin und einmal her, »abgekühlt war?«

In Schönhoffs Gesicht zeichnete sich ein Entscheidungskonflikt ab. Er brauchte eine ganze Weile, bis er zögerlich antwortete: »Mit meinem Verhältnis zu Eva hatte das nichts zu tun.«

»Ich darf also daraus schließen, dass die emotionale Bindung durch die Beendigung nicht aufgegeben wurde?«

Das war wieder mal so eine Formulierung, für die er sich als Alphabet hätte schämen müssen, wenn er nicht die Absicht damit verbunden hätte, Schönhoff dazu zu bewegen, die Schwammigkeit seiner Äußerung zu präzisieren.

Schönhoff fühlte sich unwohl, das sah er ihm an. Er musste ihm noch einen Schubs geben: »Herr Schönhoff, lassen Sie uns offen miteinander reden. Glauben Sie mir, alles andere führt nur zu einer sinnlosen Zeitverzögerung, was Ihre Lage nicht verbessert.«

»Sie glauben doch nicht etwa, dass ich den Oster umgebracht habe?«

»Ach, wissen Sie«, Burgstallers Stimme bekam einen müden, gelangweilten Klang, »mein Kerngeschäft ist Mord und Totschlag, und das betreibe ich seit fast dreißig Jahren. Eines habe ich in der langen Zeit gelernt: Es gibt nichts, was es nicht gibt.« Seine Stimme legte jetzt an Schärfe zu: »Bei allem Verständnis für das, was Ihnen und Ihrer Familie angetan wurde ... hier ist ein Mensch eiskalt und gnadenlos hingerichtet worden!« Nach einem kurzen Augenblick des Schweigens fuhr er fort, von einem Lächeln begleitet, in dem sich unverkennbar eine Drohung versteckte: »Da darf man als Ermittler nicht zimperlich sein. Und glauben Sie mir: Ich bin nicht zimperlich!« Er rieb sich mit der Linken das Kinn, als überprüfte er seine Rasur und blickte dabei über Schönhoff hinweg ins Leere. Nein, zimperlich war er nicht, durfte er auch nicht sein. »Es geht schließlich nicht um Schwarzfahren im Zug.« Er sah Schönhoff an und erkannte, dass er jetzt verstanden wurde.

»Ich habe Eva geliebt.«

»Und Sie lieben sie noch immer?«

Schönhoff nickte stumm.

Burgstaller zeigte keine Regung. Geschäftsmäßig wie ein Beamter, der die Daten zur Ausstellung eines Reisepasses abfragt, fuhr er fort: »Sie haben Eva Oster wann kennengelernt?«

»Vor fünf Jahren.«

»Bevor Oster angeklagt wurde?«

»Ja.«

»Wo?«

»In Bad Dürkheim bei der Pfälzer Wein- und Sektmesse.«

»Ihre Liaison ging wie lange?«

»Bis Oster aus dem Knast kam. Danach haben wir uns nur noch wenige Male getroffen.«

»Wo?«

»Meistens bei mir, und auch mal bei ihr, wenn er am Wochenende in Frankfurt war.«

Die lässt ja nichts anbrennen, dachte der Kommissar.

»Sie wissen, wer Evas derzeitiger Liebhaber ist?«

»Hat sie einen?«

»Sie haben doch eine Vermutung?«

Schönhoff blickte verstockt vor sich hin.

»Sie bleiben also dabei, nicht zu wissen, wer Ihr Nachfolger ist?«

Sehr überzeugend klang sein »Ja« nicht.

»Und Sie bleiben dabei, dass Sie nicht einmal eine Vermutung haben, wer es sein könnte?«, fügte er beiläufig an. Er beobachtete Schönhoff aus den Augenwinkeln, aber so unverhohlen, dass Schönhoff erkennen musste: Der glaubt mir kein Wort.

Schönhoff räusperte sich und sprach mit belegter Stimme: »Ich habe mal nachts ganz zufällig im Vorbeifahren

Gaschs Auto in der Nähe von ihrem Haus gesehen, aber ansonsten ...«

»In stockfinsterer Nacht, als Sie so ganz zufällig vorbeifuhren?«

»Es hat mich natürlich interessiert ...«

»Sie waren eifersüchtig?«

»Ja. Ich wollte wissen ...«

»Ich stelle fest, dass Sie entgegen Ihrer zuvor gemachten Aussage eine begründete Vermutung haben. Ist das richtig?«

Zerknirscht gab Schönhoff ein leises »Ja« von sich.

Der Kommissar fuhr ins Büro, um die Ereignisse der letzten Nacht und sein Gespräch mit Schönhoff als Vermerk zu notieren.

Während die meisten Mordfälle nach einer Woche aufgeklärt sind, murkste er schon fast zwei Wochen an diesem verdammten Fall herum, und ein Ende war nicht abzusehen. Bevor er sich noch ein paar Strophen seines Klagelieds vorsingen konnte, summte sein Handy.

Dressler berichtete ihm von seinem Besuch bei Gasch. Er habe das Gefühl, dass Gasch eher einen auf cool machte, als dass er cool sei.

»Bist du noch da, Pierre?«

»Ja, natürlich«, erwiderte Burgstaller, der ohne Kommentar Dresslers Ausführungen zur Kenntnis genommen hatte. »Ich habe nur nachgedacht«, erwiderte er abwesend. »Wir sehen uns morgen.«

Sich in die Psyche des Täters hineinzuversetzen, das sei die Kunst des erfolgreichen Kriminalisten, heißt es. Aber versetz' dich mal in einen, der sich hinter einen Menschen stellt und ihn mit gezielten Schüssen hinrichtet; hinter einen Menschen, der seinem Mörder arglos gefolgt ist. Arglos gefolgt! Die Frage, was der Täter ihm gesagt haben könnte, weshalb er sich spätnachts hier im freien Feld herumtreibt, ging ihm nicht aus dem Kopf. Wüsste er die Antwort, dann, dessen war er sich sicher, wäre die Lösung greifbar nahe. Aber nichts fiel ihm dazu ein, absolut nichts!

fünfzehn

Kurz vor zwei ließ er den Praktikanten die Witwe anrufen, sie möge umgehend zur Vernehmung erscheinen.

»Das kommt mir heute sehr ungelegen, Herr Kommissar«, sprach sie, als sie ins Büro kam.

Ohne darauf einzugehen, wies Burgstaller sie in einem teilnahmslos sachlichen Ton auf ihre Rechte und Pflichten hin.

»Nun, Frau Oster, Sie haben uns gesagt, dass Sie weder zu der Zeit, als Ihr Ehemann in Haft war, noch danach einen Liebhaber hatten.« Als hätte er ihr zustimmendes Nicken nicht zur Kenntnis genommen, fuhr er fort: »Angenommen, wir weisen Ihnen nach, dass Ihre Feststellung unwahr ist, so müssten wir logischerweise davon ausgehen, dass Sie uns die Wahrheit vorenthalten haben, um sich nicht zu belasten. Was natürlich Ihr gutes Recht ist. Ich darf also feststellen«, er warf dem Praktikanten einen langen Blick zu, als wollte er ihn ermahnen, seine nächsten Sätze fingerdick zu unterstreichen, »dass Sie leugnen, mit Gisbert Schönhoff während und auch schon vor der Haft Ihres Mannes ein Verhältnis gehabt zu haben.«

Keine Silbe, nicht einmal ein Räuspern kam über ihre Lippen.

Sie hat keine andere Chance, dessen war sich der Kommissar sicher, als ihre Strategie zu revidieren, und dazu brauchte sie Zeit, und die wollte er ihr nicht gönnen.

»Wollen Sie etwa den möglichen Täter schützen?« Das zynische Lächeln, das er jetzt aufsetzte, kündigte eine neue Stufe an. »Oder wollen Sie sich schützen?«

Sie schaute ihn an, als sei der Film, der eben noch auf der Leinwand gelaufen war, ganz plötzlich gerissen.

Burgstaller spürte, dass er jetzt nur noch abwarten musste. Und er wartete ab.

Es schien wie nach einer Ewigkeit, als sie plötzlich nickte und tonlos sprach: »Es trifft zu, was Sie sagen.«

Der Kommissar gab sich nicht der Illusion hin, dass sie soweit war, sich mit ihm an der Lösung des Falls zu beteiligen. Ein Teilerfolg aber war es.

»Und es trifft zu, dass Ihr derzeitiger Liebhaber Roger Gasch ist?«

»Nein.«

»Wir brechen hier ab. Ich erwarte Sie morgen um zwölf Uhr zu einer weiteren Vernehmung.« Schmoren soll sie, bis morgen um zwölf.

Sie las das Protokoll und unterzeichnete es. Dann folgte sie wortlos dem Praktikanten, der sie hinausführte.

Kurz danach betrat Dressler den Raum, gefolgt von einem hochgewachsenen Mann in den Dreißigern. Dem Glanz nach war sein dichtes, blondes Haar, das er straff zurückgekämmt trug, durch massiven Einsatz von Gel gebändigt. Seine ausgewaschene Jeans klebte wie eine zweite Haut an ihm, während sein rostfarbenes Hemd gut eine

Nummer hätte kleiner sein dürfen. Dass der's Geriss bei Frauen hat, dachte Burgstaller, muss einen nicht wundern.

Mit einer knappen Handbewegung wies er auf den Stuhl, auf dem eben noch die Witwe saß.

Dressler nahm an Steffens Stelle Platz.

Genussvoll schlürfte Burgstaller eine Tasse Kaffee, bevor er sich in aller Ruhe dem Aktenordner, der vor ihm lag, hingab. Er blätterte und blätterte, hielt ab und an inne und las, um dann wieder sein Blättern fortzusetzen. Eine geradezu aufreizende Gelassenheit ging von ihm aus. Auch Dressler, der sich ganz auf seinen Rechner konzentrierte, verbreitete eine Ruhe, als ginge es um nichts anderes, als die Stunden bis zum Feierabend abzureißen.

Nach einer endlos langen Zeit presste der Kommissar ein »So!« heraus und klappte den Ordner zu.

»Herr Gasch, Sie wissen, weshalb Sie hier sind?«

Mit dem Ausdruck tiefster Ratlosigkeit zuckte er mit den Schultern. »Das frage ich mich.«

»Machen wir's kurz: Wir verdächtigen Sie, Heribert Oster ermordet zu haben.« Er winkte mit der Linken eine mögliche Entgegnung Gaschs ab. »Wir erwarten natürlich kein Geständnis von Ihnen, aber wir werden alles tun, diesen Nachweis zu erbringen. Andererseits, es würde uns viel Mühe und Zeit ersparen, wenn Sie die Tat zugäben. Im Übrigen«, er öffnete die Hände mit einer Bewegung, die etwas Imaginäres zu entfalten schien, »würde sich ein Geständnis ganz gewiss strafmildernd auswirken.« Er schwieg einen Augenblick, bevor er lächelnd fortfuhr: »Ich befürchte aber, dass ich Sie nicht überzeugen kann, oder?«

»Ich weiß nicht, wie Sie zu dieser Verdächtigung kommen. Aber vielleicht klären Sie mich auf?«

Der Kommissar widmete sich wieder seinem Aktenordner, er blätterte und blätterte, dann las er, und dann blätterte er wieder. Ohne aufzusehen sprach er unvermittelt: »Sie sind der Liebhaber von Frau Oster?«

»Ich?«

»Wo waren Sie in der Nacht, als Oster ermordet wurde?«

»Ich war zu Hause. Aber wenn Sie mich fragen, ob ich einen Zeugen habe ...«

»Wenn ich Sie zu fragen beabsichtige, tue ich das ohne Ihre Aufforderung. Haben Sie einen Zeugen?«

»Leider nein.«

»Sie sind doch der Gitarrenlehrer des jungen Riethmüller?«

»Ja.«

»Wir brechen hier ab. Morgen früh um acht Uhr erwarte ich Sie zur nächsten Vernehmung.« Auch du sollst schmoren, dachte der Kommissar, stand auf und verließ den Raum. Kurz bevor er die Tür hinter sich schloss, wandte er sich noch einmal um. »Sie haben also kein Verhältnis mit Frau Oster?« Der Kommissar liebte diese Columbo-Nummer, nicht zuletzt deshalb, weil sie sich schon so manches Mal als recht wirkungsvoll erwiesen hat.

»Ich?«

Burgstaller lächelte ihn freundlich an: »Nein, Sie!«, und schloss die Tür.

Er war gerade dabei, das weitere Vorgehen mit Dressler und dem Praktikanten zu besprechen, als Maria anrief. Zu den Kollegen gewandt sagte er: »Maria lädt Euch zum Essen ein.«

Dressler grinste den Praktikanten an.

»Sind wir doch dabei, Steffen? Oder nicht?«

»In ner Stunde im Château. Ich mach schon mal nen Satz.«

Merkwürdig, immer wenn die Dinge klar auf der Hand lagen, zumindest, wenn es danach aussah, begannen sich Zweifel in ihm zu rühren, keine begründeten, eher ein vages Gefühl, das ihm sagte, dass er vielleicht das eine oder andere nicht hinreichend bedacht haben könnte. Nicht, dass er unsicher war, ob das Markstück ein Kuckucksei war, nicht im Geringsten zweifelte er daran, zu viele Indizien sprachen dafür. Trotzdem!

»Leg' dich mal ne halbe Stunde aufs Ohr.« Maria sah ihm an, dass er ziemlich abgespannt war.

Er nahm die RHEINPFALZ und fläzte sich in den Sessel, während Maria in der Küche rumorte. Schon nach ein paar Zeilen hatte er sich in den Schlaf gelesen.

Vielleicht sollte man es doch wie die Chinesen halten und sich täglich einen kurzen Mittagsschlaf verordnen, dachte er, als er erwachte. Obwohl er nur für ein paar Minuten weggetreten war, fühlte er sich erholt.

Dressler und der Praktikant kamen mit einem langgezogenen »Mmmh« ins Wohnzimmer, wo Maria den Tisch gedeckt hatte, während er schlief.

Sogar umgezogen hat sie sich. Richtig sexy sieht sie aus in dem geblümten Rock und der blauen Bluse. Er musste an die letzte Weihnachtsfeier denken, als sie beim Präsidenten stand, der vor ihr herumgockelte, während sich Burgstaller mit dem neuen Kollegen unterhielt, der sie die ganze Zeit über im Visier hatte. »Sag mal, Pierre, wer ist denn die scharfe Tusse da?«, hatte der Kollege ihn gefragt. »Das ist meine Frau, du Arsch!«, hatte er geantwortet. Der Kollege war schamrot angelaufen wie ein Schuljunge. »Entschuldigung, tut mir Leid, ich konnte ja nicht wissen …«, hatte er gestottert. »Jetzt weißt du's!« Dabei war er ihm überhaupt nicht böse gewesen, er tat nur so. War ja schließlich ein Kompliment.

Als Vorspeise gab es grünen Salat und danach Keschderagout, eines von Pierres Leibgerichten.

»Das schmeckt ja sensationell«, staunte der Praktikant.

Dir könnte Maria eine Fertigpizza mit Analogkäse auf den Teller legen, du würdest genauso verwundert aufschreien, dachte Burgstaller. Aber zugegeben, das Ragout war wirklich hervorragend.

Auch Dressler war begeistert.

»Verrätst du mir das Rezept? Oder ist das zu kompliziert?«

»Überhaupt nicht. Kalbfleischwürfel anbraten und feingehackte Zwiebeln und Karotten, Tomatenpüree und ungefähr soviel Kastanien wie Fleisch dazugeben und mitdünsten. Etwas Mehl darüber stäuben und mit einem Piffchen Rotwein ablöschen. Dazu Gemüsebrühe, und mit Salz, Pfeffer und

Paprikapulver abschmecken. Jetzt köcheln lassen bis das Fleisch weich ist. Das war's. Ich schreib's dir gerne auf.«

Hat sie vergessen, ihm die zwei Anchovis zu nennen, die sie zusammen mit den Zwiebeln angeschmort hat? Bestimmt nicht! Sie hat die Anchovis *verschwiegen*, dessen war er sich ganz sicher! Und Noilly Prat? Sie, die nie eine Sauce oder ein Ragout ohne Noilly Prat macht, soll vergessen haben, ihm dieses Wundermittel zu nennen? Natürlich geben die Witzigmänner, wenn sie ein Rezept veröffentlichen, nicht die letzten Geheimnisse preis, oder hat jemals einer gelesen, welche Kartoffelsorte sie für dieses oder jenes Gericht verwenden? Als wenn Kartoffel Kartoffel wäre! Das ist, als wenn auf der Weinkarte *Wein* stünde, und weder Rebsorte noch das Anbaugebiet noch der Jahrgang. Aber ist sie Witzigmann?! Wie aus heiterem Himmel schoss es ihm durch den Kopf: Weshalb hat die Witwe ihre Liebschaft mit Gasch verschwiegen? Weshalb?

»Schmeckt's dir, Pierre?« Maria hatte längst gemerkt, dass er nicht am Tisch saß, sondern irgendwo anders, ganz weit weg.

»Hört man's nicht?«, erwiderte er geistesgegenwärtig.

Nach dem Essen meinte der Praktikant: »Ich muss schon sagen: So gut wie hier in der Pfalz hat's mir noch nirgendwo geschmeckt.«

»In früheren Zeiten war die Völlerei in der Pfalz eine sehr beliebte Todesart«, stellte Burgstaller fest.

»Aber nur in den besseren Kreisen«, warf Dressler ein, dem jeder Sinn für Ironie abging. »In Wirklichkeit trieb der Hunger die Menschen Anfang des 18. Jahrhunderts massenweise nach Nordamerika. Der reinste Aderlass. Man kann die große Zahl an Pfälzer Auswanderern schon daran ermessen, dass über viele Jahrzehnte jeder Auswanderer, der aus dem deutschen Sprachraum kam, ob aus Hamburg oder Wien, Palatine genannt wurde, das englische Wort für Pfälzer.«

»Unvorstellbar, wenn man durch die Pfalz fährt und die fruchtbaren Äcker sieht«, wunderte sich der Praktikant. »Und die Weinberge, natürlich.«

»Apropos Weinberge: Wie schmeckt Euch denn der Rotwein?«, wollte Maria wissen.

Nach einem prüfenden Schluck meinte Dressler: »Sehr gut! Wirklich sehr gut! Franzose, oder?«

»Nicht ganz falsch«, erwiderte sie lachend. »Der ist von unserm Freund Lawall.«

sechzehn

Der Praktikant fuhr seinen Rechner hoch und ging Gasch holen, der draußen wartete.

Kaum, dass Gasch Platz genommen hatte, kam Poschmann mit einer Kanne und drei Tassen auf dem Tablett herein. Ohne auf Poschmann zu reagieren, der den Kaffee einschenkte, öffnete Burgstaller den Ordner, der auf seinem Tisch lag, und begann darin zu blättern. Langsam und bedächtig wendete er Seite nach Seite. Ganz nebenbei, ohne sein Blättern zu unterbrechen, fragte er: »Wie gut kannten Sie Herrn Oster?«

Gasch fuhr sich mit der Hand durchs Haar, was wie eine Verlegenheitsgeste aussah, auch wenn er durchaus nicht unsicher wirkte.

»Wenn ich engagiert wurde, hat Eva das gemacht. Heribert habe ich selten gesehen. Und wenn, dann haben wir ein paar belanglose Worte gewechselt, mehr nicht.«

Burgstaller wies mit einer knappen Handbewegung auf das Tablett. Gasch nickte, nahm eine Tasse und führte sie an den Mund.

»Wissen Sie, wer Ihr Vorgänger bei Frau Oster war?«

»Von welchem Vorgänger reden Sie denn?«

Burgstallers schmallippiges Lächeln verriet, dass er alles andere als amüsiert war. Schon das »denn« passte ihm nicht.

»Sie sind auf dem falschen Dampfer, Herr Kommissar.«

»Dann müssen wir es eben anders probieren!«

Der Kommissar blickte gedankenverloren auf seine Daumen, die sich im Kreis umeinander drehten. Noch immer hörte er den Nachklang von Gaschs letzten Worten »auf dem falschen Dampfer!«, als plötzlich die Tür aufgerissen wurde und Poschmann mehr rief als sprach: »Herr Kommissar!«

Weiter kam er nicht, denn Burgstaller fuhr ihn an: »Wir haben hier eine Vernehmung!«

»Bitte, Herr Kommissar!« Poschmann gab nicht nach.

Burgstaller stand auf und folgte ihm.

Poschmann war außer Atem.

»Ein Mord!«

»Ein Mord?« Burgstaller starrte Poschmann ungläubig an.

»Da wo Oster ...«

»Bitte? Da, wo Oster? Rufen Sie die Spurensicherung an!«

»Hat Herr Dressler schon veranlasst.«

Er ging in den Vernehmungsraum zurück und wies den Praktikanten an, das Protokoll auszudrucken und unterzeichnen zu lassen. Alles Weitere würde ihm dann Poschmann mitteilen. Im Hinausgehen wies er Poschmann noch einmal darauf hin, Gaschs Tasse mit Sorgfalt zu verwahren.

Er parkte am Rand der Landstraße und ging in den Feldweg hinein. Ein makabres Szenario tat sich vor ihm auf:

Ein schwarzer Mercedes SLK mit Frankfurter Kennzeichen stand genau dort, wo Osters Fahrzeug gestanden hatte, direkt unter der großen Linde.

Als er näherkam, sah er als erstes die zerborstene Windschutzscheibe. Die bis zum Anschlag geöffnete Tür ließ darauf schließen, dass der Täter in dem Augenblick das Feuer eröffnete, als das Opfer im Begriff war, das Fahrzeug zu verlassen. Sein blutüberströmter Oberkörper lag mit dem Rücken auf dem Beifahrersitz, das Gesicht durch die Einschüsse derart entstellt, dass ihn nicht einmal seine eigene Mutter würde identifizieren können. Vor kurzem sah Burgstaller in einem von Marias Fotobüchern ein fast deckungsgleiches Bild, das in Palermo entstanden war, nach einer Auseinandersetzung konkurrierender Cosa Nostra-Familien.

In einen Overall gehüllt ging Dressler in langsamen Schritten, die Kamera im Anschlag, weiträumig um den Wagen herum, während Spuren-Reisner und seine beiden Kolleginnen dabei waren, Overalls und Füßlinge anzulegen.

Nur das Gezwitscher der Vögel war zu vernehmen, und schlurfende Schritte und ab und zu ein vorbeifahrendes Auto auf der Landstraße. Keiner sprach ein Wort.

Dem alten Mercedes, der hinter Reisners Kombi einparkte, entstieg Dr. Teichmüller.

»Ach, der Herr Hauptkommissar! Wer hätte gedacht, dass wir uns so schnell wiedersehen?« Noch bevor Burgstaller etwas erwidern konnte, brummte Teichmüller beim Anblick des Opfers: »Da gibt es ja einiges zu tun.«

Der Praktikant kam angefahren. Mit quietschenden Bremsen parkte er hinter Burgstallers Fahrzeug, überquerte die Landstraße und rannte auf den Tatort zu. Der hat Angst, er könnte was versäumen, dachte der Kommissar. Als er nahe genug herangekommen war und das deformierte Gesicht des Opfers sah, wurde er kreidebleich. Prompt lief er, von einem Grinsen Reisners verfolgt, in den angrenzenden Wingert.

Dressler, der hochkonzentriert aus den unterschiedlichsten Perspektiven das Opfer fotografierte, nahm erst jetzt Burgstaller wahr.

»Das Kommissariat ist informiert!«

Burgstaller rief sofort an. Die Kollegen, die in der Zwischenzeit mit Frankfurt Kontakt aufgenommen hatten, teilten ihm mit, dass das Opfer Nicolae Antonescu hieß und der Securitate, dem rumänischen Staatssicherheitsdienst zu Zeiten der kommunistischen Herrschaft, angehörte. Vor einem Jahr sei er im Frankfurter Rotlichtmilieu aufgetaucht. Dass er Mitglied einer rumänischen Mafiafamilie gewesen sei, schlossen die Frankfurter nicht aus, auch wenn sie eher vermuteten, dass Antonescu und einige frühere Offiziere der Securitate fallweise zusammengearbeitet hatten und danach wieder auseinandergingen. Wegen einiger Delikte, die er in Österreich begangen haben soll, stand er unter verschärfter polizeilicher Beobachtung. Eine Straftat konnte ihm jedoch nicht nachgewiesen werden. Nach Aussagen der österreichischen Kollegen war Antonescu äußerst gerissen und skrupellos.

Inzwischen war der Praktikant zurück. Er hatte wieder Farbe im Gesicht.

»Fahren Sie gleich zur Dienststelle. Poschmann wird Ihnen ein Päckchen geben. Das bringen Sie dann hierher.«

Der Praktikant hielt ihm wortlos einen in Plastik verpackten Gegenstand hin, der der Form nach eine Tasse sein konnte.

Ohne auf seine fragende Miene einzugehen, nahm Burgstaller den Gegenstand entgegen und gab ihn Reisner, der gerade dabei war, etwas aus dem Kofferraum zu holen. Er sprach noch kurz mit ihm, dann machte er sich auf den Weg ins Château.

Auch wenn er ein überzeugter Anhänger von Murphys Gesetz war, dass alles, was passieren kann, irgendwann auch passieren wird, wollte er es doch nicht fassen: zwei Morde innerhalb von zwei Wochen an derselben Stelle in einer Gegend, wo die Leute nicht einmal ihre Wohnung zusperren, wenn sie kurz zum Bäcker oder in die Drogerie laufen.

Maria war dabei, Fotoabzüge zu ordnen, als er hereinkam.

Sie sagte nur »Jesses!«, nachdem er ihr berichtet hatte, was vorgefallen war. Wortlos stand sie auf und ging in die Küche. Mit einer Flasche Wasser und zwei Gläsern kam sie zurück.

Beide saßen sie grübelnd da.

Mit einem zuversichtlichen »Also!« ergriff Maria die Initiative. »Den Fall gesetzt«, begann sie in einem Ton, der verriet, dass sie dabei war, weit auszuholen, »ich würde einen Kriminalroman schreiben. Dann wäre für mich dieser Rumäne der Killer, der in Gaschs Auftrag Oster umgebracht hat. Wie vereinbart bekommt er nach der Tat sein Geld und kehrt stante pede nach Frankfurt zurück. So weit so gut.« Sie machte eine Pause, bevor sie ihren Gedanken wieder aufnahm: »Kapitel zwei: Ein paar Tage später teilt Gasch ihm mit, dass die dämlichen Ermittler auf das Kuckucksei hereingefallen sind. Was er mal besser für sich behalten hätte. Denn jetzt denkt sich sein rumänischer Freund ...«

»Ich werde diesem ...«

»Augenblick mal, Pierre«, fuhr ihm Maria in die Parade. »Das ist meine Geschichte, und die bringe ich zu Ende. Er denkt sich: Zweimal kassieren ist besser als einmal. Klar, dass Gasch jetzt bewusst wird, auf was er sich da eingelassen hat. Der Typ würde ihn doch bis zum Sankt Nimmerleinstag abzocken, er käme nie zur Ruhe. Oder siehst du das anders?«

»Und woher hatte Gasch die Kohle? Ein Auftragskiller arbeitet schließlich nicht für eine Handvoll Euro, und laut der Bäckerin pfeift er auf dem letzten Loch.«

»In meinem Krimi ist er zu seiner Eva gegangen und hat ihr erzählt, dass er durch eine Spekulation oder sonst was finanziell in Teufels Küche gekommen ist und dringend Geld braucht.«

»Und?«

»Nun kommt es darauf an«, fuhr Maria fort, »wie Eva die Sache einschätzt. Weiß sie, was er vorhat? In meinem Krimi ahnt sie es und gibt ihm das Geld, ohne nachzufragen. Spätestens seit heute weiß sie es.«

»Und?«

»Natürlich ist Eva nicht daran interessiert, dass Gasch überführt wird. Denn wenn rauskommt, dass sie ein Verhältnis mit ihm hat, klebt der Verdacht an ihr, etwas damit zu tun zu haben. Ergo: Ihr wäre es am liebsten, der Mord würde nie aufgeklärt. Sie hat sich ja auch entsprechend unkooperativ verhalten.«

»Aber wer hat Oster nachts angehalten? Das ist die Frage.« Er sah sie kopfschüttelnd an. »Dein Auftragskiller? Bestimmt nicht! Und ob Oster auf Gaschs Winken gestoppt hätte? Nicht sehr wahrscheinlich. Vielleicht wusste Oster sogar, dass Gasch mit seiner Frau ins Bett geht.«

Nach einer Weile sah sie Pierre unschlüssig an.

»Eva? Breuer?«

Dieser Gedanke ging ihm schon die ganze Zeit durch den Kopf. Es fehlte ihm nur ein konkreter Anhaltspunkt, der ihm, wenn auch nicht gerade die Gewissheit, aber doch wenigstens das Gefühl gab, nicht auf der falschen Spur zu sein.

Es war kurz vor zwölf, als Burgstaller ins Büro kam. Der Praktikant saß schon startbereit am Rechner.

»Chef, die Frau Oster ist da«, informierte ihn Poschmann.

Jetzt sagt der auch schon Chef!

»Kann kommen.«

Ohne Umschweife begann Burgstaller die Vernehmung: »Frau Oster, Sie haben Herrn Gasch eine nicht unbeträchtliche Geldsumme geliehen.«

In diesem Moment ging die Tür auf und Poschmann erschien mit dem Telefon in der Hand. In Habachtstellung hielt er es dem Kommissar hin und flüsterte: »Der Herr Staatsanwalt!«

»Guten Tag, Herr Staatsanwalt ... Natürlich. Wie besprochen. Wir werden, so wie es aussieht, noch heute die Verhaftung vornehmen ... Vielen Dank, Herr Staatsanwalt. Es hat ja auch immerhin zwei Wochen gedauert. Ich werde Sie nachher informieren.«

Er gab Poschmann das Telefon zurück.

»Wir sind unterbrochen worden, Frau Oster. Noch einmal: Sie haben Herrn Gasch eine nicht unbeträchtliche Summe geliehen. Ist das richtig?«

Ohne zu zögern antwortete sie mit einem klaren »Ja«.

»Für was brauchte denn Herr Gasch das Geld?«

»Er musste eine Hypothek ablösen, die auf seinem Haus lag.«

»Wie viel?«

»Dreißigtausend Euro.«

»Sie haben ihm das Geld überwiesen?«

»In bar.«

»Das ist ungewöhnlich.«

»Es war nicht meine Idee.«

Der Kommissar musste an Dresslers Frage denken, ob die Witwe ihren Lover in die Pfanne hauen wird, wenn es Spitz auf Knopf steht. Sie hat es getan – eben! Er hätte sich die nächste Frage sparen können, aber er fragte, vielleicht nur, um zu genießen, wie gut seine Spekulation aufgegangen war: »Wann?«

»Vor einem Viertel Jahr.«

Einen Schuldschein habe sie nicht, aber Gasch zahle seine Schulden, wie vereinbart, in monatlichen Raten von fünfhundert Euro zurück.

»Wir brechen die Vernehmung ab. Es kann sein, dass ich Sie heute noch einmal sprechen muss.«

Nachdem sie gegangen war, fragte der Praktikant aufgeregt: »Chef, Sie werden noch heute verhaften?«

»Ach was.«

Er stand auf und griff nach seiner Jacke, die über der Stuhllehne hing und zog sie über.

»Aber das haben Sie doch dem Staatsanwalt gesagt?«

»War 'n kleiner Trick.«

»Und woher wussten Sie, dass die Witwe Gasch Geld geliehen hat?«

»War auch 'n kleiner Trick.«

»Und da sagen Sie einfach ...«

»Schlag' nie auf einen Nagel ohne einen Hammer in der Hand«, gab er zur Antwort und verließ das Büro.

Der Praktikant, der ansetzte, den tieferen Sinn zu ergründen, fand es einigermaßen befremdlich, als er sah, wie der Chef im Hinausgehen Poschmann vertraulich zuzwinkerte und an der Grenze des Tuschelns zu ihm sagte: »Gut gemacht.«

Irgendwie, dachte der Praktikant, läuft heute alles an mir vorbei. Was ihn aber am meisten irritierte, war die gute Laune des Chefs. So hatte er ihn noch nicht erlebt, und er kannte ihn immerhin schon zwei Wochen.

»Was war das denn für ein Anruf vom Staatsanwalt?«

»Da war kein Staatsanwalt«, antwortete Poschmann zufrieden grinsend.

»Der Staatsanwalt war gar nicht in der Leitung?«

Poschmann lachte, während er »I wo!« sagte.

Gekränkt, dass er vom Geschehen ausgeschlossen war, setzte er sich an den Rechner und spielte eines dieser Bumm-Bumm-Spiele, um seinen Frust loszuwerden.

Burgstaller war sich sicher, jetzt ein Piffchen Riesling verdient zu haben, und Hunger verspürte er auch.

Wagner, der zu einer Laudatio ausholte, als er den Kommissar kommen sah, wurde mit einer abwiegelnden Handbewegung und einem markanten »Guten Tag, Herr Wagner« ausgebremst.

Wagner wies auf den Katzentisch. »Wollen Sie?«

»Danke. Ein Piffchen Riesling, bitte.«

Als der Winzer ihm das Glas auf den Tisch stellte, fragte er, ob er ihm eine besondere Offerte machen dürfe? Seine Lothringer Cousine, die auf Besuch sei, hätte für die Familie ein Bœuf en daube gekocht; eine Portion gäbe es noch, speziell für ihn.

»Oh«, erwiderte Burgstaller genießerisch, »wie könnte ich da nein sagen?!«

»Das dachte ich mir doch«, freute sich Wagner.

Burgstaller lief das Wasser im Mund zusammen, als er das köstliche Bœuf sah.

»Das verlangt aber nach einem Piffchen Spätburgunder, oder?«

»Das meine ich aber auch«, bestätigte ihn der Winzer und eilte beglückt zum Tresen.

Der Kommissar liebte diesen französischen Klassiker, den man außerhalb Frankreichs, wenn überhaupt, nur in der gehobenen Küche angeboten bekommt, es sei denn, man hat einmal Glück, wie er heute.

Kann man mich denn nicht in Ruhe essen lassen, ärgerte er sich, als das Handy zu summen begann. Es war Dressler. Er berichtete, dass inzwischen einige Spuren sichergestellt wurden und schon unterwegs seien zum LKA. Nach dieser guten Nachricht schmeckte es ihm noch besser, noch viel besser. Er konnte sich nicht erinnern, wann sein Gaumen das letzte Mal von einem solchen Bœuf gesalbt worden war. Da würde sogar einer wie Wolfram Siebeck, der seit Jahrzehnten die Küche terrorisiert, einen blanken Teller hinterlassen. Daran gemessen war der Preis sehr bescheiden, was in Anbetracht der Bezüge eines Kriminalhauptkommissars ein durchaus nicht zu vernachlässigendes Argument ist.

Er schaute noch kurz im Büro vorbei, dann fuhr er zum Château. Maria war noch immer unterwegs.

Gerade hatte er sich in den Sessel gesetzt und die RHEINPFALZ aufgeschlagen, als der Praktikant anrief, um ihm mitzuteilen, dass Breuer ihn unbedingt sprechen wolle. Burgstaller überlegte, ob er gleich losfahren sollte, entschied aber, zuerst einmal eine chinesische Siesta einzulegen.

Zufrieden, nicht seinem Ermittlungsdrang nachgegeben zu haben, machte er sich's im Sessel bequem, las einen zuversichtlichen Kommentar über den FCK und schlief beruhigt ein.

Keine zwanzig Minuten später erwachte er, ging ins Bad, warf sich ein paar Hände kaltes Wasser ins Gesicht und verließ gut ausgeruht das Château.

Breuer wartete im Vorraum. Der Kommissar erwiderte flüchtig seinen Gruß und ging ins Büro.

Der Praktikant, der am Rechner saß, blickte nur kurz auf. Burgstaller spürte, dass ihn irgendwas bedrückte. Vielleicht fühlt er sich übergangen, dachte er und klärte ihn auf.

»Heute Morgen ging leider alles holterdiepolter, sonst hätte ich Sie natürlich gleich informiert, Steffen.«

»Ist doch klar, Chef!« Dem Praktikant fiel ein Stein vom Herzen, war er doch in Sorge, jetzt, wo das Spiel auf den Höhepunkt zusteuerte, ausgewechselt zu werden. »Sagen Sie, Chef: Das mit dem Geld war ein Bluff, oder?«

»Eine begründete Annahme«, korrigierte ihn der Kommissar. »Und jetzt holen Sie mal den Breuer.«

Schweiß stand ihm auf der Stirn, und seine Lippen zuckten, noch bevor ein Ton über sie kam. Er machte den Eindruck, als würde er das Angebot, jetzt ein, zwei Valium zu schlucken, nicht ablehnen. Der Kommissar aber ließ sich Zeit, bis er mit einem freundlichen Lächeln auf den Stuhl wies, der vor seinem Schreibtisch stand, um dann mit einem »So, Herr Breuer« die Vernehmung zu eröffnen. Weiter kam er nicht. Breuer unterbrach ihn, als trüge er eine Last auf den Schultern, die er augenblicklich loswerden musste, um nicht in den nächsten Sekunden darunter zusammenzubrechen: »Herr Kommissar, ich habe Herrn Gasch vor einem Viertel Jahr ein Darlehen von sechstausend Euro in bar gegeben«, stieß er hervor. Er atmete tief durch, bevor er berichtete, dass er den gesamten Betrag in einem Jahr zurückgezahlt bekäme. So sei es mit Gasch vereinbart. Natürlich hätte er sich einen Schuldschein unterschreiben lassen, schließlich sei er Kaufmann. Im Übrigen hätte Gasch Wert darauf gelegt, dass Eva nichts von dem Darlehen erführe.

»Ihr Vertrauen, mir das mitzuteilen, ehrt mich«, sprach der Kommissar süffisant grinsend. »Nur, wie habe ich das verdient?«

»Eva hat mir gesagt, dass auch sie ihm ein Darlehen gegeben hat.«

»Und Sie hat Ihnen empfohlen, mir das mitzuteilen, oder?«

Kaum hörbar quetschte er ein »Ja« durch die Zähne.

»Noch was, Herr Breuer: Sie haben doch mit Herrn Gasch ein«, er überlegte, wie er es ausdrücken sollte, »ein intimes Verhältnis?«

Breuer nickte schicksalsergeben.

Wieso hatte er diese Möglichkeit nicht schon viel früher in Erwägung gezogen, fragte er sich und blätterte sinnlos in dem Ordner herum, der vor ihm lag, während der Praktikant ihn mit offenem Mund anstarrte.

Als Breuer gegangen war, kam der Praktikant hinter seinem Rechner hervor und setzte sich auf den freigewordenen Stuhl.

»Chef, ich glaube, ich verstehe jetzt, was Sie gemeint haben, von wegen – schlag' nie auf einen Nagel ohne einen Hammer in der Hand.«

»Warten wir's ab, Steffen. In ein paar Stunden sind wir vielleicht etwas schlauer, so oder so. Kommen Sie, wir schauen mal, was sich tut.«

Irgendwie war ihm der Junge ans Herz gewachsen.

Gerade hievte ein Abschleppwagen den Mercedes hoch, der Leichenwagen war schon mit dem Opfer auf dem Weg zur Rechtsmedizin. Nur ein paar Blutspuren auf dem Boden erinnerten daran, dass hier letzte Nacht ein Verbrechen geschehen war.

Dressler faltete seinen Overall zusammen, während Reisner dabei war, »dieses Scheißding, in dem man schwitzt wie ein Pferd«, auszuziehen.

»Und jetzt steck' ich mir eine ins Gesicht«, sprach er genüsslich, fingerte Zigaretten und Feuerzeug aus der Tasche und zündete sich eine an. »Damit man sieht, was hinten und vorne ist.«

Anscheinend war ihm nicht entgangen, wie Burgstaller jede seiner Bewegungen gebannt verfolgte. Er hielt ihm das Päckchen hin.

»Willste eine?«

Betont gelassen lehnte Burgstaller das Angebot ab, während er ihm in Gedanken empfahl: Schieb sie dir in den Arsch!

Reisner zog den Rauch tief in die Lungen.

»Am Sonntag ist Zahltag!«

»Wie?«

»Gegen Greuther Fürth.«

Auch wenn er sich noch immer über Reisners saudumme Frage ärgerte, bemühte er sich doch um einen freundlichen Ton, schließlich lag ein knochenharter Tag hinter dem Kollegen: »Keine Sorge, Friedel, Lautern macht diesmal den Sack zu, verlass dich drauf.«

»Dein Wort in Gottes Ohr. Alla hopp, meine Damen, wir machen die Fliege.«

Burgstaller blickte ihm nach und dachte wieder einmal: Was sind wir doch für ein liberales Land, in dem ein so schreckliches Beinkleid hergestellt werden darf.

»Der wollte es genau wissen«, meinte Dressler, während er seine Kamera in den Alukoffer packte. »Acht Einschüsse.«

»Acht Einschüsse?«, fragte der Praktikant überrascht.

»Hat der Doktor festgestellt.«

»Sieben plus acht macht fünfzehn«, sprach der Praktikant vor sich hin.

»Sieben plus acht macht fünfzehn«, wiederholte der Kommissar nachdenklich.

»Hochinteressant! Sieben plus acht macht fünfzehn«, wiederholte Dressler. »Wer hätte das gedacht?« Dass keiner der Kollegen darauf einging, irritierte ihn dann doch. »Könnte mich vielleicht jemand mal aufklären, was es mit dieser Rechnung auf sich hat?«

Burgstaller wies mit der Hand auf Steffen.

»Ist halt nur ne Hypothese.« Der Praktikant genoss es, einen alten Profi belehren zu dürfen. »Das gängige Magazin einer Heckler & Koch P8 hat fünfzehn Schuss.«

»Und wenn? Was dann?«

»Dann könnte es doch sein, dass es sich um dieselbe Waffe handelt, mit der Oster und der Rumäne erschossen wurden.«

Burgstaller nickte, während Dressler kopfschüttelnd seinen Alukoffer schloss.

»Bis morgen.«

Burgstaller war kaum im Büro, als Poschmann eintrat und ihm mitteilte, dass der Präsident ihn dringend zu sprechen wünsche.

»Verbinden Sie mich«, wies er Poschmann an.

Die Vorzimmerdame, die das Gespräch entgegennahm, stellte pikiert fest, dass der Herr Präsident schon mehrfach versucht habe, ihn zu erreichen.

»Mein Gott, haben Sie denn Ihr Diensthandy noch immer nicht gefunden?« Die Betonung lag auf Dienst.

»Tut mir leid, Herr Präsident, es bedurfte einer Funktionskorrektur«, nämlich die Mailbox anstellen, »jetzt ist wieder alles in Ordnung.«

»Na, Gott sei Dank!«

Der hat's aber heute mit dem lieben Gott, dachte Burgstaller und brachte ihn auf den neuesten Stand, was den Präsidenten zu einem dreifach erstaunten »Oh! Oh! Oh!« veranlasste, gefolgt von einem »Aha!«.

Wenn er eben noch verärgert schien, so war sein Ton jetzt verständnisvoll, fast fürsorglich: »Nur nichts übers Knie brechen! Wir brauchen eine saubere, wasserdichte Lösung! Aber das wissen Sie ja selber.«

Da Maria unterwegs war, packte er sein Tenor aus und spielte über den Bass-Part einer Bill-Evans-Platte. Als das Stück zu Ende war, sah er im Kühlschrank nach, ob sich was finden ließe, aus dem er ein Abendessen zimmern könnte. Doch es gab nichts, was seine Phantasie beflügelte. Da der Hunger, der sich in seinem Magen zu melden begann, mit der aufkommenden Müdigkeit um die Vorherrschaft rang, setzte er sich in den Sessel, um in Ruhe nachzudenken. Stattdessen gewann die Schläfrigkeit die Oberhand.

Als er ein paar Minuten später erwachte, sah er die schwitzende Flasche Hefeweizen und die dampfenden, gelben Pellkartoffeln und den mit Schnittlauch angemachten Quark vor sich, die ihm im Traum erschienen waren. Stehenden Fußes begab er sich zum Minimarkt.

Wieder zu Hause goss er sich das gut gekühlte Hefeweizen ein, das er klugerweise aus der Kühltheke des Ladens genommen hatte. Er nahm das schäumende Glas in die Hand und betrachtete es ausgiebig, bevor er zu einem mächtigen Schluck ansetzte, der wie ein Wolkenbruch über seine Gurgel niederging.

Zufrieden holte er sich in Marias Kräutergarten eine Handvoll Schnittlauch.

siebzehn

Es war kurz nach halb zwölf, als er mit dem Praktikanten das Büro verließ. Sein Wagen, der in der Sonne stand, hatte sich derart aufgeheizt, dass sie beschlossen, den kurzen Weg zu Fuß zurückzulegen.

Kaum dass es läutete, fing der Hund an zu bellen, woraufhin eine Männerstimme ihn anherrschte. Nur noch ein tiefes Knurren war jetzt zu hören. Die Tür öffnete sich. Vielleicht hatte Gasch ihn und den Praktikanten kommen gesehen, überrascht jedenfalls wirkte er nicht.

»Wir möchten Sie zur Vernehmung abholen.«

Gasch zuckte lakonisch mit den Schultern und fragte, während er auf den Hund deutete: »Wie lange dauert's?«

»Das hängt von Ihnen ab«, antwortete Burgstaller.

Gasch nickte. Anscheinend war der Hund für die nächste Zeit versorgt.

Der Praktikant nahm am Rechner Platz, Burgstaller hinter seinem Schreibtisch, während Dressler am Fenster stand und auf die Straße blickte.

Dem Praktikanten hatte der Kommissar eingeschärft, längere Pausen und Unterbrechungen, auch wenn Gasch etwas zu trinken oder zu essen wünschte, im Protokoll festzuhalten. Erst vor kurzem hatte er erlebt, wie einem Kollegen fast die Felle weggeschwommen waren, als ein schlauer Anwalt es als eine subtile Foltermaßnahme darstellte, dass sein Mandant stundenlang vernommen worden sei, ohne dass man ihm eine Pause gewährt habe. Zwar hielt der Richter das für übertrieben, aber der Kollege musste sich fragen lassen, weshalb er die Unterbrechungen nicht protokolliert habe.

»Sie haben von Frau Oster dreißigtausend Euro geliehen«, begann Burgstaller.

»Ich hatte Schulden, die ich zurückzahlen musste.«

»Bei wem?«

»Als ich das Haus gekauft habe, hat mir ein Bekannter dreißig Mille ...«

»Name und Adresse?«

»Keine Ahnung. Der ist zurück nach Albanien.«

»Was Sie nicht sagen«, wunderte sich der Kommissar künstlich. »Aber den Namen wissen Sie noch?«

»Enver Berisha.«

»Und woher kannten Sie den Herrn?«

»Aus Frankfurt. Ich habe oft in Frankfurt gespielt.«

»Und der hat Ihnen einfach so mir-nix-dir-nix ...?« Der Kommissar lächelte den Satz zu Ende.

»Die Jungs sind so, wenn sie einem vertrauen.«

Hat der doch die Chuzpe, mir eine solche Bullenscheiße aufzutischen! Freundlich lächelnd fuhr er fort: »Es gibt schon nette Leute. Und für was waren die sechstausend, die Sie von Herrn Breuer geliehen haben?«

Gasch zeigte keine Spur von Überraschung.

»Ich hatte Eva versprochen, ihr monatlich fünfhundert zurückzuzahlen, war aber momentan klamm.«

»Wusste denn Frau Oster von Ihren Schulden bei Herrn … wie heißt er doch?«

»Berisha.«

»Richtig! Berisha.«

»Ich habe ihr gesagt, dass es eine Hypothek ist, die ich der Bank schulde.«

Nach einer langen Pause fragte der Kommissar eher beiläufig: »Was haben Sie eigentlich gedacht, als Sie von dem Mord gehört haben?«

»Wenn ein Mensch sein Leben verliert, macht einen das immer betroffen.«

»Das macht einen immer betroffen,« wiederholte der Kommissar und dachte: Hübsch, wie er das gesagt hat. »Wie gut kannten Sie Herrn Oster?«

»Nicht besonders gut.«

»Glauben Sie, Herr Oster hätte Ihnen sein Auto geliehen?«

»Sein Auto war sein Heiligtum.«

»Aber mitgenommen hätte er Sie schon?«

»Warum nicht?!«

»Auch nachts?«

»Wahrscheinlich. Er war halt sehr vorsichtig.«

Jetzt schaltete sich Dressler ein: »Wenn Oster sehr vorsichtig war, wie Sie sagen, dann heißt das doch, dass er seinen Mörder gekannt hat, oder?« Gasch, der wohl annahm, dass Dressler nichts anderes zu tun hatte, als am Fenster herumzulungern, zuckte förmlich zusammen. »Denn einen Fremden nachts mitzunehmen …?« Er sah Gasch mit zusammengekniffenen Augen an.

Burgstaller stand auf und verließ das Büro. Er ließ die Tür einen Spaltbreit offen, um mitzuhören.

»Ihrer eigenen Logik zufolge gehören Sie somit zum engeren Kreis der Verdächtigen. Oder sehen Sie das anders?«

Burgstaller war nicht wenig überrascht, als Dressler sich in die Vernehmung einschaltete. Er konnte sich nicht entsinnen, wann Dressler das jemals getan hatte. Wahrscheinlich war ihm Gaschs dämliches Gerede dermaßen auf die Nerven gegangen, dass er völlig persönlichkeitsfremd reagierte. Denn Vernehmungen und Ermittlungen waren nicht sein Element. Wirklich wohl fühlte er sich nur, wenn Berge von Daten und Fotos darauf warteten, von ihm in aller Ruhe geordnet und gegliedert zu werden.

Gasch wird bestimmt aufatmen, dachte der Praktikant, wenn der nette Kommissar wieder die Bühne betritt. Der aber trank mit Genuss eine weitere Tasse Kaffee, bevor er hineinging.

»Entschuldigung!« Poschmann streckte den Kopf rein. »Wenn Sie bitte ...«

»Nachricht vom LKA?«, unterbrach ihn Burgstaller.

»Ja.«

»Und?«

»Noch kein Ergebnis. Erst morgen.«

»Dann brauchen wir uns ja nicht zu beeilen«, meinte Burgstaller.

»Wollen Sie nicht endlich zugeben, dass Sie es waren?«, fuhr Dressler Gasch an und warf ihm einen vergifteten Blick zu.

»Ist ja nur ne Frage, Herr Gasch«, sprach Burgstaller in abwiegelndem Ton.

Allmählich dämmerte dem Praktikanten, was hier für ein Spiel ablief zwischen dem Chef und dem notorisch gutgelaunten Dressler, der heute den bad cop, den fiesen Bullen, gab. Dabei hatte er immer gedacht, dass es diese Nummer nur im Film gibt, aber nicht in der Wirklichkeit einer Polizeistation. Umso überraschter war er, als der Chef unvermittelt die Vernehmung beendete: »Was sollen wir uns jetzt abquälen? Warten wir doch ab, bis morgen die DNA vorliegt«, sprach er und lächelte Gasch an. »Ist Ihnen auch lieber, oder?«

»Das heißt, ich kann gehen?«, fragte Gasch in einem Ton, der verriet, dass er nicht sicher war, ob er den Kommissar richtig verstanden hatte.

»Klar doch!«

»Chef, der könnte doch einen Anwalt konsultieren. Weshalb tut der das nicht?«

Burgstaller zuckte mit den Schultern.

»Vielleicht weil er glaubt, wir hielten ihn dann für schuldig.«

»So falsch ist das ja nicht, zumindest aus seiner Sicht, oder?«

»Ja und? Was denken Sie, was es den Richter interessiert, ob wir den für schuldig halten oder nicht? Das Gericht will Fakten! Abgesehen davon wüsste der doch gar nicht, wen er konsultieren sollte. Vielleicht kennt er nen Anwalt, der auf Ehescheidungen spezialisiert ist, oder auf Verkehrsrecht oder Erbrecht. Einen versierten Strafverteidiger kennt er bestimmt nicht. Woher auch?! So, und jetzt kommen Sie, wir gehen zur Witwe!«

Ohne zu klingeln gingen sie, unbemerkt von der Putzfrau, die beim Staubsaugen war, durch das Bistro hinauf in den ersten Stock. Burgstaller klopfte an und öffnete nach ihrem »Herein!« die Tür.

Sie saß am Laptop.

Erst als der Kommissar »Guten Tag!« sagte, hob sie überrascht den Kopf.

»Sie, Herr Kommissar?«

»Und mein Kollege Sander.« Er dachte, dass er das dem Praktikanten schuldig war.

»Bitte«, sie wies mit beiden Händen auf die Sessel vor dem Couchtisch, »nehmen Sie doch Platz.«

Der Kommissar ging auf das gerahmte Foto zu, das passgenau die Hängespuren verdeckte. Es zeigte eine Personengruppe, die im Halbkreis stand und freundlich in die Kamera blickte – links von der Mitte Schönhoff, durch eine ältere Frau von Eva Oster getrennt, auf der rechten Seite, direkt neben ihr, Roger Gasch und seine drei Bandmitglieder.

Burgstaller wurde klar, dass sie das Bild vorsichtshalber abgehängt hatte, um keinen Zusammenhang zwischen sich, Gasch und Schönhoff aufkommen zu lassen. Und nun hing es da, um Unbefangenheit zu demonstrieren.

»Die Aufnahme entstand draußen im Garten, am Abend vor der Eröffnung des Bistros«, klärte sie auf. »Das sind ...«

Für wie blöd hält die mich eigentlich, dachte er und unterbrach sie: »Das Verhältnis zwischen Ihrem Mann und Herrn Gasch war kein sehr freundschaftliches?«

»Allerdings«, erwiderte sie mit einem bedauernden Augenaufschlag.

»Wusste Herr Breuer das?«

»Ob Herr Breuer das wusste?«

Der Praktikant, der schon die bittere Erfahrung gemacht hatte, dass der Kommissar wahrscheinlich nur einem Hörgeschädigten zugestand, seine Frage zu wiederholen, konnte sich ein zartes Grinsen nicht verkneifen.

»Ich denke schon«, sagte sie.

»Wussten Sie, dass die beiden was miteinander haben? Ich meine sexuell?«

»Ein Lieferant hat mich mal darauf angesprochen.«

»Das hat Sie nicht interessiert?«

»Wenn ich von Vornherein weiß, dass ich keine ehrliche Antwort erwarten kann, frage ich erst gar nicht.«

»Das kann sich unsereiner leider nicht leisten.« Der Kommissar warf dem Praktikanten einen komplizenhaften Blick zu. »Wir stellen immer Fragen, auf die wir selten oder nie eine ehrliche Antwort kriegen. Aber ich bin sicher, Frau Oster«, fuhr er lächelnd fort, »dass Sie meine Fragen ehrlich beantworten werden.« So, wie er den Satz aussprach, blieb offen, ob am Ende ein Fragezeichen stand, oder ein Ausrufezeichen. »Der Frust Ihres Mannes, traf der nur den Herrn Gasch oder ... ?« Wie so oft brach er mitten im Satz ab und blickte sein Gegenüber durchdringend an.

»Sie können sich denken, dass das auch an mir nicht spurlos abgeprallt ist.«

»Haben Sie mit Herrn Gasch darüber gesprochen?«

»Mit Herrn Gasch?«

Fragen wiederholen, anstatt zu antworten, Räuspern oder plötzliche unmotivierte Körperbewegungen, so war es dem Praktikanten auf der Polizeischule gelehrt worden, sind nicht selten Schockreaktionen, die für den vernehmenden Beamten sehr aufschlussreich sein können.

Die Witwe schien überrascht, als der Kommissar unvermittelt aufstand und sich freundlich verabschiedete.

»Nur noch eine Frage, Frau Oster: Sind Sie in jener Nacht mit Ihrem Auto unterwegs gewesen?«

»Ich? Nein! Habe ich Ihnen das nicht gesagt?«, erwiderte sie und blickte den Kommissar mit den ahnungslosen Augen eines vierjährigen Kindes an. »Ich hatte es doch Herrn Gasch ausgeliehen.«

Eine unbändige Wut stieg in ihm auf. Er wusste nicht einmal, ob sie sich gegen die Witwe richtete oder gegen sich selbst, weil er sich dermaßen an der Nase hatte herumführen lassen.

Könnte es denn nicht sein, ging ihm plötzlich durch den Kopf, dass alle drei, die Witwe, Breuer und Gasch, ihren Part zur Tat beigesteuert haben? Also ein Komplott? Nein, ein Komplott hielt er nicht für sehr wahrscheinlich. Eher eine Art Verabredung auf psychologischer Ebene, ein Arrangement, das nicht explizit ausgehandelt werden musste, sondern stillschweigend wie von selbst zustande kam: Sie, die Dominierende, die treibende Kraft, sie musste nicht konkret aussprechen, was sie dachte, was sie wollte, schon gar nicht musste sie dem leicht lenkbaren Breuer sagen, dass er ganz in ihrem Sinne handelte, wenn er Gaschs Anweisung folgte. Aber würdest du einen wie den Breuer, fragte er sich, in eine so heikle Sache einbeziehen, bei der es um mindestens fünfzehn Jahre Knast geht? Nein, das würdest du nicht! War es vielleicht Eva, die auf der Straße stand und ihren Mann anhielt? Also doch ein Komplott?

Autos rasten die Dorfstraße hinunter, Männer und Frauen sprachen laut und erregt miteinander, aus allen Himmelsrichtungen erklang das Gebell der Hofhunde. Zu einer Nachtzeit, in der normalerweise himmlische Ruhe herrschte, ging es zu wie im Ludwigshafener Rotlichtviertel.

Burgstaller sprang aus dem Bett, zog sich hastig an und verließ das Château. Den Nächsten, der ihm in der Dunkelheit über den Weg lief, fragte er, was denn los sei. Es war der pensionierte Schullehrer Keym, der ein paar Häuser weiter wohnte. »Dem Musiker haben sie das Haus angesteckt!«, antwortete er. »Furchtbar«, heulte seine Frau, die neben ihm aufgetaucht war. »Die Leute sagen, der ist mitsamt seinem Hund verbrannt. Furchtbar!«

»Ach was!«, schaltete sich der Polier Leiwig ein. »Der hat heiß abgerissen, sage ich euch!«

Burgstaller eilte zurück ins Château, holte den Autoschlüssel und fuhr in Richtung Daixheim. Schon von weitem sah er im Lichtkegel seiner Scheinwerfer die vielen Fahrzeuge, die beiderseits der Dorfstraße geparkt waren.

Am Ende des Dorfs bog er links ab auf den schmalen Weg, der zum Anwesen des Musikers führte.

Vor dem Absperrband drängelte sich eine Menschenmenge, die das Tun der Feuerwehr interessiert verfolgte, auch wenn es nichts Aufregendes mehr zu sehen gab – die Flammen waren erstickt, nur dünner Rauch stieg noch träge aus dem ausgebrannten Gebäude auf, das sich wie ein großer, hohler Zahn gegen den hellen Nachthimmel abzeichnete.

Dem Feuerwehrmann, der ihn zurückweisen wollte, hielt er seine Dienstmarke hin.

»Ach Sie, Herr Burgstaller.« Es war der Schreiner Kantz, der aus Freynheim stammte und Mitglied der Daixheimer Feuerwehr war.

Burgstaller deutete auf die Ruine. »Brandstiftung?«

»So, wie's aussieht, ja.«

Burgstaller fuhr sein Auto auf die Seite und stieg aus.

Der Leitende Brandmeister bestätigte ihm, dass es sich, zumindest nach dem momentanen Kenntnisstand, um Brandstiftung handelte. Ob ein Mensch zu Schaden gekommen sei, dazu wollte er nichts Definitives sagen; nach bisherigen Erkenntnissen sähe es nicht danach aus.

Burgstaller rief Dressler an. Er schilderte ihm die Sachlage und bat ihn, zusammen mit dem Praktikanten die Ermittlungen zu übernehmen.

Da es nichts mehr zu sehen gab, verflüchtigten sich die Schaulustigen nach und nach. Nur ein paar Unentwegte harrten aus, in der Hoffnung, dass noch irgendetwas Aufregendes passieren würde. Kurze Zeit später kam die Spurensicherung, drei Männer und eine Frau.

Burgstaller fuhr zurück ins Château.

Als er dabei war, sich auszuziehen, wurde Maria wach. Erschrocken knipste sie die Nachttischlampe an.

»Wo kommst du denn her?«

Um ihren Kreislauf nicht hochzujagen, sprach er von einem Brandschaden in Daixheim, ging aber nicht weiter darauf ein.

»Ich hab's dir schon einmal gesagt, das nächste Mal heirate ich einen vom Finanzamt«, stöhnte sie und schmiegte sich an ihn.

»Du irrst, das letzte Mal war's einer vom Tiefbauamt.«

Sie schlief beruhigt ein, während ihm tausend Gedanken wie glitzernde Splitter durch den Kopf schossen. Jeder Versuch, sie zu einem sinnvollen Ganzen zu verfügen, war vergebens. Erst als die Sonne aufging, übermannte ihn die Müdigkeit, und er schlief erschöpft ein.

achtzehn

Ein Rütteln am Arm weckte ihn.

»Für dich!«

Maria gab ihm das Handy.

Noch schlaftrunken brummte er: »Wer da?«

»Heinz ... Gasch ist tot!«

»Was?« Burgstaller war schlagartig wach.

»Verbrannt!«

»Sakrament!«, fluchte er und sprang aus dem Bett.

Er hatte noch nicht nach seinen Klamotten gegriffen, als es schon wieder summte.

»Spreche ich mit Pierre Burgstaller?«

»Mit wem denn sonst?«, raunzte er.

»Pierre, wie er leibt und lebt.«

Es war Albert Singer, Erster Kriminalhauptkommissar in Frankfurt am Main. Sie waren zur gleichen Zeit auf der Polizeischule, waren sich aber schon seit einer Ewigkeit nicht mehr begegnet. Singer berichtete, dass er den Fall Antonescu an sich gezogen habe, als er erfuhr, dass Burgstaller der Ermittler sei. In zwei Stunden wollte er in Daixheim sein.

Und wieder summte das Handy.

»Hier geht's ja zu wie im Hotel Adlon«, kommentierte Maria den ungewohnt regen Kommunikationsbetrieb.

»Halt dich fest, Pierre!« Dressler berichtete, die Frankfurter Kollegen hätten, als sie von Antonescus Ermordung erfuhren, seine Wohnung durchsucht und dabei zwei sorgfältig in einer Plastiktüte verpackte Zigarettenkippen gefunden, was sie stutzig machte. »Sie gaben sie zur Analyse ans LKA, und siehe da: Die DNA stimmte mit der auf unserer Tasse überein.«

»Mit der von Gasch?«

»Allerdings.«

Während er unter der Dusche stand, dachte er daran, wie er vor zwei Wochen dem Alten Honig um den Bart schmierte, nur um freie Hand zu haben, auch wenn er damals nicht im Entferntesten ahnte, dass der Fall sehr viel komplizierter sein würde, als es den Anschein hatte. Apropos Honig: Das ist ja ein Tatütata. Und schon kam Maria ins Bad und hielt ihm mit kokettem Augenaufschlag das Handy hin.

»Der Herr Präsident«, flötete sie.

Auch das noch.

»Herr Burgstaller, Sie glauben ja gar nicht, wie froh ich bin, dass endlich, endlich Licht in die Sache kommt. Seit Tagen, Sie dürfen mir das glauben, seit Tagen steht mein Telefon nicht still.«

Fast wäre Burgstaller dem alten Selbstdarsteller auf den Leim gegangen, so herzerweichend klang seine Stimme.

»Die Presseleute lauern, Sie können sich das gar nicht vorstellen, wie ... wie ...«

Such dir selber dein »wie ..., wie ...«, dachte der Kommissar.

»... wie sonst was!«

Der Präsident legte jetzt allergrößten Wert darauf, von nun an immer auf der Höhe des Geschehens zu sein.

»Im Übrigen habe ich für heute Nachmittag zu einer Pressekonferenz geladen. Einer muss es ja machen«, jammerte er, »wenn der Herr Staatsanwalt sich wieder mal vornehm zurückhält.« Danach erinnerte er den Kommissar noch einmal an seine wichtigste Aufgabe.

»Gewiss doch, Herr Präsident, ich halte Sie auf dem Laufenden!«

»Leck mich ... wie die Zeit vergeht!«

Burgstaller freute sich, Singer wiederzusehen. Bin denn auch ich älter geworden, fragte er sich, als er die Falten sah, die sich in Singers Gesicht gegraben hatten, und das mehlige Haar, das früher pechschwarz war? Nur seine Figur war noch immer tadellos, das musste er ihm lassen.

»Hast dich überhaupt nicht verändert, alter Junge«, freute sich der Frankfurter Kollege. »Siehst aus, als hättste ne Frau, die dich ordentlich pflegt, stimmt's?«

Alter Schleimer, dachte Burgstaller geschmeichelt, und schilderte ihm den Fall bis zu dem Zeitpunkt, an dem Antonescu ins Spiel kam. Dann verließen beide das Büro und fuhren zur Brandstelle.

Schon von weitem sahen sie das rotweiße Absperrband im Wind flattern.

Dort, wo gestern noch eine Scheune stand, kroch Dressler auf dem Boden herum, auf der Suche nach Projektilen, während sich der Praktikant in dem ausgebrannten Haus zu schaffen machte.

Nach Dresslers Schilderung lag das Opfer mit dem Oberkörper unter seinem Fahrzeug. Ob der Schuss, der ihn auf der linken Brustseite getroffen hatte, tödlich war, hatte der Doktor nicht mit Gewissheit sagen können. Die Spurensicherer vermuteten, dass er, nachdem er angeschossen worden war, unter das Auto kroch, um einem weiteren Schuss zu entgehen. Von seinem Renault war nur noch ein ausgebranntes Skelett übrig geblieben; das verformte Blech ließ darauf schließen, dass der Tank durch die Hitze, die sich beim Abbrennen des Schuppens entwickelte, explodiert war.

»Vielleicht erfahren wir ja durch die Obduktion mehr. Was ich allerdings bezweifle, so wie die Leiche aussah«, meinte Dressler. Seine Hypothese, der Täter könnte mehrere Schüsse abgegeben haben, hielt Singer nicht für sehr wahrscheinlich: »So, wie du das geschildert hast, Kollege, trägt das ne rumänische Handschrift.«

»Hey!« Es war mehr ein Brüllen als ein Rufen, das der Praktikant von sich gab. »Hier!« Triumphierend hielt er eine Pistole hoch. »P8!« Dann machte er sich an ihr zu schaffen. »Chef!«, rief er und hielt sie wieder triumphierend hoch. »Leeres Magazin! Und was sagen Sie jetzt?«

Sieben plus acht macht fünfzehn, sprach Burgstaller in Gedanken vor sich hin. Ich muss ihm wohl ne Messe lesen lassen.

Singer und Burgstaller kehrten zurück ins Dorf und suchten sich eine stille Ecke in Mosbachers Straußwirtschaft, um ihr weiteres Vorgehen in Ruhe zu besprechen.

Noch bevor der Wirt die Herren nach ihren Wünschen fragte, schüttelte er verzweifelt den Kopf. »Schrecklich! Einfach schrecklich! Wer das nur war?« Seine innere Anspannung war zu groß, als dass er kommentarlos den Anblick Burgstallers hätte hinnehmen können, in dem sich die furchtbaren Ereignisse der letzten Wochen personifizierten.

»Tja, wer das nur war? Du trinkst auch 'ne Weinschorle, Albert?«

Singer nickte und gab sich weiter dem Studium der Speisekarte hin.

»Zwei Tiefgespritzte.«

Mosbacher nickte Burgstaller freundlich zu. Es war ihm anzusehen, wie erleichtert er war, dass der Versuch, seinen Wissensdrang zu befriedigen, diesmal nicht in einem Fiasko endete wie vor zwei Wochen.

»Was empfiehlst du, Pierre?«

Damit seine Worte den sowieso schon hellwachen Ohren des Wirts ja nicht entgehen konnten, antwortete Burgstaller in einer Lautstärke, als säße der Kollege am anderen Ende des Raums: »Hier ist alles vom Feinsten!« Er erhoffte sich damit eine quantitative Sonderleistung der Küche, denn Albert Singers Magen konnte sich bis zum Gehtnichtmehr dehnen. Das wusste er aus ihrer gemeinsamen Zeit an der Polizeischule. Und warum sollte sich das geändert haben?!

»Wie schade, dass ich so spät gefrühstückt habe«, bedauerte Burgstaller. »Fleeschknepp! Die darfst du dir nicht entgehen lassen.«

»Was für'n Ding?«

»Fleischknöpfe. Aus jeweils einem Drittel gehacktem Rind-, Schweine- und Kalbfleisch, ähnlich wie Frikadellen zubereitet, und in einer Brühe gegart. Eine echte Pfälzer Spezialität.«

»Aber doch hoffentlich größer als Knöpfe?«

»Wir kriegen Sie schon satt«, schaltete sich Mosbacher ein, der die Getränke auf den Tisch stellte. Mit bedeutungsvoll erhobenem Zeigefinger fügte er an: »Dazu gibt's Meerrettich aus unserem eigenen Garten.«

Burgstaller gab sich geschlagen: »Dann auch für mich Fleeschknepp!«

Geschmeichelt eilte der Wirt zur Küche.

Singer schilderte Burgstaller die Frankfurter Rumänenszene, im Besonderen die Rolle des Nicolae Antonescu, der vor gut einem Jahr an den Main gekommen war. Seiner Meinung nach bestätigte der Mord an Oster die Erkenntnisse der Frankfurter und der österreichischen und rumänischen Kollegen, dass Antonescu und Konsorten mit höchster Akribie arbeiteten. Er war sich sicher, dass es Antonescus und nicht Gaschs Konzept war, eine falsche Spur zu legen.

Und als Gasch dann das Markstück sah, hat es klick! gemacht, dachte Burgstaller Singers Hypothese zu Ende.

»Ich bin sicher, dass Gasch alles nach seinen Anweisungen vorbereiten musste. Auch den Tatort hat sicher Antonescu ausbaldowert – abseits, aber doch nahe genug an der Landstraße, um wieder schnell zu verschwinden. Klar, dass Gasch auch die Waffe besorgen musste. Du darfst eins nicht vergessen: Der war ja kein primitiver Haudrauf, der war Offizier bei der Securitate, und das waren hochqualifizierte Ganoven. Bezeichnend für seine Vorsicht ist auch, dass er die Geldübergabe nicht in Frankfurt vornehmen wollte, und deshalb extra hierher kam. Ganoven werden ja nicht nur von uns, sondern auch von Ganoven observiert.«

Burgstaller war sich jetzt ganz sicher, dass Antonescu mit den fünf Schüssen, die er ziellos in das Opfer jagte, nichts anderes beabsichtigt hatte, als den Ermittlern vorzugaukeln, dass der Täter kein Profi war, sondern ein amateurhafter Stümper, ein mit Hass geladener Winzer. Warum aber sieben und nicht acht oder sechs oder zehn Schuss? Vielleicht hat ja Maria recht, wenn sie von der *Magie der Sieben* spricht. Und nach der Tat? Logisch, dass Gasch die Waffe mit den verbleibenden acht Schuss im Magazin wieder an sich nehmen musste, schließlich hätte Antonescu auf dem Weg nach Frankfurt in eine Polizeikontrolle geraten können.

»Wenn du in einem Verbrecherstaat groß wirst, entwickelst du ein seismographisches Gespür für Gefahren. Sein einziger Fehler war ...«

»... dass er in Gasch ein harmloses Landei gesehen hat«, ergänzte Burgstaller.

»Mein lieber Herr Gesangverein«, freute sich Singer, als der Wirt die Fleeschknepp mit Meerrettichsauce und knusprigem Baguette anbrachte. Die Küche hatte sich nicht lumpen lassen.

»Da macht der Magen aber große Augen, was?«, lachte Burgstaller, zufrieden, den Gusto des Kollegen getroffen zu haben.

»Allerdings!«

»Guten Appetit, die Herrschaften.«

Mosbacher blieb noch einen Augenblick stehen, bis die Herrschaften ein zufriedenes Mmh von sich gegeben hatten.

Als sich Singer auf den Weg nach Frankfurt machte, fuhr Burgstaller ins Château. Gaschs Tod hatte ihn ziemlich aufgewühlt. Immer wieder fragte er sich, ob er die Alarmglocken überhört hatte.

»Lass uns ne Runde laufen, Maria.« Er brauchte jetzt das Gespräch mit ihr.

Sie fuhren nach Daixheim, stellten den Wagen vor dem Polizeiposten ab und liefen von dort zu Gaschs Anwesen.

Pierre schilderte ihr, wo nach Erkenntnissen der Spurensicherer das Opfer lag und in welchem Zustand der inzwischen abtransportierte Renault war.

»Mehr gibt's nicht zu sagen«, schloss er seinen Vortrag.

Maria ging ein paar Schritte auf die abgebrannte Scheune und dann auf das Wohngebäude zu, von dem nur noch die Außenmauern und mehrere Säulen im Inneren standen.

»Brandbeschleuniger, hast du gesagt?«

»Mindestens zwei.«

»Ich schreibe mal weiter an meinem Roman. Es liegt nahe«, begann sie, »dass Gasch einem Racheakt zum Opfer gefallen ist, oder?«

Sie schaute Pierre fragend an, der mit den Schultern zuckte und meinte: »Glaubst du denn wirklich, dass auch nur ein einziger von Antonescus Ganovenfreunden von seinem Auftrag etwas gewusst hat? Ich glaube da nicht dran. Dazu war der Kerl doch viel zu gewieft.«

»Hast recht. So kommen wir nicht weiter. Lass uns das anders angehen«, sprach sie. »Bleiben wir konkret in der Tatsituation. Einverstanden?«

Pierre nickte.

»Also! Der Täter lauert hier.« Sie deutete auf das circa zehn, zwölf Meter von der Scheune entfernte Gebüsch. »Ist er ein sicherer Schütze, wartet er bis das Opfer ausgestiegen ist und feuert. Alternative: Er verlässt das Gebüsch, geht auf das Opfer zu und schießt aus kurzer Distanz.«

»Darf ich ...«

»Langsam!«, ermahnte sie ihn. »Bei beiden Versionen benutzt er eine Handfeuerwaffe. Bei meiner dritten Version ist es ein Gewehr. Mit einem Gewehr kann er aus größerer Distanz ...«

»Klingt schlüssig.« Er sah auf die Uhr. »Komm, wir dürfen die Pressekonferenz nicht verpassen.«

Gerade, als Maria den Fernseher einschaltete, kündigte der Sprecher ein *Nachrichten-Spezial* mit dem Polizeipräsidenten Hans P. Olbrich an. Der Mordfall Oster habe sich, betonte er, zu einem Fall ausgewachsen, »wie man ihn in der Pfalz nicht alle Tage erlebt«.

»Hör dir diesen Simpel an«, ärgerte sich Pierre. »Der redet, als müsste man stolz sein, dass es auch in der Provinz Mord und Totschlag gibt.«

Ein kurzer Schwenk über Daixheim und ein paar erläuternde Worte zum Mordfall Oster. Schnitt: In der Mitte des langen Tisches – der Präsident mit einem Haufen Mikrophone vor sich. Ganz Führungsfigur wirft er einen kritischen Blick nach links, dann einen nach rechts, um dem Fernsehzuschauer das Gefühl zu geben, dass er sofort eingreifen wird, wenn etwas nicht so läuft, wie sich's gehört. Flankiert von seiner Vorzimmerdame, die sich an Unterwürfigkeit selbst von dem zur Rechten sitzenden Polizeirat Albrecht nicht übertreffen lässt, blickt er jetzt startbereit den jungen Redakteur an.

»Wer ist denn der Typ neben ihm?«, wollte Maria wissen.

Pierre schenkte sich gerade in der Küche ein Piffchen ein.

»Sein neuer Stellvertreter. Der größte Holzkopf im Pfälzer Polizeidienst, heißt es. Ich halte das aber für einen Euphemismus.«

»Komm endlich«, rief sie, denn jetzt begann die Pressekonferenz.

»Herr Präsident, der Fall Oster, der uns die letzten zwei Wochen beschäftigt hat, ist gelöst. Können Sie uns das bestätigen?«

Wer nun glaubte, der Präsident würde die Frage des Redakteurs kurz und präzise beantworten, war schief gewickelt. Er dachte gar nicht daran, sich mit eineinhalb Minuten abspeisen zu lassen, denn wann passiert schon mal in der Pfalz eine Mordserie von einer solchen Tragweite, dass die Menschen sich bundesweit dafür interessieren? Und so begab sich der Präsident auf einen Parforceritt durch die jüngere Kriminalgeschichte der Pfalz. Natürlich – wie könnte es auch anders sein? – stellte er den Juwelier-Mord von vor vier Jahren ganz besonders heraus, auf dass jedem, der es vergessen haben sollte, bewusst wurde, dass sich Kapitalverbrechen nicht lohnen, zumindest nicht, solange er, der Polizeipräsident Hans P. Olbrich, am Ruder war. Nach einem elend langen Exkurs kam er dann endlich auf die Frage des Redakteurs zu sprechen, indem er ihm aber zuerst einmal eine reinwürgte: »Vom Fall Oster zu sprechen, wie Sie das eben getan haben, wird, mit Verlaub, unserer kriminalistischen Arbeit keineswegs gerecht! Wäre es nämlich nur der Fall Oster gewesen ...«, er redete und redete, während der junge Redakteur, dem er den Schneid abgekauft hatte, sich seinem Schicksal ergab und immer wieder hilfesuchend an der Kamera vorbeiblickte, auf die Uhr oder zu seinem Regisseur oder nach Weißgottwohin.

Pierre stand auf und ging in die Küche, um sich eine Flasche Wasser zu holen.

Als er zurückkam, wurde der Präsident endlich konkret. Der nachdenkliche Ton, den er jetzt anschlug, als er auf die Details zu sprechen kam, verfehlte nicht seine Wirkung. Wie gebannt folgte die Journalistenschar seinen Worten, denen er mimisch die Botschaft mitgab, dass es seine natürliche Bescheidenheit ist, die ihn daran hindert, das zu sagen, was eigentlich gesagt werden müsste, nämlich: Leute! Dieser großartige Erfolg verdankt sich nichts anderem als meinem kriminalistischen Spürsinn und – Ehre wem Ehre gebührt! – meinen Erfüllungsgehilfen, die sich zu jeder Zeit sicher sein konnten, dass sie die richtige Anweisung von mir erhalten! Währenddessen staunten ihn seine flankierenden Speichellecker in kindlicher Ergebenheit an.

»Beeindruckend, wie er die Journaille eingenebelt hat«, meinte Pierre und stellte den Fernseher ab.

Ein paar Minuten später summte das Handy. Aber wo?

Maria zeigte sich heute überraschend verständnisvoll und holte es unter dem Sofakissen hervor.

»Ich grüße Sie, Herr Burgstaller!«, donnerte der Präsident gutgelaunt. »Und? Was sagen Sie?«

Klar, dass er ein fettes Lob erwartete. Und das bekam er auch: »Herr Präsident, das war fulminant, wie Sie dem Burschen gezeigt haben, wo der Hammer hängt.«

»Ja, was denken die denn«, prahlte der Präsident, noch total euphorisiert von seinem Auftritt, »diese Greenhörner! Ich lass mich doch von denen nicht zum Affen machen!«

Im Hintergrund überschlugen sich die Pieptöne der SMS-Eingänge.

»Wie geht's denn weiter? Können uns denn die Frankfurter helfen?«

»Wir sind mittendrin«, antwortete Burgstaller ausweichend.

Plötzlich fiel dem Präsidenten ein, dass es ja noch den Herrn des Verfahrens gibt: »Haben Sie denn schon mit dem Staatsanwalt gesprochen?«

»Das wollte ich jetzt tun.«

Mit vielen Grüßen an Burgstallers charmante Gattin verabschiedete er sich.

Die saß derweil still und stumm auf dem Sofa und nippte an ihrem Glas Sprudel. Nach einer Weile stand sie auf und ging zum Fenster, als erwartete sie von draußen ein erleuchtendes Zeichen. Dann setzte sie sich wieder und wandte sich Pierre zu: »Ich schreibe mal weiter an meinem Roman«, begann sie und goss sich Sprudel nach. »Vielleicht können wir uns auf Folgendes einigen: Der Täter feuert in dem Augenblick, als das Opfer aus dem Auto steigt und den ersten Schritt macht, um die Scheune zu verlassen. Das ist die ideale Position für den Schützen, dem sich das Opfer in voller Breitseite darbietet.«

»Und wo kommt er her?«

»Er kann, wie gesagt, aus dem Gebüsch kommen. Er kann aber auch seitlich von der Scheune gestanden haben, auch hinter der Scheune, warum nicht? In dem Moment, in dem der Wagen in die Scheune fährt und das Licht ausgeht, hat er genügend Zeit, sich zu positionieren, egal, wo er sich versteckt hält.«

Er fand es bemerkenswert, dass Maria die Sache genauso sah wie er. Ist das eine Bestätigung meiner Hypothese vom Tathergang, fragte er sich, oder ist es das zwangsläufige Ergebnis einer langen Ehe, dass man die Dinge ähnlich sieht?

Wieder summte sein Handy.

Es war Dressler, der eben von der Obduktion kam. Er berichtete, dass ein Einschuss circa zehn Zentimeter unterhalb des Herzens festgestellt worden ist. »Und jetzt höre und staune! Das Projektil haben sie im Körper gefunden. 9 mm! Sie gehen davon aus, dass der Schuss aus einer Distanz von etwa zehn bis zwölf Meter verfeuert wurde. Was sagst du jetzt?«

Dressler war aufgekratzt, als hätte er eben eine unerwartete Erbschaft gemacht, aber auch Burgstaller war erleichtert: »Jetzt stehen wir wenigstens nicht mit völlig leeren Händen da.«

»Eine ganz schöne Distanz«, sagte Dressler. »Wahrscheinlich hat er recht, der Frankfurter.«

»Securitate?«

»Meine ich.«

»Wir sehen uns morgen um neun.«

»Sag mal, Pierre, was hältst du davon, wenn wir einen Happen essen gehen?«

»Lass uns zuerst ne Runde laufen.«

Es wurde eine ganze Stunde, bis sie Lawalls Straußwirtschaft betraten. Maria ging zu seiner Überraschung auf den Katzentisch zu, um den sie normalerweise einen großen Bogen machte.

Sie bestellte sich eine kleine Portion Spundekäs, während er sich mit einer Weinschorle zufriedengab. Etwas Festes passte nicht in seinen Magen. Sein Magen war wie zugeschnürt.

Schon wieder summte sein Handy.

Singer berichtete, dass er einen Komplizen von Antonescu vorläufig festgenommen habe. »Der hat für die Brandnacht kein Alibi, ist aber seit der Inspektion, die zwei Tage zuvor durchgeführt wurde, über dreihundert Kilometer gefahren.«

»Das hört sich gut an. Du hältst mich auf dem Laufenden?« Jetzt rede ich ja schon wie der Alte.

»Übrigens: Wenn ich das nächste Mal komme – sag's dem Wirt! –, möchte ich wieder diese Dingens essen, diese Knöpfe, ja?«

Burgstaller stellte sein Handy ab. Er hatte genug Informationen, die ungeordnet und ziellos in seinem Kopf herumschwirrten, einmal dahin und einmal dorthin. Wie auf einem Wühltisch ging es in seinem Hirnkasten zu.

»Der Fall bleibt doch bei dir, Pierre, oder?«

»Tatortprinzip. Wo die Tat begangen wurde, wird auch ermittelt.«

»Also gut. Wir wissen jetzt, dass der Täter eine Handfeuerwaffe benutzt hat, und dass er kein schlechter Schütze ist, wissen wir auch. Denn wer aus zehn, zwölf Meter Entfernung nur knapp am Herz vorbeischießt, der versteht sein Handwerk. Und wir wissen, dass er alles vermieden hat, wodurch er hätte auffallen können. Hätte ihn jemand aus dem Dorf gesehen, hätte der sich längst bei euch gemeldet.«

Pierre wollte etwas sagen, aber Maria winkte ab. »Und was schließen wir daraus?« Sie blickte still vor sich hin und nahm einen Schluck von ihrer Apfelsaftschorle. »Der Täter hat gute Ortskenntnisse.«

Burgstaller sah sie nachdenklich an und stand plötzlich auf. Wortlos verließ er den Gastraum.

Maria war längst mit dem Essen fertig, als er zurückkehrte.

»Ist es dir in den Darm geschlagen?«

Pierre ignorierte ihre flapsige Bemerkung und rief in einem barschen Ton »Zahlen!«, als hätte er schon drei-, viermal vergebens nach der Rechnung verlangt.

Der Wirt kam sofort angerannt. Nie zuvor hatte er den Kommissar derart unwirsch erlebt. Burgstaller zahlte wortlos und verließ eilig den Gastraum, gefolgt von Maria. Maria wusste nicht, wie sie seinen plötzlichen Stimmungsumschwung deuten sollte, sie war sich aber sicher, dass es keine Laune war, und er sich im geeigneten Moment dazu äußern würde.

Vor der Tür stand Dresslers Opel. Am Steuer saß der Praktikant, neben ihm Dressler, der am Telefonieren war.

Nachdem Burgstaller eingestiegen war, wies er den Praktikanten an, gemächlich zu fahren, um kein Aufsehen zu erregen.

Als sie den Polizeiposten passierten, setzte sich der Streifenwagen, der vor der Tür stand, langsam in Bewegung und folgte ihnen in großem Abstand.

Der Praktikant warf ab und an einen Blick durch den Spiegel auf den Chef, der in sich versunken dasaß, bis er angewiesen wurde, rechts in den Hof zu fahren.

Hinter ihnen hielt der Streifenwagen, dem Poschmann entstieg.

Der Kommissar ging direkt auf das Haus zu, gefolgt von Dressler und dem Praktikanten, und zog an dem Draht, der ein Glöckchen zum Bimmeln brachte. Nur Sekunden später waren Schritte zu vernehmen. Dann öffnete sich die Tür.

»Ich nehme sie hiermit wegen Mordverdachts fest!«

Bevor Schönhoff reagieren konnte, hatten ihn die Beamten umstellt. Poschmann, der nachgekommen war, legte ihm Handfesseln an.

»Und jetzt Ihre Kanone!«

Kreidebleich und mit staksigen Schritten, wie ferngelenkt, ging Schönhoff die zwei Schritte auf den Tisch zu. Er griff an den Knauf der Schublade, zog sie vor und langte mit beiden Händen hinein. Noch ehe Dressler, der neben ihm stand, reagieren konnte, hatte er eine Pistole in der Rechten, die er hochriss und gegen seine Schläfe richtete. Im gleichen Augenblick schnellte der Praktikant nach vorne und schlug blitzartig mit einem wuchtigen Hieb auf Schönhoffs Unterarm. Ohne dass sich ein Schuss löste, fiel die Pistole unter den Tisch. Der Praktikant hob sie auf und steckte sie mit einer Selbstverständlichkeit ein, als wäre es der Haustürschlüssel, der ihm versehentlich auf den Boden gefallen war. Er genoss es, als er sah, wie der Chef tief durchatmete, bevor er Dressler das Zeichen gab, Schönhoff abzuführen.

neunzehn

Der Kommissar stand noch ganz unter dem Eindruck der jähen Wendung, die der Fall genommen hatte, ausgelöst durch diese kleine, eher beiläufige Bemerkung Marias, die die Tür aufstieß und schlagartig Licht ins Dunkel ließ: »Der Täter hat gute Ortskenntnisse!« Das Entscheidende war damit gesagt. Alle Verdachtsmomente, wie sie vorher bestanden, waren plötzlich obsolet, um nicht zu sagen – lächerlich geworden.

Er nahm einen Schluck Kaffee und sah Schönhoff an.

»Beginnen wir mit der nächtlichen Schießerei, Herr Schönhoff!«

Burgstaller, der erkannte, dass der Zustand, in dem Schönhoff war, mehr Geduld von ihm verlangte, als er aufzubringen in der Lage war, entschloss sich, ihn mit seinen Hypothesen zu konfrontieren: »Das waren nicht Sie, sondern Roger Gasch, der die beiden Schüsse aus dem fahrenden Auto abgefeuert hat. Gasch wollte damit den Verdacht auf Sie lenken. Kein Kunststück, Ihr schießfreudiges Naturell ist ja allenthalben bekannt. Wir haben daraufhin Ihre Waffe sichergestellt, allerdings in der anschließenden Vernehmung den Verdacht ausgeräumt, dass Sie es gewesen sein könnten.«

Schönhoff saß wie versteinert da.

»Jetzt war Gasch auf unserer Liste. Aber nicht nur wir, auch Sie haben Gasch verdächtigt. Um den Verdacht zu forcieren, sind jetzt Sie in die Offensive gegangen und haben Tore Breuer und Frau Oster bedroht, und zwar mit dem Hintergedanken, dass wir es für einen raffinierten Schachzug Gaschs hielten, um seinerseits den Mordverdacht loszuwerden.«

Regungslos hörte sich Schönhoff die Ausführungen des Kommissars an.

»Die tote Katze«, fuhr der Kommissar fort, »haben Sie ganz zufällig im Wingert gefunden. Und da Sie längst Überlegungen angestellt hatten, was Sie tun könnten, um Eva zu entlasten, kam Ihnen wie von selbst die Idee mit dem Kadaver. Keine sehr appetitliche Nummer, aber nicht unwirksam. Stimmen Sie dem zu?«

Der Kommissar musste ihn zu einer Reaktion provozieren, um sicher zu sein, dass er nicht in einer Art Wurstigkeit alles über sich ergehen ließ.

»Sie waren überzeugt davon, dass Gasch der Täter war. Aber ob es sich um ein Komplott handelte zwischen ihm und Eva Oster ...«

Erregt fiel ihm Schönhoff ins Wort: »Nicht einen einzigen Augenblick habe ich daran gedacht, dass Eva ...«, er schüttelte den Kopf, »nicht einen Augenblick!«

Der Kommissar wusste jetzt, dass Schönhoff seinen Ausführungen gefolgt war. Erleichtert fuhr er fort: »Der nächtliche Schuss in Breuers Schlafzimmer ...«

»Das können Sie mir nicht anhängen!«

»Tun wir ja nicht. Das war Gasch, der Breuer warnen wollte, nur ja nicht umzufallen.«

Fassungslos sah Schönhoff den Kommissar an, der unbeeindruckt fortfuhr: »Inwieweit Frau Oster unmittelbar an der Tat beteiligt war, das wissen wir leider nicht.« Er machte mit den Händen eine Geste der Hilflosigkeit.

»Eva hat mit Sicherheit nichts damit zu tun!«

»Sie meinen, dass es einzig und allein Gasch war?« Ohne seine Antwort abzuwarten, wies er den Praktikanten an, vorzulesen, was die Witwe über die an Gasch geliehene Summe ausgesagt hatte.

»Glauben Sie wirklich, dass Frau Oster nicht wusste, was mit dem Geld geschah? Preiswerter hätte sie doch ihren Mann nicht loswerden können, für weniger als der nächste Benz kostet.«

Schönhoffs innere Anspannung wurde durch seine Augen sichtbar, die ruhelos hin- und herwanderten.

Wie gerne hätte Burgstaller jetzt eine geraucht. Früher bot er in solchen Augenblicken dem Tatverdächtigen eine an, mit dem Hintergedanken, sich selber eine anstecken zu dürfen. Dass mal einer abgelehnt hätte? Nie.

»Mit dem Mord war zwar Frau Osters Problem gelöst, aber nicht das der beiden anderen, denn die standen sich weiterhin gegenseitig im Weg. Hätten wir den einen, nämlich Gasch, gefasst, wäre Ihr Problem, Herr Schönhoff, gelöst gewesen. Klappte aber nicht. Sie haben uns das vermasselt. Und warum? Weil Sie befürchtet haben, wir hätten die Spur verloren, und Gasch käme ungeschoren davon, mit der Konsequenz, dass er sich mit Eva zusammentun würde, um das Leben mit ihr zu führen, was Sie mit ihr führen wollten. Da keine Verdachtsmomente an Ihnen klebten, und alle Spuren durch den Brand vernichtet würden, waren Sie sicher, dass wir Ihnen nichts nachweisen könnten. Moralisch rechtfertigten Sie die Tat damit, dass Sie den Doppelmörder seiner gerechten Strafe zuführten.« Der Gedanke, der dem Kommissar dabei durch den Kopf ging, dass der Witwe nichts nachzuweisen sein würde, wurmte ihn mächtig. »Übrigens, Herr Schönhoff, wussten Sie denn wirklich nicht, dass Gasch kein Verhältnis mit Eva hatte, sondern eines mit Breuer?«

Schönhoff hob den Kopf und sah den Kommissar an, wie man einen ansieht, der einen schalen Kalauer von sich gegeben hat.

»Bitte aus dem Protokoll von Herrn Breuer!«

Schönhoff, der eben noch steif und regungslos dasaß, fiel in sich zusammen, als der Praktikant die entsprechende Stelle vorlas.

Ohne Wenn und aber legte er ein Geständnis ab.

So habe ich das gern, dachte der Kommissar mit Genugtuung. Ein Geständnis ist wie ein Knockout beim Boxen, klar und sauber.

Keine halbe Stunde später erschien Breuer. Die schweren Tränensäcke unter seinen Augen verrieten, dass er eine schlaflose Nacht hinter sich hatte.

»Herr Breuer, Sie haben die freie Wahl, meine Fragen wahrheitsgemäß zu beantworten, mit der Folge, dass Sie in einer Stunde wieder zu Hause sind, oder ...« Er brach seinen Satz ab und sah Breuer mit bohrendem Blick an. »Und jetzt schildern Sie mal Ihr Verhältnis zu Heribert Oster.«

Wie ein Wasserfall sprudelte es aus Breuer heraus.

Burgstaller hörte sich geduldig an, in welcher Zwickmühle er gewesen sei, einerseits die Verpflichtung zur Loyalität gegenüber seinem Freund Heribert und andererseits die finanzielle Abhängigkeit von Eva, schließlich habe er doch alle Zelte in Frankfurt abgebrochen; im Nichts wäre er gelandet, wenn Eva ihm den Laufpass gegeben hätte.

Erst als Breuer anfing, sich in seiner Aufregung zu wiederholen, unterbrach ihn der Kommissar: »Und nun werden Sie mir minutiös schildern, was sich in der Mordnacht zugetragen hat!«

Dem Heulen nahe berichtete Breuer, dass Eva kurz nach Mitternacht weggefahren sei. Das sei ihm deshalb aufgefallen, weil das ganz gegen ihre Gewohnheit war. Nie zuvor hätte sie das Bistro verlassen, bevor nicht die Küche in einem pico bello Zustand war. In dieser Nacht sei es das erste Mal gewesen, ja, das allererste Mal, betonte er, dass nicht sie, sondern er die Tür verschlossen habe.

»Sie haben sich nichts dabei gedacht?«, unterbrach ihn der Kommissar.

»Natürlich nicht! Was sollte ich mir dabei denken? Ich konnte doch nicht ahnen …«

»Was konnten sie nicht ahnen?«

Breuers Atem wurde immer kürzer. Er zitterte wie Espenlaub.

»Was?«, insistierte der Kommissar.

»Ich weiß es doch nicht«, stieß er verzweifelt hervor. »Ich weiß es wirklich nicht.«

»Was wissen Sie nicht?«

»Ob Eva ...«

»Und wann ist Eva zurückgekommen?« Mal gespannt, ob er auch das auf die Minute genau weiß.

»Ich lag schon im Bett und habe noch etwas gelesen, als sie kam. Es war zwischen halb zwei und zwei, vielleicht auch zehn oder fünfzehn Minuten später. So genau weiß ich das nicht mehr.«

Der Kommissar nickte lange und bedächtig mit dem Kopf und sprach: »Das wär's, Herr Breuer. Vorerst! Sie können gehen.«

»Da ist noch was.« Breuer griff in die Brusttasche und zog ein Kuvert hervor. »Letztes Jahr hat Heribert mir das gegeben. Falls ihm irgendetwas zustoßen sollte, nur dann sollte ich es öffnen. Ich musste ihm versprechen, Eva nichts davon zu sagen.« Wie ein heißes Stück Blech hielt er es dem Kommissar hin.

Es war ein gewöhnlicher Briefumschlag, der aber auf der Rückseite mit rotem Lack versiegelt war. Auf der Vorderseite stand handschriftlich: *Dieser Umschlag soll von Tore Breuer im Falle meines Ablebens geöffnet werden, und nur dann! Heribert Oster.*

Das »nur dann« war dick unterstrichen.

Der Kommissar betrachtete sich den Umschlag eingehend und streckte ihn Breuer entgegen: »Wollen Sie?«

»Nein, nein, machen Sie das.«

Burgstaller nahm sein Taschenmesser, schnitt vorsichtig die Längsseite des Umschlags auf und zog ein gefaltetes Blatt heraus. Als er dabei war, es auseinanderzufalten, stammelte Breuer: »Kann ich jetzt gehen?«, als hätte er Angst, er könnte sich kontaminieren.

Ohne darauf zu reagieren, begann Burgstaller das handgeschriebene Schriftstück zu lesen. Nach einer Weile schließlich blickte er Breuer kurz an und nickte. Breuer stand sofort auf und verließ mit einem tonlosen »Auf Wiedersehn« den Raum, als wäre ihm im letzten Moment eingefallen, dass er sich alles, nur das nicht wünschte.

»Lesen Sie!«

Der Praktikant sprang auf und griff zu, wie ein Verdurstender nach einem Glas Wasser. Fassungslos sah er Burgstaller an.

»Sechshunderttausend in Zürich gebunkert, auf seinen und ihren Namen, inklusive Kontonummer! Mensch, Chef!« Der Praktikant strahlte übers ganze Gesicht. »Und jetzt?«

»Jetzt nehmen wir die Dame in Gewahrsam, und dann ist unsere Mission erfüllt. Den Rest macht das Gericht. Und Sie, Steffen, kommen gegen eins zum Lawall.«

Burgstaller informierte zuerst den Staatsanwalt, dann sprach er mit dem Präsidenten, der aus allen rhetorischen Wolken fiel: »Also, Herr Burgstaller ... einfach großartig! Das ist ja ... Und Sie, lieber Kollege, Sie machen jetzt ein paar Tage frei! Kein Widerspruch! Das ist eine dienstliche Anweisung, haben Sie verstanden?« Er war selig. »Großartig! Einfach großartig! Dann werde ich jetzt mal gleich zu einer Pressekonferenz einladen ... müssen.«

»Das sollten Sie allerdings tun«, ermunterte ihn Burgstaller und nahm sich fest vor, dieses Mal den Fernseher nicht einzuschalten.

Es war kurz vor eins, als er nach Freynheim fuhr, um Maria zum Essen abzuholen.

Gerade als sie den Schankraum betraten, waren zwei Gäste im Begriff, sich an den Tisch zu setzen, der als einziger noch frei war. Lawall, der die Burgstallers kommen sah, eilte, noch ehe die beiden Platz nehmen konnten, herbei und hob bedauernd die Hände. Der Tisch sei leider, leider reserviert, sagte er und bat sie, sich doch zu den beiden netten Damen zu setzen, die sowieso gleich zahlen würden.

»Das war aber sehr liebenswürdig von Ihnen«, bedankte sich Maria.

»Für Sie, Frau Burgstaller, bin ich schon mal zu einer Notlüge bereit.« Er zog für Maria einen Stuhl bei. »S'il vous plaît, Madame! Heute kann ich Ihnen etwas ganz Besonderes offerieren. Übrigens, Frau Burgstaller, wenn ich mir das zu sagen erlauben darf: Rot steht Ihnen besonders gut.«

»Danke, Herr Lawall«, antwortete sie geschmeichelt und warf Pierre einen Blick zu, der ihm sagte: Nimm dir'n Beispiel, Stoffel!

»Gefüllte Rinderroulade in Steinpilzsauce an Kastanienpüree. Köstlich!«

An Kastanienpüree! Was Ferz! Schon deswegen hätte er sich der Offerte verweigert. Aber Maria, durch Lawalls Komplimente eingeschleimt, wie er vermutete, gab ihm keine Chance. Sie stimmte sofort zu: »Dreimal, Herr Lawall. Wir erwarten noch jemand.«

»Sie entschuldigen mich einen Augenblick.« Er eilte zum Tresen, wo seine Frau stand und mit dem Telefon winkte.

»Ist dir doch recht?«, meinte Maria. »Oder?«

»Gewiss doch«, antwortete er. »Übrigens, ich werde Steffen ein Angebot machen, das er nicht ablehnen kann.«

»Sprich, Vito!«

In diesem Augenblick kam der Praktikant herein.

Maria deutete auf den Stuhl neben sich.

»Setzen Sie sich, Steffen.«

»Pardon! Was darf ich Ihnen zu trinken bringen, s'il vous plaît?«

Maria und Pierre bestellten beide ein Piffchen Spätburgunder.

»Und Sie? Apfelsaftschorle?«

Der Praktikant schmunzelte stillvergnügt und sprach: »Nein, Herr Wirt, zur Feier des Tages auch für mich ein Piffchen Spätburgunder.«

»Sehr wohl, Herr Gast«, erwiderte Lawall.

Nach dem Essen stand der Praktikant auf und setzte mehrmals an, etwas zu äußern, wie einer, den man unvorbereitet zu einer Festrede verdonnert hat.

»Also, Chef, ich wollte Ihnen ... ich muss jetzt leider gehen. Vorher aber wollte ich Ihnen noch sagen ...«

Bevor er weitersprechen konnte, wahrscheinlich Dankesworte, die Burgstaller peinlich gewesen wären, unterbrach er ihn: »Wenn Sie die Polizeischule hinter sich haben, und wenn es Ihnen recht ist, will ich gerne Ihr Bärenführer sein.«

Der Praktikant strahlte übers ganze Gesicht.

»Also, Chef –!«

»Aber nur, wenn Sie mir versprechen, niemals mehr Chef zu sagen!«

»Aber klar doch. Dann sage ich«, er grinste keck, »Herr Kollege!«

Burgstaller stand auf und reichte ihm die Hand.

»Alles Gute, Steffen.«

»Vielen Dank, Herr Burgstaller.«

Maria gab ihm ein Küsschen auf die linke und dann eins auf die rechte Wange und zum Abschluss noch eins auf die linke.

»Melden Sie sich mal, Steffen.«

»Aber sicher, Frau Burgstaller«, stammelte er und verschwand, als wenn einer hinter ihm her wäre.

»Und was machen wir beide jetzt mit dem angebrochenen Nachmittag?«

Maria grinste.

»Chinesische Siesta. Oder fällt dir was Besseres ein?«

ENDE

Glossar

à la bonne heure! so ist es recht!

alleforzlang immer wieder; sehr oft

Baajes Haus (meist verächtlich: e alt Baajes.)

Bärenführer im Polizeijargon ein erfahrener Beamter, der den Abgänger der Polizeischule betreut.

Benz wer in der Pfalz einen Mercedes kauft, erwirbt einen Benz, im Schwabenland ist es ein Daimler

Betze ehemals Betzenbergstadion, heute Fritz-Walter-Stadion des 1. FC Kaiserslautern

Bimbes Geld

Bolles Gefängnis

Brulljesmacher Angeber

Chuzpe Unverfrorenheit, Unverschämtheit

eebsch Seit so wird auf beiden Seiten des Rheins jeweils die andere, die falsche oder schlechte Seite bezeichnet.

ff Backwaren feinste Backwaren

Fritz in der Pfalz ist mit Fritz, wenn von Fußball gesprochen wird, immer die Fußballlegende Fritz Walter (1920–2002) gemeint. Wenn der 1. FC Kaiserslautern an einem Regentag spielt, sagen alte Pfälzer noch heute: Dem Fritz sein Wetter! Das rührt daher, daß der große Techniker besonders bei rutschnassem Boden sein überragendes Können zur Geltung bringen konnte.

fer en Klicker un en Knopp für einen Klicker (Murmel) und einen Knopf; für wenig Geld

Ferz mit Krigge Schnickschnack, überflüssig

Gebreedelde Bratkartoffel

Gelärch verkommenes Anwesen

das Geriss haben begehrt sein beim anderen Geschlecht

Grumbeere Kartoffeln

Hannebambel einfältiger Mensch

Honneurs machen Gäste willkommen heißen (oft geringschätzig i. S. von: der kann sonst nichts)

Keschdesaumagen statt Kartoffeln dienen Kastanien (Keschde) als Stärke liefernde Zutat zum Binden

machulle bankrott

Masik Lausbub

Mengenkes Ausflüchte, Gerede

Piffche(n) kleines Glas Wein mit der Menge von 1/8 Liter

Schmiss eine Narbe, die infolge einer Mensur, wie sie in schlagenden Studentenverbindungen gefochten wird, entstanden ist.

Straußwirtschaft ein von Winzern saisonal betriebener Gastbetrieb, in dem selbsterzeugter Wein ausgeschenkt wird. Dazu werden einfache Gerichte angeboten.

Trollschoppen
1. ein Schoppen, 0,5 Liter, der gemeinsam getrunken wird, also durch die Runde trollt.
2. der letzte Schoppen, bevor man sich nach Hause trollt.

Besuchen Sie uns im Internet:
www.gbraun-buchverlag.de

Fordern Sie unser kostenfreies Verlagsprogramm an:
G. Braun Buchverlag, Kaiserallee 87, 76185 Karlsruhe

in Karlsruhe seit 1813
G. BRAUN BUCHVERLAG
Karlsruhe

Foto Titelseite: istockphoto.com
Titelgestaltung: nordisk-buero.com
Satz: Andrea Faucheux, G. Braun Buchverlag
Druck: Ebner & Spiegel, Ulm

ISBN 978-3-7650-8595-6